2023
铸牢中华民族共同体意识
中国少数民族文学之星丛书

走过六百公里

阿娜尔·孜努尔别克 著

作家出版社

图书在版编目（CIP）数据

走过六百公里 / 阿娜尔·孜努尔别克著． -- 北京：作家出版社，2023.11

（中国少数民族文学之星丛书·2023年卷）

ISBN 978－7－5212－2506－8

Ⅰ．①走… Ⅱ．①阿… Ⅲ．①散文集－中国－当代 Ⅳ．①I267

中国国家版本馆 CIP 数据核字（2023）第 183143 号

走过六百公里

作　　者：	阿娜尔·孜努尔别克
责任编辑：	李亚梓
特约编辑：	赵兴红
装帧设计：	孙惟静
出版发行：	作家出版社有限公司
社　　址：	北京农展馆南里 10 号　　邮　编：100125
电话传真：	86－10－65067186（发行中心及邮购部）
	86－10－65004079（总编室）
E－mail：	zuojia@zuojia.net.cn
http：//	www.zuojiachubanshe.com
印　　刷：	唐山玺诚印务有限公司
成品尺寸：	152×230
字　　数：	216 千
印　　张：	18
版　　次：	2023 年 11 月第 1 版
印　　次：	2023 年 11 月第 1 次印刷
ISBN	978－7－5212－2506－8
定　　价：	49.00 元

作家版图书，版权所有，侵权必究。
作家版图书，印装错误可随时退换。

编委会名单

主　任：邱华栋
副主任：彭学明　黄国辉
编　委：赵兴红　郑　函

以民族的情意,打造文学的星辰

——"中国少数民族文学之星"丛书总序

邱华栋　彭学明

"铸牢中华民族共同体意识——中国少数民族文学之星"丛书是中国作家协会少数民族文学发展工程的项目之一,于2018年开始实施,由中国作家协会创作联络部具体组织落实。出版这套丛书的初衷,是在少数民族文学创作领域贯彻落实习近平文化思想,不断夯实铸牢中华民族共同体意识的文学责任,培养少数民族文学中青年作家,打造少数民族文学精品,为那些已经在少数民族文学界和全国文学界成绩斐然、广有影响的少数民族中青年作家再助一力,再送一程,从而把少数民族文学最优秀的中青年作家集结在一起,以最整齐的队伍、最有力的步伐、最亮丽的身影,走向文学的新高地,迈向文学的高峰,让少数民族文学的星空星光灿烂,少数民族文学的长河奔流不息。以文学的初心,繁荣民族的事业;以民族的情意,打造文学的星辰。

入选"中国少数民族文学之星"丛书的作家,必须是年龄在50岁以下的、在少数民族文学界和全国文学界广有影响的少数民族作家。不管是否出版过文学书籍,只要其作品经过本人申请申报、各团体会员单位推荐报送、专家评审论证和中国作协书记处审批而入选的,中国作协将在出版前为其召开改稿会，请专家为其作品望闻问切，以修改作品存在的不足，减少作品出版后无法弥补的遗憾。待其作品修改好后，由中国作协统一安排出版，并进行广泛的宣传推广。

中国是一个多民族的大家庭。每一个民族都沐浴着党的民族政策的光辉、感受着党的民族政策的温暖，都在党的民族政策关怀下，蓬勃发展，欣欣向荣。在这个伟大的新时代，我们正创造着中华民族的新辉煌。每一个民族的发展与巨变，每一个民族的气象与品质，都给我们提供了生生不息的创作源泉。我们每一个民族作家，都应该以一种民族自豪感，去拥抱我们的民族；以一种民族责任感，为我们的民族奉献。用崇高的文学理想，去书写民族的幸福与荣光、讴歌民族的伟大与高尚；以文学的民族情怀，去观照民族的人心与人生、传递民族的精神与力量。

我们期待每一位少数民族作家，都能够到火热的生活中去，到广大的人民中去，立心，扎根，有为，为初心千回百转，为文学千锤百炼，写出拿得出、立得住、走得远、留得下的文学精品。不负时代。不负民族。不负使命。

目 录

心灵记述者阿娜尔　　王敏　/1

第一辑　　走过六百公里

走过六百公里　/3
想念伊犁的雨　/15
薰衣草和我　/26
蓝色浪漫　/37
杏树与杏花　/46
草原记忆　/55
自然烙印　/64
奶茶故事　/78
陌生人的光　/93
火车　/100

距离和隐忍 /105

父亲的冬不拉 /120

第二辑　河滩路上

我在乌鲁木齐 /133

在大巴扎逛街 /144

河滩路上 /155

城市的心跳 /164

碾子沟不是一个沟 /172

一棵树 /180

第三辑　乌鲁木齐短章

冬之韵 /191

滑雪记 /195

打陀螺 /198

米东的宵夜 /201

城市精灵 /205

春消息 /210

心中的庭院 /214

五彩绳 /217

夏日云朵 /220

花草生活 /223

七月的草原 /226

第四辑　　味道人生

味道人生 /231

新年 /244

天涯海角 /249

凉皮影像 /252

熟悉的馕香 /255

月饼的圆 /259

马肉纳仁 /262

想念一碗抓饭 /265

拌面的浪漫 /269

心灵记述者阿娜尔

（代序）

第一次见阿娜尔的时候，她很热情地用流利的国家通用语对我说，王老师，我想读您的研究生，不知是否有机会？我问她，你为什么想读研究生呢？她说，希望能学习到更多表达心灵和记忆的表述，说的时候，笑出洁白的牙齿，阳光下闪闪发亮。我说，你更适合从生活中寻找书写心灵、吟咏性情的文字，并勉励她好好写作。不承想，两年不到的光景，她便陆续写出了一部散文集，洋洋洒洒二十几万字，名为《走过六百公里》，我想，这里的"走"一语双关，不只是旅途行走，更是一种紧贴家乡记忆的心灵行走。借助散文重温旧事，不免发现，生命的书册里最美好的，仍然是其中某些段落带来的回忆，所有对心灵的记述大抵都会回到童年、回到家乡、回到初心。她与我闲谈时，谈家乡、家庭、工作与写作爱好之间的平衡也颇多，偶有烦扰，但每谈及写作、女儿和伊犁，她的表情便格外明亮起来。

在她笔下，家乡诸事均是心灵咏叹之对象，个人经历与地域游历以及生活中的五味杂陈相混合，一个超越日常生活中的"她"的叙述主体通过散文这种文类得以形塑。她会说："伊犁第一的美誉是有时间重量的"(《走过六百公里》);她也会说:"打破长久的沉默,也或者帮他找一个撕开陌生走向熟悉的突破口"(《在大巴扎逛街》)。

她的直觉锐利,体现在文字中,更多表现为通过色彩修辞所表达出的一种情绪感知,它们如此鲜活,带有对新疆南北疆幅员辽阔地域感知的诗性思维活跃其中。她会用紫色形容一时年少的激情(《薰衣草和我》);用蓝色形容一种情感的偏好(《蓝色浪漫》);用白色形容一种对季节更迭的心境(《我在乌鲁木齐》);用红色和黄色描写一份精神性的雀跃(《在大巴扎逛街》);用金色去形容主体所遭遇的炫目感(《一棵树》)。

难得的是,在她的散文中,比拟并不止步于形象间的一种简单的相似关联,而是具有一定深入思考的程式,与象征性相通,难免又蕴含一些类似小品文的哲思。比如她散文的第一辑中,会将乌鲁木齐与一棵榆树的姿态关联,认为它时而"孤傲",却又"自给自足",颇像是对自己早期在乌鲁木齐漂泊的一种境遇自况,但它有时又像一把庇护伞,"白色外衣下有股力量在燃烧""像在替所有胆战心惊的人守护平安",这又像是对思念自己良师挚友的一种移情了。

总之,看她的文字和看她的人,感到乐观、积极和充满朝气,像春夏之季伊犁河谷平原生长出的一株植物,那么生机勃勃。当然,也并不是要借助序言,总说一些溢美之词,文中也有许多瑕疵。作为她的第一部散文集,零星收录的均是她自2014年开始陆续发表在《西部》《新疆日报·副刊》和《乌鲁木齐晚报·副刊》上的文章,还很不成体系,缺乏一个一以贯之、"形散神聚"、令人耳目一新的主题;在散文格调的运思上,她也欠缺一份"过尽千帆皆不是"的阅历,少了些直指人心的锋芒。此外,语言的锤炼上她的确还需更加努力,若能删繁就简,左右推敲,巧设机关,令人浑然忘我,仿佛置身更加富于生气的文学氛围中,怕就更好了。

　　然而，瑕不掩瑜，在我所接触的为数不多的哈萨克族青年女性作家中，阿娜尔的散文里有一种难得的理性和思辨力量。不是每个人都能"偷得浮生半日闲"般，有把生活记述成散文的余暇，也不是每个人都具有将琐碎日常升华为哲理小品文的余韵，拥有这份余暇和余韵，是阿娜尔的运气和福气。

　　这份运气和福气在一位心灵记述者写作的初期，总能扮演一个有价值的角色。这本文集就是最好的证明。希望不久的将来，也能成为她的底气。

二〇二三年八月二十五日　乌鲁木齐

第一辑
走过六百公里

走过六百公里

一

多年来，我一直珍藏某天能自己驾车驶过果子沟的梦想，近二十年的时间它由梦想变为身体待开发的机能，冥冥之中似乎有个声音一直在执着地传达，再不开发这个身体机能，约等于它荒废，更等于我违背承诺。梦想产生于少年时期，那天我第一次远行，坐着从伊宁客运站出发的豪华巴士去往乌鲁木齐，此趟离家过一年才能回来，一年如此漫长，我将如何度过？陌生和恐惧让我蜷缩着身子，漠然地看着窗外大致雷同的景象，蔚蓝的天空下低矮的公路饭馆，细碎的石子百无聊赖地躺在路两边，当然它们有一个作用，隔开柏油路和土路。经过一辆车卷起一阵风，碎石子和尘土便借力扑向公路饭馆，饭馆的白墙在尘埃的覆盖中像是穿了件旧黄衫，透过一旁的窗户能看见男人大口吞面，即使有段距离耳畔也传来男人吞面的吸溜声，这是记忆根据眼睛回馈的画面检索出的声音。人的记忆庞大，无所不覆盖。

胃开始翻腾，我向后沉下去，伸展双腿，闭上眼睛，小心翼翼地与翻腾抗衡。睡意把我拉得更沉，五十厘米宽的床铺即将接受我新一轮短暂的睡眠。快看啊！有人一声惊叹。锐利的声音捅破睡眠织的网，我拨开那张网，揉揉眼睛，窗外的景色全然变了样，除了绿还是绿。奇怪的是，这绿隐约夹杂着湿润，而那股湿润已经触碰到了我，翻腾的胃顿时安静了，好像方才的翻腾不是因为颠簸，而是干燥。

我坐的大巴车载着年龄和我相当的男孩女孩，每个人通过一场考试的胜利换来这一次远行，只是各自远行的目的地不同，道别的人不同。接二连三此起彼伏的惊叹中，以为只会说"上车，下车"的司机师傅，终于被逼出另一句话："孩子们，这就是果子沟啊！"果子沟三个字激活了我的某个神经，甘愿被一路颠簸的身体突然有了气力。我终于经过了父亲信里常常出现的果子沟。

绵延的山路在成片成片的绿中引导大巴自如穿行，浅绿，墨绿，深绿……层层叠叠的绿直叫人心情舒畅，湿润一点点稀释了我情绪中夹杂的难过，眼睛也挣脱缘起困意的干涩和生硬，猛地想起母亲说的，多看绿色对眼睛好，所以童年的我在大把的绿色，那拉提的夏牧场度过。庆幸大巴车有大而明亮的玻璃窗，让眼睛零距离贴近绿。那时没有通火车，果子沟高速公路也未开通，在伊犁和乌鲁木齐两地间开夜班车需要走一段崎岖的山路。开着比自己的身体大几十倍的大巴车，载三十多号人自如地在不那么平坦的山路上驾车，还能经常地在夜里或是白天经过果子沟，少年的我突然地羡慕了手握方向盘的司机，有一天自己驾车经过果子的梦想朦胧地产生。大巴车终于离开果子沟，坐在大巴车里的我离开了家乡。

果子沟三个字很早就出现在我生命里，我和妹妹年幼时，父亲去乌鲁木齐教育学院进修，一去就是两年多。那个年代，他和家里的联系主要通过书信，两年里，父亲写了整整一箱子信。父亲的信经过果子沟，经过赛里木湖，走过那个年代还在缓缓增长的柏油路，以及缓缓减少的土路来到我家。母亲逐字逐句地念父亲写来的信,我看不懂鹅黄色信笺纸上,蓝黑色的线条符号——父亲用哈萨克文书写,它们真优美,一个牵着另一个像一群舞者般行走在黑色线条上,母亲用目光引导它们一点点地向前挪动。那群舞者用那时还只有母亲看得懂的舞姿诉说父亲的言语,父亲在六百多公里的另一端的思念变成了一字字,一句句,凝固在了鹅黄色的信笺纸上,经母亲的阅读重新流动,流经我们的耳朵,再与我和妹妹的思念连接。

果子沟三个字频繁地灌入我们的耳朵,我和小我两岁的妹妹瞪着圆圆的眼睛叽叽喳喳地问母亲:"'果子沟'是什么?"母亲按捺住急切想要知道父亲——她远方爱人消息的心,认真地解释:"孩子们,到了果子沟就是回家了。"后来换我远行,才发现果子沟离回家还尚远,这个远是从地理距离上来说的,地理距离必然带来时间距离,果子沟离到家还要六个多小时。即便如此,漂泊的身体依然能迅速认出故土的空气,意味着从果子沟开始,身体对熟悉的空气有反应。果子沟像是故土和漂泊之地中间的神奇转折,当我到果子沟,之后山的形象突然变了,空气也变得湿润。一路肿胀的手脚恢复原有的形态,酸痛的脊椎缓缓舒展,胃口也变得极好,公路饭馆点一份过油肉拌面再加一个面完全不成问题。最明显的还是绿,一种更深、更广的绿从果子沟开始蔓延,伊犁的绿愈演愈烈,近乡情怯,不可言说的妙。

二

到果子沟,自然会遇见伊犁第一的果子沟大桥。伊犁第一的美誉是有时间重量的,果子沟大桥动工修建就耗时五年多,近两千个日夜。通车试运营时我正巧大四放长暑假在家,课程已修完,只剩下论文,算是自己掌控时间的一段日子。菊月的尾声，母亲的菊花一个呼唤另一个地，执着地开着，红的，黄的，粉的……母亲养花的习惯多年不曾改变，她常说，花草的欣欣向荣也在反映人的生活。这话言之有理，少年的我是母亲花园前的过客，她隔三岔五浇水、除草，忙得不亦乐乎。孩子在母亲的习惯里成长，习惯会融进日子，融进日子的习惯跟着下一代在他的生活里延伸，婚后我也开始养花，与花草一同沐浴阳光，经历变幻的四季，我和花草之间是相得益彰的陪伴和成长。

大四回校，母亲提议全家人送我去乌鲁木齐机场，提早一天出发还能在果子沟附近的民宿住一晚。此番提议得到全家支持，尤其是我，那将是一场缓慢的告别，沉醉于沿途风景，告别的伤感也就无从谈起。果子沟深处绿的痕迹依然明显，依傍大地的植物精灵们努力保持层层叠叠的绿，绿中暗含的冷色调在风的浮动中才可能被发现，植物把季节的韵律把握得如此精细，不像人经一点风吹草动就容易乱了节奏。秋的凉意让热胀了整个夏天的皮肤变得紧致，这是让身体提前适应即将到来的寒冷，自然对人永远是仁慈的。我又一次来赴与果子沟的一年之约，果子沟隐藏了时间，一直保持着我十五岁第一次认识时的年轻，它隐藏的时间在我身上作用，少年的我，青年的我一年接着一年履行与果子沟之间的约定，一年一年地经过六百公里。

还未通火车的几年，实现乌鲁木齐和伊犁两地间人的搬运主要通过大巴车，线路车——小车，车程平均十小时，这对司机来讲相当耗体力，因此他们常常不修边幅，昼夜颠倒。完成一群人在六百多公里路上的运转是多么伟大的工作，司机们的一声"上车，下车"对一群人就是命令。求学那几年，大巴车司机在我眼里相当威风，尽管他们看起来需要花时间洗个头或者洗个澡。

去年5月我从外地出差回来，临时决定去伊犁看父母，火车票卖光，机票又太贵，突然想起大巴车，碾子沟客运站搬迁成为一代人的回忆后，我有五年光景没坐长途大巴，胃也几乎忘记过往的翻腾记忆。试着在手机上通过汽车站的公众号买票，出乎意料地买上当晚就出发的豪华大巴的票，并且是下铺，信息的便利让人惊喜。看来遗忘乌鲁木齐和伊犁两地间大巴的不止我一人。第二天一大早出发去乘车，宽敞的车站，崭新的大巴让人眼前一亮，司机师傅们还是从前的模样，威风凛凛，高大壮实。又似乎有些不一样，他们的头发迎风飘逸，看着精神抖擞，但被手持电子票的旅客团团围住的司机师傅们竟尴尬地不知所措。惊喜飘走，换来的是一种复杂的情感，时代变迁路上一部分人似乎被遗忘在了过去，也或许他们忘记了要往前走。另外，司机师傅们的被遗忘或者他们自己的遗忘也帮助如我这般坐大巴车远行的人打开了回忆，保留了从前远行路上似曾相识的一个片段，这么一想，我又宽慰了。

我坐的车晚八点出发第二天六点左右抵达伊宁。车内，人的气息混杂着食物的余味，熟悉的感觉立马扩大了方才被司机师傅们只唤醒了一点点的记忆。中途断档的五年不存在了，我似乎一直坐着大巴车来往于乌鲁木齐和伊宁。还是有些不一样，是什么呢？司机们"上车，下车"的命令没有了，到服务区旅客们自发下车找食物或行方便，更不一样的当然是路，没有任何地貌的起伏，看起来一马平川。

夜间经过果子沟和果子沟大桥，月亮似巨大的银盘低垂在山间跟着平稳的大巴平稳移动。想起十年前坐大巴经过果子沟，月亮会跟着车一起上下晃动，看来月亮也适应了平坦的路，它把光铺在暗灰色的路面上，沉默的路面有了生气，车辆在上面轻松前行。月亮还用光做了一层薄纱笼罩在山、草、木之上，山水草木被月亮的浪漫感染，微微晃动身子跳舞，也有的低垂着凑在一起窃窃私语，是人类无法知晓的自然言语。夜晚的果子沟竟然比白天还要有生气，果子沟浸泡在银光里，深绿上附着了白光，一切仿佛在流动，好像大巴车带着我们从一个白天穿越进了另一个白天，而这个白天发生在果子沟，奇特的景色让我彻底失了眠。

一大早抵达收费站，过了收费站前方就进入伊宁市区，我的激动又进入新的境界。天空突然没有一丝预兆地下起瓢泼大雨，真畅快，好像我心里酝酿了一夜的感叹以及刚刚的激动借滂沱大雨吐露了个痛快。

三

母亲不会开车，我和妹妹不够驾车的年龄，上学那几年父亲是家里唯一的司机。这么一想，那几年父亲为与果子沟一年见一次面的约定背负了更多，但少年的我只顾着见到果子沟和果子沟大桥的兴奋了。再者，父亲总是表现得比我还要兴奋，他会认真地讲述关于果子沟的起源，果子沟这个称呼因野果多而得名，它还有一个名字"塔勒奇达坂"，是一条北上赛里木湖，南下伊犁河谷的著名峡谷孔道。作为通往中亚和欧洲的丝路北新道的咽喉，果子沟素有"铁关"之称。父亲感叹在"铁关"建成大桥是多么伟大的工程，他那一代人尊重土地和土地上的一切劳动。

悠悠岁月，一拨又一拨的旅人经过果子沟大桥，留下崇敬的目光和赞叹，而造成这番崇敬和赞叹的恰恰是另一群人的智慧，还有一群人汗水的滴答中一粒粒沙石地搬运和堆砌。如此，人与自然的和谐共生，人与人的嫁衣关联都展现得淋漓尽致。生命的真谛或许就是如此吧，永恒宇宙一个小小的星球，人们用智慧操控技术做小心翼翼的改变和尝试，获得某种程度便利的同时维护万物共生的和谐。范围再小一些，一群人的劳动换回另一群人的幸福，也是一种和谐。如此的体会在经过果子沟和果子沟大桥时比较强烈。驾车经过果子沟大桥如同穿梭于云端，似乎一伸手就能够着蔚蓝的天空，以及软绵绵的云朵。人梦想着尽可能地抵达宇宙的最高处,开车经过果子沟大桥,在绿和蓝,宇宙间最上和最下的颜色之间感受自然的神奇魅力。

大四临毕业全家的送行最令我记忆深刻。父亲和母亲,我和妹妹都深知往后全家人整整齐齐地再兑现与果子沟的一年之约似乎不大可能了。世界上的事因少而珍贵,于是我们充分地投入,笑容尤其地灿烂。

秋末的凉意唤醒尚在沉睡中的身体,父亲精神抖擞,偶尔来了兴致大声哼唱哈萨克民歌。无奈没有冬不拉,冬不拉弹唱民歌是父亲的绝活儿,其实他会一种万能伴奏,配合很多歌,真可以说是以一曲顶百歌。我坐在副驾驶的座位上一边做向导,一边跟父亲聊天,有意无意地给他提神。父亲闭着眼睛都记得路,哪会需要人给他指路,但他依然希望我当似乎多余的向导,无非是想让我在一遍遍的复述中记住那段路吧,记住它的每一处细节,那是我的远行路,由十五岁开始一直在路上,那也是父亲给我送行的路,他在心里一遍遍地练习一个父亲对孩子的告别。

六百公里送行,有沉默的果子沟见证,有层层叠叠的绿做背景,是人行走浩大自然中的远行,也是一个少年孤单的离乡远行。父亲在那段路上反复练习未来的一场告别,9月初,一个阳光明媚的早晨,我穿着红色马甲,拖着折叠的裙摆坐上接亲的车,又一次经过果子沟,果子沟大桥,又一次从伊犁去往乌鲁木齐。驾车的人不再是父亲,熟悉的六百公里突然变得陌生和遥远,后视镜里的父亲和母亲连同那个夏天的伊犁一道成了一个仿佛近在眼前,实则触碰不到的风景。从此,和果子沟的一年之约成了我一人的奔赴,履行约定便是回了一趟娘家。

四

临近果子沟,天空落下淅淅沥沥的小雨,似一场低调的欢迎。父亲降下车窗,轻烟细雨里,远处的山峦、树木呈现一派朦胧的美,果子沟的底色愈发清晰,绿得更彻底,更深刻。坐在副驾驶上,我的生命里也在进行一场绿,青春的绿,梦想的绿。那时的我浅浅期待大学毕业,想象自己像父亲和母亲一样凭自己的能力赚钱,拥有自己的办公桌,脱掉学生标签的模样,想象手握方向盘自驾经过果子沟,那该有多神气,副驾驶狭小的座位拴住身体,却拴不住我激动的心,它从车窗逃出去,向着写有"果子沟大桥"的闪闪发光的大字飞去。

父亲提议在一片山脚下驻足,一家人整齐地站成一排,目光追寻远处群山的轮廓,遍地的野花循着我们投出去的目光一路开放,隐隐的香气被湿润的空气增加了重量,扑进鼻子,让人沉醉。更远的地方,瀑布凌空一泻而下,像是天仙向人间倾洒洁白的水,久了,又像是悬在空中的白色链条,成片绿色中格外耀眼。父亲说那是从果子沟的最高处,也就是松树头流下的高山瀑布,"那条瀑布简直在完成一场义无反顾的旅行啊!"我暗想。天时把此景和我们笼罩在似雨似雾的情调里,多余的一步也走不动,也不想走了。千年来,世人沉醉于这一"铁关"的壮美,激情澎湃,流连忘返,最后一颗心干脆锁在了果子沟。

每经过一次果子沟大桥,总会情不自禁地发出一系列呐喊:啊!多么宏伟!多么壮观!渺小的我会是它庞大身躯的几万分之几呢。敬畏会让人慢下来。停车驻足显然是不可能实现亦不被允许的,于是只好放低车速,尽可能慢地,再慢地经过,当车身彻底离开桥的边缘,再沿着向下蜿蜒的公路缓慢下降,回头继续朝大桥的方向看,依然看不够。如此缓慢的过程伴随的呐喊朝两个方向,一个是归乡的呐喊,另一个则是离乡的呐喊。十余年,时间幻化成一粒粒沙石,一丝丝雨水,一阵阵风……穿透果子沟大桥的每个"细胞",企图洗礼,试图改变。果子沟大桥始终沉默,时间在它身上隐没,成为广阔的果子沟的一部分。十余年，曾走过果子沟和果子沟大桥远行的少年已是另一番模样。

五

去年春节，我做了一次大胆的尝试，独自驾车带上五岁的女儿义无反顾地去故乡伊犁。独自在六百多公里的路上驾车，经历近九个小时的时间是勇气，也是魄力。十五岁萌生，二十八岁穿上红色马甲时更坚定的自驾梦想，差点被时间卷得无影无踪，还好我及时抓住。

那段路于我并不陌生，近二十年的时间，坐着大巴车、线路车、火车以及父亲的汽车副驾驶往返两地。火车大概什么时间到果子沟，通过哪一个隧道需要的时间最长，大巴车或小车在哪段路上会遇见果子沟大桥、赛里木湖等等细节，已经被记忆以信息编码的形式储存大脑。那段路上，十五岁的少年第一次出发，途中是二十岁的大学生，脑海中激荡着梦想的绿。二十五岁的青年，以广袤的绿色为背景想象遥远的三十岁、四十岁，想象后来的我会不会依然拥有伊犁广袤的绿，纯粹的绿，也或许把故乡伊犁广袤的绿和纯粹的绿装进心里，在暗黑的建筑阴影下，拖着长长的影子走在灰白的路面上走六百公里之外的路。二十八岁成为一个人的妻子，三十岁成为一个人的母亲。一人行变两人行再到二人行，向着生命最纯粹的绿慢慢沉淀，时间的细沙在少年身上堆砌，她被雕刻出新的模样。那段路，我走了二十年，也还在继续走。

即将开始自己掌控方向盘的旅行，何况还要带上路上可能随时失去耐心的女儿——她是好动的孩子。停车休息、吃饭、加油……众多可遇见的变化在心里一丝丝地酝酿紧张，但"中途会劳累"的想法没有成为束缚，心里莫名地有八个多小时、六百公里的独自驾车不成问题的自信。自信缘起对那段路的熟悉，对熟悉的事物感到心安是人的本能。父母通常不理解孩子没来由的自信，特别是当这种自信在他们目光可以丈量的范围之外。身体的劳累叠加安全的担忧会自然转化为父母对我此次没来由自信的束缚，他们显然是不同意的。于是我干脆先斩后奏，出发的前一天叫先生打包好行李装了车，我的行李非常多，回娘家的女人恨不得把一座城市都搬回去。我驾驶的车沉甸甸的，遗忘的约定，丢失的勇气和广袤而纯粹的绿，这一趟我要带着女儿一一捡回来。

一大早五点，叫醒沉睡中的女儿义无反顾地朝果子沟出发。城市也还在睡梦中，地面上的零星活动引起的窸窸窣窣声让城市更安静，月亮在黑幕上认真地表演独自闪亮，北斗星清晰且骄傲地挂在另一方，它和月亮一起为我和女儿此趟尚处实践暗处的行程亮了灯。母亲常说要敬畏月亮，黑夜里月亮是最亮的一盏灯，我突然感到心安。

六年前出嫁经过六百公里远行路时，我曾在心里许下未来的一天要独自驾车经过果子沟大桥的承诺。那时，离别让熟悉的路沉重，果子沟也带着悲伤的色彩。一时竟怀疑起人为何要经历婚姻，为何要远离父母，在远处旁观他们的衰老，坐在一旁的先生接受我无声的埋怨，时不时用目光投来疑问，我用沉默给予回答。现在想来，对同样是第一次尝试婚姻的青年着实有些不公。先生也曾经过果子沟和果子沟大桥，作为道路和桥梁工程师在果子沟大桥延伸出去的某一段路上，戴着帽了，拿着设计图，面对无边无际的山路，无边无际的空旷，身材高大，皮肤黝黑的青年是否想过自己修建的这段路会延伸向远方，与果子沟和果子沟大桥连接，甚至与自己的婚姻连接，他会牵着一个女孩的手走过她的六百公里。

"太壮观了。"良久，我终于平静地说出一句话，先生长舒一口气，鼓起勇气牵我的手。我们通过双手的碰触试图寻找更多对方身体的温度，以及摆在我们面前的婚姻的温度。

车行至果子沟大桥，我和先生不约而同地转头望着窗外，果子沟大桥任凭我们在它蜿蜒的臂膀上前行，最后把我们送出了那段路。前方是美丽的赛里木湖，也就是驶出伊犁的边境进入博州，彻底离开故土的最后一寸土和一丝空气。那时的我预想自己很快会手握方向盘再走一次那段六百公里的路，再赴一次约定。凌空飞渡的果子沟大桥北起蒙琼库勒，上跨果子沟峡谷，南至将军沟隧道，用其七百米的身段横亘于狭长的果子沟，穿行于幽静山谷之间，生动诠释什么是险、奇、美。身处大落差、大盘旋中，穿着红马甲的我反复问自己，未来的路上等待我的会是什么？是幸福？是野果般的甜蜜？

六

当我终于手握方向盘经过熟悉的六百公里，走过熟悉的果子沟和果子沟大桥，想象的激动并没有发生，我如此冷静。隐隐的自豪如火焰般在心炉升腾，但我没有人诉说，果子沟和果子沟大桥是我骄傲的倾听者。终于让十五岁少女朦胧中产生的梦想得以实现，自驾经过果子沟和果子沟大桥如此威风，这一趟自驾也终于让二十八岁的红马甲姑娘心中的疑惑找到答案，原来我早已在这条路上成长了，我似乎在以独自驾车经过六百公里告诉故乡伊犁，十五岁远行的少女以新的模样回来了。

十五岁第一次走过漫长的六百公里，坐在大巴上望着身后渐行渐远的果子沟，心里空荡荡的，二十八岁穿着红嫁衣的我离开果子沟，心不再空荡，但装了无数个疑问。一次次喝够母亲的奶茶，吃够包尔萨克，远行中脱去困惑，用经历和爱填补心里的空洞，驱走疑惑的阴霾。远行不再意味着孤独、苦涩，如今想来，只剩下自豪。

后座的女儿雀跃得如同一只轻快的燕子，若没有玻璃窗的阻挡很可能会飞出去。曾经流淌在血液中的激动以基因的形式传递给女儿，神奇。未来，她或许也会驾车独自经过果子沟和果子沟大桥，走过她的外公、母亲走过的六百公里，那时的果子沟和果子沟大桥一定是另一番模样，她的远行或许会以六百公里的完成为起点，展开新的我暂时还没法定义距离的一段路。过去，父亲提着灰色的手提皮箱几天几夜经过果子沟，后来，我拉着黑色的拉杆皮箱，坐大巴和火车一天一夜经过果子沟，现在女儿随我一同从清晨出发，在太阳最热烈时经过果子沟。时间在缩短，时空似乎在交错，我们最年轻的模样和最炽烈的热情献给了果子沟，以及六百公里的远行路。

常想，那段路对我意味着什么，六百公里的路是风景也是记忆，一段辽阔宽广的记忆。经过那段路，等待我的是不同的风景，不同的空气，还有提早两个小时的、以北京时间计量的生活。那样漫长的一段路上也走过许许多多像我这样的人吧，从伊犁的某一个地方，某一处院子出发，背上行囊，坐上自行车、公交车、大巴车、小车、火车……冲破时间，辗转不同的交通工具，终于走过六百公里去往乌鲁木齐或者其他更远的地方。也有一部分人从乌鲁木齐，或者更远的其他地方走过六百公里，走过果子沟去往伊犁，把自身的模样画进伊犁这幅庞大的画卷。

六百公里早已不是我一个人的远行路，它是一代人的变迁路。

想念伊犁的雨

一

我爱伊犁的雨，尤其爱听雨声。雨是自然的奏乐，时而极柔轻盈，像儿时母亲温柔的抚摸，我往往会很快入睡，做甜甜的梦。雨水时而又细又密，宛若人心深处的秘密，某一刻起，我也开始积累秘密，或许那一刻是我悄然长大的起点。雨水有时也迅速猛烈，似一场痛快的告白，二十八岁的我接受了一场痛快的表白，接着与那位表白者携手步入婚姻，从此开始柴米油盐的日子。

常言春雨贵如油，对我而言，伊犁在四季下的雨都如金子般珍贵。这倒不是指伊犁的雨水少，伊犁的降水量在南北疆排在前列，所以它才会有"塞外江南"的美誉。或许是雨水偏多，伊犁的空气是真的好，也因此，即使我毕业后定居乌鲁木齐，有了房子，父母也不愿搬离伊犁，他们守着故乡的一寸土，土是他们的根，迎着伊犁温和的风，沐浴一年四季不间断的雨。父母在身后的故乡，故乡是我的父母。

前年3月请了长假，带上女儿坐火车义无反顾地向伊犁出发，在此之前有些日子未回故乡。女儿未满一岁就被我带着在乌鲁木齐和伊犁两地间的漫长六百多公里路上往返，交通工具通常是飞机和火车，有时自驾、坐汽车，但路程长，身子蜷缩在狭窄的空间比较辛苦。女儿打小就见过果子沟和果子沟大桥，当然还有伊犁和乌鲁木齐间的那片蔚蓝色的天空，她出神地望着果子沟大桥在山林间绵延，她还不会完整的言语，但言语在女儿小小的身体间流淌。女儿用小手指着卡片上的图片认识水果、动物，学人类语言时就知道了"呼勒嘉"——伊犁。"呼勒嘉"是女儿为数不多的词汇里发音清晰且明亮的一个。

那趟回乡之行开始之前就听父母激动地说，春姑娘早已开始它在伊犁的表演，而同一时空，不同地理的乌鲁木齐，冬姑娘对天山脚下的"天然牧场"流连忘返，离开时仍一步三回头，超长的裙摆拖在身后，用点点的白色点缀高楼、树梢以及马路沿边的草丛。气温无法很干脆地升起来，好像欠了一股助推的力量，早晚温差明显，于是，行走在乌鲁木齐街头，常听见路人似在抱怨又不像是抱怨地说："乌鲁木齐的冬天真漫长呐！"或许是因太久没有回故乡，伊犁用热烈的雨欢迎了我和女儿。出火车站，滂沱大雨卷着雨幕狂奔过来，阵阵凉意扑面，我不禁打了个哆嗦，简直是一场放肆的大雨啊。

雨幕被狂风吹卷着，像一个大巨浪，预备用浪花浇灌我和女儿。担心女儿冷，刚准备给她披一件外套，谁知，她兴奋地直跺脚，朝那片浪花大喊："妈妈，雨下得真大啊！我能去踩水坑吗？"女儿喜欢一切与水相关的事，这场雨简直投其所好。我远远看到父亲母亲拿着伞在出站口等候，两人见到外孙女的瞬间，眼眸被点亮，同时张开双臂，女儿像只小鸟般轻盈地飞过去。我赶忙拿出手机，轻触摄影功能记录，人生匆匆，每个幸福时刻应该被记录，所以我们才在无数幸福时刻拼凑的幸福洪流里勇敢地朝未知的海岸边拍打着过去，否则短暂的人生留下的除了匆忙还是匆忙，该多可惜。祖孙热烈相拥的这一幕让我陡然想起从前，求学路上坐火车或者乘飞机回家，父亲和母亲也站在火车站或者机场的出站口，用焦急的目光寻找我的身影，三人的目光相聚，我像归巢的鸟儿般狂奔向父亲和母亲，与他们热烈相拥。伊犁机场不算大，他们会很快看见我，高举着手大声疾呼我的名字。伊犁火车站很大，父母会早早地开车过来，站在人群的最前面等待，还未走到出站口，我先远远地看到他们。多年来，父亲和母亲探头寻找我的样子深深地刻在我脑海。眼眸迷离于茫茫人海，在乎的人就是一把火炬重新点亮眼眸的光。如今，两人的眼眸增添了新的光，父母的爱是跨越一代又一代，一个遥远的牵挂兜兜转转地回来，带来新的牵挂，寄托有了新的驻点，漫长又孤单的日子才有盼头。

我们奔跑着淋了短暂的雨，坐上了车，父亲是驾驶员，我实现了脱离方向盘的自由，顿感舒心。少时，父亲常驾车带家人旅游，去得最多的地方是那拉提，还有父亲的故乡吐尔根，如今这两个地方因为草原和杏花远近闻名。当然还有我远行路上一年年经过的果子沟和果子沟大桥。父亲驾车的样子相当威风，坐在后面随父母一起旅游的感觉相当舒心。毕业后在乌鲁木齐定居，上下班跨区的缘由，不久便和父亲一样开车上下班，在拥挤的河滩上驾车费神费力，单位和住所只是走几步路的距离至今仍是我的梦想。

大雨不知疲倦地隆隆地下着，风呼呼地吹，耳边风声、雨声不断，伊犁终于没能忍住，对着我怒吼："远嫁之后，真的把故乡忘了吗？"我突然感觉愧疚，伤感涌上心头，想撕掉成人的皮囊重新变成孩子，再度回到儿时，下车在雨中狂奔，细碎的雨粒打在脸上的感觉越来越清晰。日子越过越多，也越过越少。才发觉我太久没有好好地淋一场伊犁的雨，那些无所谓远行、无所谓离别的日子被时间封尘，丢在我脚步无法到达、伸手无法触摸的远方。大雨忙着冲刷街道，原本就干净整洁的伊宁愈发透亮，路面的深黑色更纯粹，斑马线更清晰，我的心跟着透亮，渐渐释怀。

排队行驶中的车辆完全地浸泡在滂沱大雨中，雨刮器"唰唰"摇摆，但显然不及雨水疯狂拍打玻璃的速度。父母身边，一个人永远是孩子，我舒展身子挽着母亲的胳膊倚靠在她的肩上，鼻子疯狂寻找母亲的体味。女儿学着我的样子，靠在我肩上，鼻子在我的衣服上摩擦。父亲放慢车速，冷不丁说了一句："是一场'欢迎雨'啊！"我和母亲，甚至四岁的女儿都听懂了他的幽默，齐声哈哈地笑。父亲有一种恰如其分地抛出适合那一刻氛围的幽默的能力，所以他的朋友多，有些是他驻村结识的牧民，后来父亲结束驻村回家，他的牧民朋友隔一段时间带大小包自家种的菜，做的酸奶疙瘩和酥油来看父亲。伊犁人热情好客，朋友千里迢迢造访，昭苏县是距离伊宁市最远的一个县，更何况从昭苏县的乡镇或村启程。

父亲让朋友留宿，母亲准备羊肉纳仁。母亲是实在人，绝不允许家里的达斯塔尔汗——餐桌布冷冷清清，哪怕只有一位客人也会面对达斯塔尔汗上不留一丝缝隙的美食。父亲弹奏冬不拉和朋友一起高唱民歌，雨水在窗外滴滴答答，温热在屋子里升腾。我喜欢家里热闹些，生的努力，活的希望在每个人的笑容里如伊犁的雨般栩栩如生，清晰可见。我羡慕父亲的热情爽朗，自认为或多或少遗传了父亲的优点，在硕大的乌鲁木齐落脚的头一年结识了不少朋友，我和朋友的第一场聚会也是在下雨天，那场雨前一天刚刚结束伊犁的表演，第二天火急火燎地赶到乌鲁木齐上空，我在那场雨热情的浇灌中结识了一群新朋友。日子在陌生的乌鲁木齐延展，那些朋友在彼此的见证中步入婚姻，有了小孩，每一个以"我"为中心的生活在乌鲁木齐的一角展开。我在伊犁的雨中长大，在乌鲁木齐的雨中生活。

二

那几天在伊犁，清晨醒来做的第一件事一定是在阳光房赏雨，我打小爱雨的气息，甚至疯狂地想要尝几口雨后的泥土，母亲称之为怪癖，难道阿纳西——母亲烧的奶茶不香吗？阿纳西烧的奶茶当然香，奶茶是我生命的一部分，这点毫无疑问。突然一阵风把雨滴朝阳光房的方向扇过来，大的雨点被纱窗切了个碎，不偏不倚地飞溅到我脸上。我时而清醒，隐约有一碗马奶酒下肚后全身的酣畅淋漓，时而痴醉，一股带着马奶酒的醉意冲进雨水中舞蹈的冲动直逼我走出阳光房外。少时，每当下雨，我和妹妹就跑出屋子在院子舞蹈，跳的通常是"黑走马"。雨下得越大我俩跳得越欢乐，直到浑身湿透，母亲的喊叫声穿透厚厚的雨帘，比最大的雨滴还要大地砸向我们，我和妹妹才匆忙地踩着母亲忍耐的极限跑回屋子，换一身干净的衣裳，把湿透的衣服、裤子、袜子挂在暖气片上，躺下来把脚伸进暖气片的缝隙里暖身子，互相挤蹭胳膊哈哈大笑，显然没有尽兴，一场兴奋的雨还在我和妹妹心里下着。

童年的快乐缘起一个个肆无忌惮的闯荡，世界很大，我们生活的地方不大，在仅有的一片天地我们总能制造巨大的快乐。那时我家住巩乃斯——新源县，有很大的院子，种了成片成片的杏树和苹果树。杏树、苹果树经雨水冲刷，叶子绿得透亮透亮，少时的我认为那是杏树、苹果树高兴的样子，它们高兴的次数多，秋天结的果子多。如此，母亲做的果酱就多。秋天是丰收的季节，我家院子也是丰收的一角，满院子的苹果、杏子散发它们特有的清香，果子的味道是收获的味道，母亲的果酱是生活里不可缺少的一份甜，我和妹妹兴奋地跟着母亲成箱成箱地摘苹果和杏子，母亲每年做果酱的前奏轰轰烈烈地开始，但我俩吃的总比摘的多。

我陷入如雨般滂沱的记忆，全然忘记身在何处，终于，阳光房屋檐上跌落的雨点汇集起来，如一条条小河般从窗户顶端倾泻，在玻璃上划出清晰的线条，线条流得随意，下一个方向完全不在人的预料之内，这种自在令我好生羡慕。雨水敲打地面的"滴滴答答"声响，同母亲喊我喝早茶的声音一同传入耳畔。此时母亲声音是温柔的，她的声音穿透雨帘被切碎再重组，在我的耳畔汇集。从伊犁雨季里的一次非常有仪式感的早茶开始，对我而言也是久违的，用伊犁方式喝奶茶。先生是阿勒泰人，公公婆婆习惯用阿勒泰方式倒奶茶。结婚后，我不仅切换了生活的城市，也切换了倒奶茶的方式，第一种切换的考官是我自己，但我是一个踌躇犹豫的考官，对于切换的结果始终拿捏不定。第二种切换的考官是婆婆，她是一个干脆的考官，对于切换的结果大部分给予否定。一碗阿纳西用伊犁方式倒的酥油奶茶进了胃，畅快。心中的什么东西似乎被激活了，具体是什么呢？是儿时在暴雨中与妹妹跳转圈圈舞，赤脚在7月的那拉提草原上狂奔的记忆？雷声和雨声叫醒山、草、木，为它们换了一身新衣，我和妹妹也需要重新换一身干净的衣裳。这么想来，女儿喜欢雨水大概率随了我，无奈住在庞杂城市的楼宇一角，没有大院落，更没有大草原供她在雨中撒欢。年轻的我为了奔赴大城市，间接剥夺了女儿接触自然的权利，这算不算一代人的无奈呢？

　　一碗奶茶似乎也激活了其他记忆，少时，曾在滂沱大雨中与表妹一起哭着找外婆，那场雨下得很大，表妹的哭喊声更大，她不停地重复："奶奶也不要我了！"年幼失去父亲，母亲奔走生计，记事起就依赖奶奶的小女孩，落魄地走在两排白杨树间的干渠道内，雨水完全淋湿表妹，她像是失足掉进水般的无助，而我不会游泳。雨水当然也淋湿了我，但我看不见自己淋湿的样子，也记不得淋湿是怎样的感觉，脑海里塞满了表妹独自走在小水渠内哭喊的画面。那是一条干了很久的水渠，只在下雨时才会让住在那片的人想起它曾是一条水流量还算富足的水渠，就像一个失败的人再度闪耀光辉，才让人想起他曾经也有过光辉。雨点落在干枯的渠道里汇集成溪流浸湿表妹的鞋子，她顽强保留的，身上的最后一处干燥也被雨水侵入。我与表妹平行地走，走在高处水泥地面上的我很快同那场雨一起渗入她更深的悲伤。

一些过往之所以被记住，无非是当时太难过或是太快乐。我当时太难过，为打小失去父爱，母亲又不顾家的女孩难过。十岁的我记住了深刻的难过和那场雨，不知表妹是否记得那场雨和她当初的难过，她只比我小一岁，如今已是两个孩子的母亲，先生在外地当警察，表妹一年三百六十五天的三分之二的时间独自抚养两个孩子。我去伊犁也会去找她，见见我的侄儿，每一次表妹以一个愈发成熟的形象迎接我，有那么一瞬间我会觉得她更像我一个年龄大很多的姐姐，表妹新的形象几乎刷新我从前对她保留的记忆，印象里她傻里傻气，很爱笑，个子很高但看起来柔弱无力。见多了表妹现在的样子，只觉得从前在大雨中哭泣的女孩不见了踪影，或许表妹早就送走了她。我们踩着过去的影子朝前走，过去的影子在层层叠叠的脚印下模糊，有些被雨水冲刷，不见了痕迹。

三

每当伊犁下雨，我总是不自觉地想起外婆。儿时的印象里，外婆总是一个不落地参加亲戚家所有孩子的婚礼，哪怕需要坐很久的车，走很远的乡村土路，她也乐意。外婆那是在寻找一份热闹，一壶浓黑的奶茶，一只浓郁的莫合烟，外婆一人沉默在伊犁师范学院家属楼，三楼一扇窗内的烟雾缭绕中，她是孤独的。与亲人相聚，和儿时邻居谈笑，能让外婆的孤独暂时被吓退到热闹背后，兴许它还能躲一阵。外婆带着布匹和包装的方块糖去村里赴宴，回来时带很多婚礼故事，以及包在方巾里的糖果。她在桌子上小心地摊开方巾，把糖果分给我和表妹，心满意足地看着我们吃。我们吃的同时，外婆给我们一人倒一碗浓黑的奶茶，自己点一支莫合烟滔滔不绝地讲婚礼遇见的趣事，还能通过某件趣事追述更远的从前。那些人和事对我和表妹而言很陌生，我们甚至对她用的词汇陌生，提不起兴趣，于是在吃完所有的糖果后，我和表妹便失去耐心，捧着肚子躺在榻榻米床上说小孩的事。

外婆自顾自地讲大人的事，她一边讲，一边"咯咯"地笑，她的笑声独特，结尾带着强烈的喉咙震颤，震动我的鼓膜，弄得我不大舒服，当我听见类似的笑声感受同样的不舒服，惯性使然地想起外婆。外婆的孤独不需要观众，曾以为我和表妹是观众，可我们也是她孤独的一部分。我和外婆之间隔着一段距离，她忙着照顾大舅的两个女儿，也就是两个表妹，其间还忙于打理外公留下的院子，喂养跟了她很久的老山羊。直到两个表妹相继步入小学，她才姗姗地走进我和妹妹的生活，小心翼翼地叩响与她住的房子只隔两条街的宅院的红色大门。在一个雨后的清晨，披着金黄色的阳光躲在红色大门背后羞涩地笑，最后是母亲领着她进了屋。

与表妹一同淋的那场雨越下越大，我们一直没等到外婆，或许她在与亲友的叙旧中，在去阿什勒布拉克村或者哈拉布拉乡八大队或九大队参加另一场婚礼时，忽略与她孤独藕断丝连的所有人和事，一度做回自己。也或许那场大雨故意困住了她。那么长久以来，外婆又是什么身份呢？是妻子，是母亲，是奶奶？后来的一天，我们真的再也找不到外婆了。她到最后都没能给我和妹妹继续亲近的机会，外婆把我们和她之间的距离拉得更大，大到了天和地，生与死。十五岁那年夏天外出求学，离开前和外婆的匆匆拥抱成了我们最后一次亲密接触，我欠外婆葬礼上的一场如滂沱大雨浇灌般的大哭,那是我今生的遗憾。

时间突然出现一个小豁口,旧事从里面"哗哗"地流出,我再次掉进那场滂沱大雨,忽然感觉衣服和双脚湿漉漉的,身体不自觉地抖了一下,赶忙在母亲察觉之前连喝好几口热茶。可我天真了,孩子身上一丝一毫的变化怎能逃过父母的慧眼,那双我们出生时就系在我们身上的眼睛,时刻与我们同呼吸,共命运。"这碗奶茶倒得浓了些,让你想起外婆啦!"母亲的嘴向上一抿,脸上渐渐绽放出慈爱的笑容,我在那笑容里可以假装自己一直是未长大的孩子。"是的!"我傻呵呵地笑着回答,"但今天不是因为浓黑的奶茶……"第二句在我心里无声沉淀,越攒越多的年龄让我们不得不学会沉淀一些东西,它们无声地渗入血液,长进鲜活的肉,成为我们的一部分。

四

那趟伊犁行,雨连绵不断下了两个多星期,大自然的奏乐一刻也不想在伊犁温润的土地上停止,大概这片土地太适合奏乐了。母亲说:"伊犁很久没有这样下过雨嘞。"雨水的不懈努力终于把冬天刻意留下的白色足迹抹去,土地在春日暖阳地照耀下呈现了灰黄色,孕育新生命的颜色。雨后的伊宁凉意明显,我在一个没有下雨的阴天带女儿去六星街做手工,进了作坊,老师问女儿想做什么,女儿不假思索地回答:"冰墩墩!"原来刚刚走远的冬天在女儿心里藏了一份礼物。她跟着老师做手工,我在一旁的书架上随手取了本游记阅读。突然一道光透过玻璃门斜射进屋子,我起身朝门外走,想见一见久违的伊犁的晴天。阳光拨开厚重的乌云幕帘,为自己掀开一个很大的圈,几日未见的蔚蓝色在太阳背后浮现,太珍贵了,这片清晰的蔚蓝和金黄与天幕其他地方成片的暗灰色形成鲜明对比，如同人生有明亮的日子，也有灰暗的日子，剥开灰暗的日子，明亮的日子一圈圈地出来，足以填满一生。

我沉醉于雨后伊犁的街景，干脆倚靠在门框上静静观赏，对于归乡的伊犁人，在故乡的每一分钟都是珍贵的。那片蔚蓝和金黄越来越大，地面的一切渐渐清晰，高耸的建筑有了轮廓，来往车辆的车身发着光，行人看着轻松愉悦。果然，人世间静的、动的生物皆需要光和色彩的加持。大脑一味地天马行空，我已经没能力抓不住它们了，任凭思绪在广阔的伊犁游荡吧，去那些我在短途假期无法抵达的地方。门前明亮发白的马路上突然落起黑色的雨点，起先只有几滴，很快密密麻麻的一大片。此趟近两个多星期的雨季表演中，伊犁竟穿插了一场太阳雨，真是意料之外的惊喜。不一会儿，天幕出现耀眼的彩虹，它们横亘在伊宁上空，给原本就浪漫的城市增添新的浪漫。我难言激动，大声呼唤女儿，她闻声小跑到我身边，对着那片耀眼的七色彩虹拍着小手喊："彩虹，彩虹，是彩虹啊！"

大雨倾盆，小雨沥沥，3月，春天的脚步刚抵达伊犁，它就忙着用不同的方式演绎何为雨季，如何才能称得上"塞外江南"美誉，如何拉长春天的脚步。也是，地处天山北部的伊犁河谷，成功吸纳大西洋和地中海的暖湿气流，极具中亚地域人文特殊气质的"湿岛"伊犁，当然要下雨了。

一连几天面对这样的大雨，大脑把关联雨的记忆一个个检索出来，我在回忆里一度做回少年，一遍一遍淋浴。曾在一个爱下雨的南方城市读高中，那里的雨下得非常大也频繁，大的雨伴随大的雷声，甚至还会碰到狂风暴雨把大树折断的日子，那时的校园像是被欺负的小孩般处处透着委屈。高三下晚自习比高一和高二年级晚。有段时间，一连下了几天雨，下了自习，教学楼的第一层被雨水漫灌，正当我们为怎么走回宿舍发愁，几个高二年级的学妹自发组成护送学姐回宿舍的志愿队伍，她们在雨下得更大之前拼凑长板凳在楼道搭建了一条路，我们带着感动走过那条路，她们举着伞在另一头等待，送我们回宿舍，又是一波雨水浇灌的感动。雨一直下个不停，我和其中一位学妹并肩走在伞下，心里暖暖的。身处离家四千多公里的城市常常想念故乡，想念父母，实现梦想的孤独岁月，一点点温暖足以拨动全身的弦。我和学妹快速朝宿舍赶，一阵风淘气地把雨点扫到我的脸上，恍惚间感觉正在红伞上奏乐的这场雨是伊犁的雨，也是，大自然的雨会有多少差异呢？多年来，我对伊犁的雨保留了一份偏爱。

　　雨的节奏时慢、时快，像是要善始善终地完成一件事。阳光房外，以雨幕为背景的景色如水墨画般此深彼浅，云朵收集的所有人间秘密，就在我回伊犁的那几天随雨滴一字不落地，又落了回来，包括我心里隐藏的多年偏爱。

薰衣草和我

一

薰衣草之于伊犁，如同库尔勒的香梨，阿克苏的苹果，那么自然地关联。当人们提起伊犁，脑海中一定会浮现绿色的草原，蓝色的喀赞其，紫色的薰衣草……如此看来，伊犁在人们心中是五颜六色、多姿多彩的。有色彩的东西总是好看的，吸引人的。譬如彩虹，不会常常遇见，也只停留在触不可及的天幕，所以人们向往彩虹，赞美彩虹。人们也向往伊犁，赞美伊犁，多彩的伊犁不会像彩虹那样不可接近，它坦然地接受人的倾慕，接受五湖四海的旅人的拥抱。追逐浪漫的人渴望牵着爱人的手，带上相机直奔薰衣草的海洋，但不是谁都能随时随地出国去"骑士之城"普罗旺斯，于是人们选择伊犁。伊犁以其独特的地理位置和气候条件，建成全国最大的薰衣草基地，也是世界三大薰衣草种植基地之一，光凭这两点足以让伊犁人，特别是像我这样漂泊在外的伊犁人为之骄傲。当我介绍自己的故乡是伊犁，常常引发好一阵薰衣草话题，在座的人争着讲述自己看见的，或是听见的薰衣草故事，我当然是其中最有话语权的。

只因故乡伊犁有薰衣草，我曾不止一次在成片的紫色花海中走过，也留下那一年一季的某一天畅游紫色海洋的侧影，一生中再也无法回到我身上的年轻模样。羡慕薰衣草每一年都是崭新的，自始至终以浪漫和典雅的模样示人。岁月不会在植物身上留下痕迹，一年接一年，它们以从前的样子破土而出，向阳而生。植物追逐时间，跑赢了时间，于是岁月在自然的怀抱中流逝。人跑不过时间，最后在时间的洪流里淹没，成为一粒尘埃。每年，五万亩的薰衣草在伊犁霍城县的薰衣草庄园竞相绽放，连绵馥郁，随风摇摆，俨然一片紫色的汪洋大海。伊犁州管辖的八县一市中，位于伊犁河谷西部的霍城县以它独特的自然禀赋成为名副其实的"中国的薰衣草之乡"。光在电视里看航拍视频画面就足够荡起人心中的涟漪，更何况身临其境于紫色海洋，那如梦如幻的感觉真不是人类言语能描述得清的。只能放空自己，或者想象自己化作一粒尘埃，无声无息地沉醉在薰衣草清淡凝神的独特香气中，享受难得的悠闲时光。干脆陶醉于白然、蓝天、白云、青山和紫色海洋，一阵风拂过，层层叠叠的波浪此起彼伏，仿佛在演绎生命的律动。

二

　　于我，薰衣草的一切都是迷人的。它的香味自然、清淡，不过分浓郁也不近乎寡淡，闻起来恰如其分地舒适，紧绷的神经渐渐放松，四肢好像无限生长，足够拥抱天和地，身体各处的郁结也在无限里散开，最后了无踪迹。这是一个人完全投入自然的真切感受，如此形容一点儿不夸张，也不带个人偏爱，好奇者可前往伊犁薰衣草之乡亲自体验，想必体会一定更深刻。小心翼翼地靠近这群紫色精灵，俯下身子，鼻子贴过去，细细地嗅一嗅，又能隐约闻出一丝青草的味道，这是薰衣草包蕴的所有味道里我最钟爱的味道。如同一个人有多种性格，唯独用心接触才能捕捉到接近他的性格，从此合拍。伊犁薰衣草的青草香便是我多年来一直让自己靠近它的特殊味道，薰衣草独特的香味能舒缓人烦躁的心情，亦有助于睡眠。这点我深有体会，在外求学的八年间，母亲习惯在我的行李箱里放几个薰衣草香包。那些年母亲送的薰衣草香包随我一同远行，最远去过广州、深圳，也去了上海、青岛，最后跟我一起留在乌鲁木齐。我至今仍习惯在衣橱里放几个薰衣草香包，也常买薰衣草干花束装饰客厅和卧室。夜晚枕着薰衣草的青草香入睡，成了我长久以来坚持的优雅城市生活习惯。

女儿还只有三岁时，常抬着她对万物好奇的小脑瓜定睛地看着簇拥在花瓶里的紫色精灵，用宛若黄莺的声音问："妈妈，那是什么花呀？"当我说那是薰衣草，她用仅有的词汇拍手赞美。"真好看呀！""真美丽啊！"是她常用的两个句子。女儿陶醉于美好事物的神态，浓密的黄色眉毛，大大的眼睛，红嫩的小嘴唇，常令我深深幸福。人对美丽的感受不分年龄，虽然受语言的限制，但肢体动作，闪着光的眼神足以表达她对美好事物的喜爱。于是，女儿也像自然地接受和喜爱酥油奶茶一样，也自然而然地流露对薰衣草的喜爱。外出求学的日子，辗转小汽车、大巴车、火车，经近七十小时四天三夜终于到学校。进宿舍首先打开箱子，熟悉的薰衣草香透过鼻尖直达心底，旅途的劳累一扫而光。我也会给舍友带薰衣草香包，她们也学着我的样子把香包装进衣柜，满屋子飘着整齐的薰衣草香，同楼道住的女生给我们宿舍起了一个浪漫的名字"薰衣草宿舍"。毕业多年，曾住在"薰衣草宿舍"的四个女孩在不同城市定居，铺展寻常的人生。

三

少时，我家住巩乃斯——新源县，有很大的院子，一部分是果园，另一部分父亲种了蔬菜，母亲养花，很大一部分是玫瑰。4月，成群的玫瑰争相开放，再加上一旁的太阳花、紫罗兰、月季花……整个院子成了花的海洋，热闹极了。玫瑰的香最浓烈，刚走到红色大门就能闻到醉人的香。玫瑰是多情的，它们用红、黄、白、粉……多姿多彩的颜色尽情地施展妖艳和妩媚。有几年母亲试着种过薰衣草，妖艳的玫瑰花丛中，一抹紫色精灵总能吸引人的目光。后来父亲工作调动，一家人不得不搬离大院子，母亲的十余个盆栽随我们一起搬家，花园当然是带不走了，它们易了主人。搬家的头一年，只要碰到周末或者是放学早的日子，我和妹妹就瞒着父母骑自行车跑到大寨渠桥上远远地巴望从前的院子。很长一段时间，总有属于自己的东西被别人抢去了的委屈。我俩把自行车倚靠在一旁的路沿石上，自己站在桥上双手撑住下巴久久地朝院子望，兴奋地说着以前的趣事。有时运气好，红色大门敞开，能看到母亲的花园，薰衣草依然闪耀着它最纯粹的紫色和我们对望。童年的色彩是丰富的，丰富的色彩里包含了炽烈的紫色。每每此时，我和妹妹几乎同时有一股走进院子把那片薰衣草连根拔出来带走的冲动。无奈没法让冲动变成现实，于是我们愤怒，愤怒拉近我和妹妹的距离，年龄相近我俩没少打过架，起过争执，常让母亲头疼，但在怀念从前的院子和那片薰衣草上，我和妹妹居然不约而同地站到了同一阵营。为何母亲没有带走它们呢？莫非母亲也想留一处完整的念想？几年后我们搬离巩乃斯，从此离院子和那片紫色精灵越来越遥远。

逢年过节，一家人回巩乃斯探亲，母亲一定会要求开车的父亲经过从前的院子。父亲虽然手握方向盘，但把握方向的从来都是母亲。父亲在红色大门对面的马路上停车，那儿是最好的观望位置，接着，一家人坐在车里望着院子久久地发呆。每个人陷入各自关于院子的回忆，回忆的内容大抵相似，关于果园里的苹果树和杏树，花园里的薰衣草和玫瑰。薰衣草不适合在温室养殖，它们需要室外环境，尽情地淋浴自然的雨水，一年一年地朝向阳光生长。母亲从来都知道不能因为偏爱委屈了那群紫色精灵，我和妹妹的愤怒有了答案。最后一次见到巩乃斯的旧院子还是在五年前，院子彻底翻新，红色大门也换成了其他样式。门前的大马路修整，行人急匆匆地走，车辆来回穿梭，城市味道浓厚了，总之一切都跟从前不一样了，但身处不一样里的我眼里看到的依然是从前的院子，似乎在红砖堆砌的院墙背后，那片薰衣草依然在迎风闪耀。

四

记忆里的薰衣草专一于紫色，纵使衍生出了蓝紫色，蓝色也始终围绕"紫"的基调，当然也有罕见的粉色和白色。我是没有见过粉色和白色的薰衣草，只在网上见过它们的图片，那一刻双眼竟有些不能适应，想必伊犁薰衣草的紫深入我心。毕竟我也是专情的人，走过大小城市，见过魔都的豪华，首都的热闹，西塘的古典，青岛的蔚蓝……一年四季风和日丽的故乡伊犁始终赢得我的偏爱，大美伊犁在四季里呈现的颜色才是我生命的底色。十五岁开始的远行至今仍然继续，我是漂泊中的伊犁人，故乡的底色让我在远行路上的芸芸众生当中有了清晰的辨识度，那是我留给擦肩而过的陌生人的温度，广义来讲，亦是伊犁留给陌生人的温度。

去年请长假回伊犁探望父母，迟迟才得以实现的归乡行实属无奈。走得再远也不能忘记回家的路，冲破日子的枷锁，终于带着女儿义无反顾地回伊犁。家人相聚引发的浓浓的爱意激起人对生活的热情，甚至一点儿寻常小事都能无限地放大为美好。父亲在浓浓爱意的氛围里激动地提议一家人像十五年前那样来一次集体出游，目的地是薰衣草之乡，我们全体赞成父亲的提议。终于能亲眼见到卧室和客厅里的紫色精灵，四岁的女儿尤其兴奋，追着问："妈妈，是不是能见着活的薰衣草精灵？"我一时不知该作何回答，孩子的思维还真是奇特，转而一想，伊犁的薰衣草确实是生生不息的。伊宁市到霍城县的距离不算远，一路欢声笑语中我们的车子渐渐靠近久违的紫色海洋，熟悉的薰衣草香乘着风把车子团团围住，浓浓的舒畅浸入全身。穿过写有"伊帕尔汗"大字的白色拱形门，眼前的紫色海洋被一条弯曲的栈道分开，远远看去，像一个个白色线条在紫色巨幕中流动。那一刻，突然好生羡慕这些白色线条有统一的紫色背景任凭它们无拘无束地发挥婉转动人的曲线美。是薰衣草大度，还是这些白色线条大胆呢？

闻名遐迩的薰衣草故乡即将见证一场难得的团聚，一次珍贵的家庭旅游。父亲、母亲、妹妹、我以及女儿都显得轻松。别看女儿年幼，她擅长表达对事物的喜爱和如何享受当下，譬如，用响亮的"好"赞美好吃的食物和好看的美景。我感动于女儿又一次全身心地投入自然的陶醉状态，渐渐地落在一家人后面。望着前方生命中最重要的人大的、小的背影，我陡然想起十年前父亲、母亲还有妹妹送我回学校的那场家庭旅行，我还是一个没有被时间和人事牵绊、全身心投入自然的少年，除掉大学生的标签也没有什么其他标签。那年我读大四，即将面临诸多人生抉择。父亲提议一家人用旅游的方式送我去乌鲁木齐坐火车，家人陪伴中经过六百多公里对我而言是间接缓解压力，后来我果然轻松地迎接一只脚迈出校门的最后一年大学生活。经过果子沟大峡谷和赛里木湖，父亲停了两次车，我们下车拍照，中午在附近的毡房民宿用餐。吃过马肉纳仁，喝过奶茶，躺在毡房的榻榻米上舒展身子，仰望被天窗圈出的那一片蔚蓝且清澈的天空，一股力量激活心底快乐的火源，我激动地向父母提议一起约定下一次全家人的出游。当时我们都以为很快就能实现的集体出游，竟相隔如此漫长的时间才实现。到底是什么搁浅了当初蔚蓝天空下白色毡房里的约定？这么想来，我为成长和生计付出的代价无疑是痛心的。没有包袱的裹挟，没有时间束缚的岁月，承诺来得快，消失得更快。

五

　　放眼五万亩的紫色花海，紫色花海的边际几乎连接了遥远的天际，世界似乎除了蓝只剩下紫色。夏日的风骄傲地拂过紫色海洋，阵阵浪花从远处一层推着一层向我和女儿奔了过来。猛地想起曾在木垒见过的麦浪，阳光下，层层叠叠的金黄色麦浪缓缓地、温柔地拨动心弦。巧合的是，开车经过时，车内的音频播放器自发地播放李健的歌《麦浪》，于是大家对着金黄色的麦浪轻声哼唱，那几天对我而言是波涛汹涌的忙碌过后一段难得的舒心日子。此时此刻，薰衣草掀起的浪花也是那般轻盈地、温柔地撩动我的心弦，想必也拨动了女儿的心弦，她哼唱幼儿园老师教的儿歌，同样是一段舒心的日子。

　　穿着淡紫色裙子，佩戴白色花帽的母亲，在父亲面前依然是少女。母亲喜爱照相，这是她认真享受当下的一个习惯。认真努力地工作，好好地吃饭，投入地欣赏大自然是母亲人生字典里珍惜当下、认真生活的准则的外在体现。多年来，父亲是母亲的专属摄影师，虽然工作忙碌，但凡能抽出时间，他便带母亲去伊犁周边旅游，两人拍了很多照片，母亲拿去照相馆洗出来装进影集，偶尔翻翻影集两人仿佛回到了当时的情景，找回当时的快乐。这回，父亲又一次重操旧业拿着相机跟在母亲后面，抓拍她在紫色海洋背景下的笑靥和回眸。我常感动于父亲和母亲细水长流的感情，让我向往美好生活，也想要学着他们的样子认真生活，父母那一辈的人珍惜时间，因此认真地过日子，快速发展中的社会，似乎所有的感受都在快速地发生，快速地消失，匆匆人生，我们后一辈人又抓住了些什么呢？

  我和妹妹上了大学后，父亲的忙碌暂时缓和，不再是大早拎着箱子出门，几天后的傍晚拖着箱子和沉重的影子回家的人。每逢寒假和暑假是一家人最齐的时候，我们常去解放路巷口开了好几年的火锅店吃一顿饱，再去逛超市。和父母一起逛超市总觉得自己还是孩子，母亲一直记得我和妹妹小时候爱吃的小零食，虽然已经被女孩考虑身段的烦恼左右放弃零食多年，但望着母亲认真挑选又骄傲地举起来拿给我们看的样子，我和妹妹不忍心拒绝。就该如母亲所言，能吃的时候就幸福地吃。回到家，一家人围坐一起看一部经典的老电影。到就寝时间，父亲和母亲去了大卧室，我和妹妹铺被子躺在紧挨大卧室的榻榻米上，整晚听父母谈论他们的过往，以及曾经的朋友。入睡前的故事父母说了三十年也仍在继续，两人的语调始终轻松，甚至能隐约听出兴奋。那样的夜晚，我感觉隔壁卧室也有两个青年，那样的夜晚只属于飘着薰衣草香的伊犁。

六

  走在最前面的妹妹一身白色裙子宛若花仙子，微风吹动她令人羡慕的黑长发，她一动不动地，用清秀的双眸注视远方，安静地思考什么，或许与这片无法抗拒的紫色花海产生了共鸣。妹妹从小美到大，在我眼里是标致的哈萨克女孩，深邃的双眸，浓黑的眉毛，红润的嘴唇，巴掌大的脸颊……总之我羡慕的五官她都有，一直觉得我和妹妹长得不那么像，我把自己的样貌归于平凡，不大的眼睛和寡淡的眉毛。再者，自打十五岁外出上学，我和妹妹的身高差距渐渐明显，最终她以个头高出我的个头足足十厘米结束了我俩之间身高的角逐。

妹妹在我外出去读书的那些年偷偷长了个儿，也偷偷长大，她超乎年龄的成熟和冷静常让旁人分不清我俩谁是姐姐谁是妹妹，我比较咋呼，妹妹过分冷静，我俩好像在我十五岁，她十三岁时交换了性格。我们走在一块总被误以为她是姐姐，我是妹妹，起初我们还会认真解释，后来干脆无所谓，可能我们都不同程度地学会沉默。妹妹深爱紫色，渴慕一份真善美的爱情，身边不乏很多追求者，其中一部分追求者因妹妹的个头"望而却步"。少时，我俩的性格不大一样，我冷漠、话少，妹妹开朗、话多。她经常生病，小学一、二年级几乎没怎么去学校上课，母亲抽空在家里教妹妹落下的课，但大部分遗落的课程她在返校读书后吃力地消化。哪怕挂着吊针一个人坐在输液室，妹妹也会想法子找话题跟大人聊天。她洋娃娃般的脸蛋，她的天真和大胆，吸引了无数惊叹的目光，左右邻居羡慕母亲有一个性格开朗的女儿。母亲对妹妹说，你话太多所以常生病。不知什么时候起，妹妹变得沉默寡言，成熟和她快速生长的个子等比例生长，但我能听见她心里的吵嚷声，也许她在静静地等待生命中的一朵花在阳光灿烂的一天热烈地开放吧，比如，她深爱的紫色花海中最耀眼的那一朵。

七

庄园里卖很多薰衣草衍生的产品，譬如精油、面膜、护手霜等这些令女性心动和走不动的护肤品，也有抱枕、香包、挂件等让有心人心动和走不动的工艺品。总之一进店，满屋的紫色和薰衣草香让游客的眼睛和鼻子应接不暇，一时不知应该先朝哪个方向看，整个人醉倒在薰衣草香里，被鼻子带着走。母亲喜欢薰衣草面膜，她年轻时对药物严重过敏，留下很深的心理阴影，从此对药物和护肤品的选择都相当谨慎。一回，母亲抱着试试的态度用了薰衣草精油面膜，结果是相当好。我觉得这是对曾经在院子种下的薰衣草的熟悉引发的对往后一切薰衣草的信任，熟悉是信任产生的缘起。我每回回伊犁，或者母亲来乌鲁木齐看我，母亲总给我几盒薰衣草面膜。晚上，我和母亲一人敷一片薰衣草面膜躺在床上聊天，算是成人后和母亲常有的互动，我和母亲打心底都喜欢这种把对方当闺蜜的互动。

薰衣草的花叶提炼的精油清热解毒，还有清洁皮肤和美白的功效，简直是护肤品原材料中的贵族，我和妹妹也成了薰衣草系列护肤品的忠实粉丝。那天在薰衣草故乡，父亲给女儿买了一个有淡淡薰衣草香的紫色玩具熊，毛茸茸的玩具熊让她爱不释手，几乎整晚都要抱着睡，去哪儿一定得带上她的玩具熊朋友，还给身边人介绍说那位玩具熊朋友的故乡在伊犁，一个遍地开着薰衣草的地方，能让女儿以这样的方式记住我的故乡，也是欢喜的。薰衣草常常出现在我和家人的生活，对我们并不陌生，已经成为从小陪伴我长大的植物朋友，也即将成为陪伴女儿长大的植物朋友。说来惭愧，我对薰衣草的了解不多，这么多年只记住了它的颜色和味道，但这两个特点足以让它烙印在我的生命中，成为一抹重要的紫色印记。我试着百度，翻阅书籍想认真了解这群紫色的植物精灵，才知道薰衣草算唇形科一类，属半灌木或矮灌木，原产于地中海沿岸、欧洲各地及大洋洲列岛，后被广泛栽种于英国和其他地方。薰衣草花的形状、颜色和它的香味……通身都在传达优美典雅，而且薰衣草耐寒，室外也容易养活，因此深得大多数人的喜爱。

若有机会仔细观察薰衣草，会发现它的叶子呈线形，花枝上的叶子较大，彼此疏离生长，更新枝上的叶子则偏小，簇拥生长。一般而言，伊犁的薰衣草在每年五六月份，也就是繁花盛开、争奇斗艳的热闹季节，薰衣草也不甘示弱，用炽烈的紫义无反顾地参与颜色和美艳的角逐。身处竞争中的社会，我是否也应向这位植物朋友一样，不甘示弱地参与竞争，活出自己的一份精彩呢。我试着努力学这一点，不枉费日子，但我是否也能像薰衣草一样每年每年地固守脚下的土地和头顶那片蔚蓝的天空，时刻与故乡伊犁同在呢？我似乎只能一次次把伊犁装进心里远行，如此，也能算作我与故乡伊犁同在吧。

不远处，父亲、母亲、妹妹与蔚蓝的天空、紫色的海洋一道绘成清美的画卷，框进我的镜头。我牵着女儿软绵绵的小手落在身后，俯身沉浸在醉人的香味中，一条条紫色丝带在身边突然地流动。

蓝色浪漫

一

作为伊犁人，去过喀赞其的次数屈指可数，委实不应该。去年3月在伊宁的假期中一个停雨的日子，促成了喀赞其半日游。伊犁不愧是北疆雨水较多的地方，"塞外江南"美誉的由来也是相当有分量的。阳春三月，伊犁下了整一个月不间断的雨，太阳在其中穿插了几场表演，但基本是阴雨天。天空灰蒙蒙的，似乎有很多故事要讲。如此的氛围竟然刺激记忆里十五岁至十九岁之间在南方寄宿读高中的那段岁月，身体对潮湿闷热空气的熟悉感竟然在时空里有了一种神奇的交错。喀赞其在雨水的冲刷下呈现出复古的蓝，浪漫在湿润的空气中氤氲穿过双眸俘获心灵，最终带来的是全身的悸动。闪亮的"喀赞其民俗旅游区"牌匾，标志性的蓝色大门，成群飞翔的鸽子，直播表演中的街头艺人，摊位上的特色小吃……地处伊宁市南市区的童话小镇喀赞其热闹极了。

"生"的气息弥漫在天与地之间，鸽子扑扇着翅膀发出间断的、用力的噗噜噗噜声，飞向蓝色大门。行人三两同行，粗中有细的笑声夹杂着汽车的鸣笛，以及哈迪克——马车有节奏的踢踏声。女儿被"生"的气息感染，体内成长中的细胞兴奋了，三步两步跳跃着，小辫子在头顶飞舞。"来来来！五块钱一包嘛，买上就能喂鸽子了嘛！"一个胡子邋遢，把消瘦的自己装进宽大而褶皱的西装里的男人蹲在路沿石上大声叫卖，我闻声过去手机扫码买了两包，想让女儿与鸽子互动。转眼工夫，男人手上的数十袋鸽子"食物"，卖了个精光。应时应急的生意果然好做。他满意地拍了拍衣角上的灰，扬长而去，完全不留恋鸽子和蓝色大门。

我撑开袋子取出一把玉米粒，朝鸽子群的方向高高地扔过去，鸽子们先假装躲一下，飞出去个十来米远再飞回来低头啄食。女儿兴奋地拎着袋子边跑边撒食粮，细碎的玉米粒如同金子般经她的小手起飞再"唰"的一声降落，一粒粒清晰地铺展在湿漉漉的地面上。"妈妈啊，鸽子们能吃饱肚子吗？"女儿瞪着圆圆的眼睛疑惑，我蹲下来望着她又大又黑的眼眸，那里也有一只幼小的鸽子正埋头认真地啄地上的"金子"，可爱的眼眸里装了另一只可爱，令人狠狠地心动。"它们当然能吃饱啦，喏，这么多人都在投喂呢！"我摸了摸女儿的小脑瓜企图扫除疑惑。一阵又一阵，四面八方铺天盖地抛撒，鸽子们吃完这片的食粮又飞去另一片，忙得不亦乐乎。不知是金黄色的玉米粒诱惑住了它们，还是蓝色大门吸引了它们，总之这群鸽子与这片土地和那道门形影不离。突然，湿漉漉的地面渐渐发亮，太阳的金光冲破云层，直直地对着蓝色大门射下来，开始了它在阴雨天中穿插的表演，一天的末尾突然放晴，有种日子里生出了新的日子的神奇感。"太阳终于出来咯！"喧闹的人群中冲出一声锐利的叫喊。我转过身，与久别的，伊犁春日的暖阳撞了个满怀。

二

蓝色的房子，蓝色的墙面，蓝色的门和窗，就连巷口的指示牌也是蓝色的，光影打下来，渐变中的蓝色清晰而明亮。双脚能到达的地方，如梦如幻的蓝始终惊艳双眸，一丝柔软随一股风不断地卷进心窝。我居然在三十岁的壮年走进儿时梦想的童话王国，会不会太晚了些？80年代，父母结婚时分到两间蓝色的土房子，我在那两间蓝色的土房子中喝奶茶，吃包尔萨克成长到了八岁。母亲的菊花、太阳花和玫瑰，父亲的苹果树、杏树和樱桃树围绕在蓝色房子周围，安静柔和且芬芳多彩是生活的主题，亦是我童年的主基调。当然也有顽皮带来的喧闹，我曾斗胆用木棍捅过蓝色房子屋檐上的马蜂窝，结果当然是右眼被赏赐了一个大包。疼痛如针企图撕裂原本人体最脆弱的眼皮那块皮肤。我至今记得那次疼痛，见到马蜂会远远地躲开，我也记得土房子温和的蓝，见到蓝色的房子会远远地跑去。

八岁的我疯狂地迷恋蓝色，想过拥有一个更大的蓝色王国，又是一阵穿越时空的熟悉感，身体在层层叠叠的蓝色中渐渐放松。我仿佛来过喀赞其许多次，又或者住在眼前这一幢幢蓝色房子中的某一个，不曾离开喀赞其，不曾远离故乡。从过往中回神，才发觉一刻也闲不住的女儿已经安静地随我走了很久，不知怎样的思维风暴此刻在她的小脑袋里呼啸。好奇马上有了答案，她突然停下小步伐，转身面向我作出总结："这里是童话王国呢！"去景区旅游，有河的地方总会见到一个永远不停歇的水车，把一处的水转回来填补在另一处，母亲曾经的小小遗憾弥补进女儿的童年，也算是聊以慰藉，知足而常乐不是吗？

凡是吸引游客的地方一定会有餐馆，随处可见的餐馆也融入喀赞其的蓝色基调，虽然建筑的设计和大小不一，但墙面和门窗的颜色始终没有走出清澈的蓝。由蓝色大门延伸的，喀赞其最宽广的大道不停地往里走，敏感的鼻子率先有了反应，空气中渐渐弥漫馕、烤包子、面肺子、羊肉串的香，恍然发觉肚子早已饿过了点儿，随缘走进一家蓝色的餐厅，坐在靠窗位置点了一份女儿爱吃的抓饭。好奇味道，又点了名字叫作"特色酸奶"的酸奶。很快，一盘黄而油亮的羊肉抓饭被服务员端上桌，红润的萝卜在饱满的米粒中若隐若现，大块大块的羊肉散发着略微焦脆的香。女儿抓起一旁的银金色匙子挖了一大匙抓饭送进嘴巴，有节奏咀嚼的间隙还不忘点评："好吃！好吃！"不一会儿，装在带花边的，透明小碟子上的酸奶被服务员轻巧地放在我和女儿面前，她好像变了魔法，也可能我和女儿忙着应付饥饿没注意她的脚步声。乳白色的酸奶堆砌得像一座小山，山头是红的、绿的葡萄干和星星点点的黑色芝麻粒。尝一口果然是特色酸奶，这个特色是伊犁特色。儿时母亲常给我和妹妹做酸奶，她把煮熟的牛奶搁在阳台上发酵一天，装入小碟中与白砂糖混合，葡萄干点缀，吃起来饱满有颗粒感，味道酸甜，可能更偏酸。面前这小碟酸奶的味道正是母亲做的酸奶的味道，童年的味道，伊犁的味道。

这才发觉两个小碗碟，还有装羊肉抓饭的盘子竟然也是二十多年前的款式。少时，两间蓝色房子里最醒目的家具，橱柜里放着的正是相同的盘子和碟子，母亲反复擦拭，所以它们不曾落过日子的灰，在记忆里始终闪亮。碰上节日，盘子和碟子隆重登场，盛满葡萄干和五颜六色的糖果，还有母亲做的月亮饼干和白砂糖饼干。多年来，如此模样的盘子和碟子里盛的始终是一丝甜蜜。肚子填饱，身体脱离了饥饿的桎梏，我于是有了兴致细细打量餐厅处处的点缀，印花餐布，墙壁上的油画，窗台上纹路清晰的花盆都仿佛从二十年前穿越而来。小小的空间被回忆无限扩充，急着要装下我的过去、现在，可能还有未来。我激动地翻找包里的手机，眼眸飞快闪烁，血液在体内沸腾，机灵的女儿捕捉到我的变化，站起来问："妈妈你怎么啦？"我回应了一个神秘的微笑，一个字一个字地回答："我们，穿越啦！"晚饭和女儿吃了一顿普通的家常饭，好像经过了那间餐厅蓝色的木门，几乎零距离地触及久远到几乎不像是自己回忆的回忆，也或者从经过喀赞其的蓝色大门开始，我和女儿就已经穿越了。敞在醒目的街边或躲在巷道边角的大的、小的餐厅皆是住在这里的人生活的一角，他们腾出一间房子，分出一部分精力，赶忙搭上日渐红火的旅游快车，一边谋生，一边创造，将自己的一点儿手艺，不管它是一顿饭或者一幅画、一个手工艺品……通通融入喀赞其，再同喀赞其一道融入时代。

那么，像我这样飞奔到喀赞其来的人呢，好吧，把我从其中分离出来列为重回故土的一类人吧，我们来是寻什么呢？前一部分人慕喀赞其的名而来，用新鲜的，与自己生活的地方有所不同的东西来获得视觉的奇特体验，以及经验抑或是阅历上的满足。那么后者，诸如我这类的人在短暂的返回中亲历故土的变化，陷入自豪和优越感的芬芳里，追述过往，制造新的记忆。想必没有一个本地人能看出来这两类人的不同，因为我们都在喀赞其为地道的伊犁冰激凌、精致的木雕玩偶、色彩绚丽的沙粒画、花纹迥异的地毯流连忘返，慷慨解囊。可见的钞票或者无形的资产在滚动中促使这一片的生意兴旺发达，让喀赞其的蓝色浪漫在一份劳动和一份报酬，一份给予和一份欣赏中永久存在。

三

我出神地望着窗外，被绵延的思绪拉向很远很远的思绪的远方，如果可以叫它合理的天马行空的话，那么就这样给它解释或者定义吧。女儿从包里翻出水彩笔和图画纸默默地画起两小时前投食的鸽子。我安静，她也安静，耳畔只有画笔在图画纸上移动的沙沙声，这声音令人心安。夕阳的余晖洒在餐厅门前的街道上，铸锅、打水桶、制箱子、做皮鞋以及打制马鞍的工匠们"叮叮当当""咚咚锵锵"地忙碌着。其实，坐在屋内是不大可能听到外面的声音，但熟悉的画面让记忆翻出了熟悉的声音给外面这些工匠的动作配了音，配得极为自然。有那么一刻，我甚至穿越回少年居住的县城跟着父母又一次走在了记忆中的农贸市场。

少时，县城有一家非常大的农贸市场，里面什么都卖，穿过整齐的小吃摊、拼连的卖菜摊，经过两边卖碗碟和布料的门面就进入了各类手工艺品的制作和售卖区，放到现在，很难想象彼此关联不大的销售门类能共享一个空间，但在那时，这样的存在是相当合理的。母亲会去那里给外婆制作长筒皮靴，父亲给二叔定制马鞍，隐藏在农贸市场的手艺大师们沉默地展现精致的技艺，皮靴、马鞍、铁具经他们的手流向人的生活，流经时间融进时代。我是父亲和母亲进行一场手工艺品交易时的安静的旁观者。浓烈皮具的腥味、铁锈味，尼龙布料的清香，蔬菜水果混合的果酸味，小吃摊凉皮和烤包子馋人的香以及人的体味混合的庞大味道，此起彼伏，一个不输另一个的叫卖声，叮叮咚咚的打铁声，一刀下去裁剪布料的干脆利落的"唰唰"声，缝纫机运作的"嗒嗒"声……世间所有的味道，所有的声音聚集起来沉重地压在我小小的身体上，进驻我长长的回忆，注定今生今世的刻骨铭心。

窗前那条路上蔓延向两端的无声劳动顿时生动起来。男的女的，老的少的工匠们从各自长的、短的岁月中伸出一双双灵巧的手摆弄面前的工具，极其自然地延续从更长久岁月中延伸出的手艺。此时，庞大而沉重的记忆从遥远的岁月中走来，那些味道和声音经过我，经过外面的"叮叮咚咚"的生动向上升腾。猛地想起王族《最好的树皮变成纸》中的一句："特殊的气味和场地会让人觉得，人们忙碌的双手，沉下去便摸向久远的文明，而抬起来则抓住了生命。"一辈子生活在生下来就落在了那里的土地上，时代随着日历一页页地翻面变迁，脚下的土地和上面生了根的房子某一天被定义为旅游景区，数不尽的旅人驻足、离开，无数镜头咔嚓咔嚓地叫嚣着停留几秒再闪开，喧闹不曾停止，目光不曾移位。他们依然手握古老、朴实的作业方式，在质朴的日子里波澜不惊地守护一片静土，任凭时代的洪流将他们连同他们的技艺、制作的东西一起卷向滚滚奔流的前方，卷进明天，另一个明天。于是，传统和现代自然地融合，这里发生着的事，这里生活的人，关于喀赞其的一幕一景被一双双眼睛装进去，带出喀赞其的蓝色大门去向世界的各个地方投影。这里产生的每一件手工艺品也随同购买者迁徙、远行，甚至，这里的美食也被食客装进肚子，一种味道融进那个人生活的另一种味道。

每一天，每一分，每一秒进行中的混合，融入和变迁从未间断。悠悠岁月，喀赞其始终进行着一场深刻的流动，那是生命的流动，时代的流动。

四

一位老人正在做靴子，他粗糙的手把针穿进去，再从皮革的另一端吃力地掏出，阳光照在上面，被他一针一线地缝进了靴子里。不仅食物有阳光的味道而鲜美，所有的劳动因为阳光的眷顾而鲜活、真实、有力。老人经历的岁月被他真真切切地缝进他弯弯曲曲如同葡萄枝般的双手的纹路里。第一次不为响当当的旅游经历，或者那些可以通过朋友圈或别的什么途径晒给别人的幸福日常，我深深地羡慕生活在这里的人。

当然，在喀赞其还是能见到许多与时代接轨的元素，譬如，专门卖网红冰激凌甜点的店面，进门处有网络上随处可见的时尚元素加以装饰，或者玻璃门上用其他颜色绘的、星星点点的文字，也有不少是英文，主要作用是提示食客本店有哪些甜点和茶饮。还有蓝色大门附近站在手机支架前的男女播客们，用绘声绘色的语言向手机的另一端，对喀赞其陌生又好奇的人讲述喀赞其的故事。姑且不论这些播客的知识面和语言组织能力，毕竟现在有个手机，谁都能成为某个平台的播客。但至少，眼前的这群男女播客在妆容上下了功夫，努力吸引镜头另一端人的关注，有些甚至搭上唱歌跳舞的才艺。因此，蓝色大门周围会聚了无数好奇的人，在场的，还有不在场的，也就是所谓的线上的人。喀赞其凑巧为播客们搭建了谋生的平台，播客们自觉或不自觉地扩大了喀赞其的名声。生活无处不是在互补。

　　在线直播通过巴掌大的手机屏幕展示喀赞其的一日或者一个时刻。经过时，我和女儿意外地进入了一个巴掌大的手机屏幕，正在直播的是一位漂亮的女播客，她应该是注意到不停滚动的留言中的一条，立马转身向我女儿走来，叫她对着视频打个招呼。女儿大方配合，只见那位女播客兴奋地介绍：ّ这是一位漂亮的哈萨克族小姑娘呢！ّ接下来女播客简单带过几句哈萨克族的相貌、特征和饮食习惯的介绍，她的应变能力还真是强。一个有趣的互动，女儿是欢喜的，但她不知道互动的对象不是一个人，具体是多少人我当然也不知道，也没有打算向女播客寻求答案，留一处念想吧。蓝色大门处的这个奇特经历像是一场跨越，从餐厅出来，走过古老的、沉默的巷道，经过院墙内外的杏树、李树、苹果树……想起童年生活的院子。蓝墙上，杏树、苹果树的影子斑驳摇曳，风儿轻抚脸庞，穿过树枝，惊动了花草，白杨树沙沙奏响只属于伊犁的乐章。虚掩的院门内，是一家人炽烈的一生。

　　偶有一辆哈迪克经过，马脖颈间的铃儿叮当作响，欢乐地向喀赞其深处嘚嘚儿而去，我带着女儿一步步向前走，蓝色的房子，成群的树木，古老而安静的技艺在深长的巷子里缓缓向后退去。

　　终于走到了蓝色大门，和女儿一同进入时时刻刻的直播，突然地跨越进现代，走出蓝色大门很自然地与伊宁的生活接轨，搭了一辆红色出租车向父母的公寓出发,脑海中又开始想晚饭应该准备点什么。往后,我和女儿又将带着喀赞其的蓝色记忆回到乌鲁木齐,与那里的生活接轨。我想这便是喀赞其的魅力所在吧,每一个走进来的人在这里遇见童年,找到故乡的一角,从遥远走向现在,与一些人的一生擦肩而过。它是漂荡在伊犁河的一只蓝色小帆船,踏上小帆船的人在蓝色浪漫中浸润了一天,也将与蓝色浪漫共度一生。

杏树与杏花

一

3月，遍地的杏树集合起来召唤来了春天，白中透粉的杏花在深褐色枝头闪烁，我总是心潮澎湃。经过时必定会瞪大眼睛认真地看，企图在其中找到记忆中的杏树。

三十余年前，新源县卡普河路沿边第一户宅院的那群杏树莫非也像我一样远行了？不，我觉得没有。它们只是跟着自己的根在土地下流浪，然后随缘在某处破土而出，向着阳光的方向再度生长、开花。

杏树、杏子、杏花、杏子酱是我童年的重要内容，它们是我那时的顽强、幸福和甜蜜。那时我家院落非常大，父亲和母亲种了大片杏树、苹果树、樱桃树，杏树尤其多。杏树多有原因，母亲爱吃杏子，她收集甜杏核撒在院子的空地上，等待它们之中有能存活的。没想到杏核把自己埋得更深，用柔软的泥土当被子，经阳光雨露的照耀灌溉和自然之风的吹拂，生根发芽，长成大树填满院子。杏树的回馈超过母亲的预期，她和父亲欣喜万分，我和妹妹闻着杏花的香味出生，摘杏子、拾杏子、吃杏子、熬杏子酱，与杏树相伴着一起长大。

我家是那片的杏子大户，摘杏子是母亲从讲台上走下来，从灶台抽身后另一件重要的事。她摘杏子会带上我和妹妹，我们跟在母亲身后，在她黑色裙摆的一起一伏中钻进杏林。摘杏子、捡杏子算是我和妹妹第一次实际意义上的劳动体验，这么说，是因为我们在捡一个个小小杏子的过程中积累成堆成堆的汗，不知为何，摘杏子、捡杏子累到出汗的感觉常令人欢喜，隐约有种与大人平起平坐的感觉。

母亲修长的身子在杏林间自如地穿梭，她动作麻利地摘完一棵换下一棵，油亮金黄的杏子从枝头移动至银灰色的铁桶，铁桶很快生机勃勃。母亲说杏树是少女，它们是活泼的，而又圆又亮的杏子是少女的眼睛。母亲的解释让我和妹妹朦胧中对杏树产生感情，杏树成了我们珍贵的朋友。杏子小巧且模样可爱，大体呈球形，两边扁状有明显凹进去的沟，这是它区别于其他水果的特征。我家院子那群杏树结的果大部分的果皮有茸毛，吃一口，甜蜜而柔软。另有两棵油杏树，果子大而饱满，果皮黄中带明显红晕，吃起来水润且略脆。母亲用毛杏子做果酱，油杏子同苹果和樱桃一起装盘放桌子，我和妹妹走过路过随时看见随时吃掉，因为母亲的细心，油杏子能随时出现在盘子里。

杏子未熟时为青色，青色的果子是酸的，咬一口会让你脸部扭曲，不停眨眼睛，这是杏子的倔强，亦是人想要打破果实成熟规律欲望的代价。熟透的杏子在舌尖融化，吐出杏核学着母亲当年的动作扔在空地上，喊："乖，快快发芽，长出杏树，结出果子！"一旁的母亲说："等到这些杏子长出来了，我们就见不到咯！"我和妹妹不明白她的意思，忙着吃杏子吐杏核。

杏树属于大自然，它把根扎进大地深处，获取其最深处的秘密，以生根发芽、开花结果、凋零沉默替大地传播四季的声音，而我们未来要生活的房子将脱离土地，飘浮于某一个高度，那一天也是我们和这群杏树分离的日子,也是我未来离开故乡远行的前奏。一桶接一桶的杏子被母亲搬进厨房,她折叠两下长裙摆,蹲下来认真地洗杏子。我和妹妹的忙碌暂时告一段落,于是出去找巷子里的玩伴跳皮筋、踢毽子,母亲给杏子来回洗三次澡,再将它们摆在席子上晒太阳。当天晚上,杏子经母亲的手就变成了杏子酱。杏子酱真的甜,母亲说里面有阳光的味道。母亲的味觉总能辨别阳光的味道,送进嘴里的食物,但凡差一些些立马能察觉。"这个味道跟从前吃过的味道差一些啊!"母亲的评价里带着无奈。母亲那一代人经了实实在在的土地劳动,他们珍视土地,尊崇阳光。这些年我匆匆赶路,似乎把盘中的阳光味道丢失掉太多。

杏树茎干非常挺拔,有种说不出的骄傲劲,它的株高可达十余米,枝条略微向上舒展身子,细看打量,嫩枝呈褐色或褐红色。叶柄则略短,叶子呈可爱的圆形,像出生婴儿圆圆的脸蛋般娇嫩。一场雨后,露珠在叶子上转个圈从另一头滑落,杏树借春雨洗了痛快的澡,实在有趣。父亲说杏树的繁殖方法很多,一般人习惯用种子繁育生苗,也有的采用嫁接苗的办法。那些年,母亲能做出满满一冰箱诱人的杏子酱得益于父亲前期对杏树的百般呵护。他常带着我叫不出名字的工具对着杏树修修剪剪,我会跟去凑热闹,父亲解释杏树的叶子多而密,需要及时摘除枯枝烂叶,减少养分消耗。他还说人也是如此,必要的时候要清理思想的蒙尘,日子就不会那么沉重。我那时不大明白其中的意味,觉得父亲的话过于多,但时间给了我答案。杏树的寿命长,是深根性物种,耐寒、抗寒也抗风,因此挺容易存活,我家院子那群杏树奇迹般地繁殖就是一个鲜活的例子。不知多年后的拆迁和修路让那群杏树去了何方,那群杏树也是自然的一部分,它们成全了世人渴盼的城市生活,进而牺牲了自己。它们的牺牲也是我一部分生活的牺牲,和一部分记忆的更鲜活。

据说,杏树的树龄可达两百年,远超人的年龄。若不是拆迁,院子里的那群杏树会一直栩栩如生吧。去年春节去新源县探亲，特意去了趟老房子，已经变为平地，一棵杏树也看不见了，心生悲凉，对着一马平川的柏油路，一把眼泪竟掉了下来。

二

春天，院子里的杏花借着春光一个接着一个开放，有的全开，中间的花蕊呈紫红色，由内向外散射，清香宜人，通身流着蜜。有的半开，犹豫不决的，似乎在等待更大的召唤。也有的含苞欲放，饱胀得即将破裂，像是表白的前奏。嫩枝的褐红蔓延至杏花，杏花的花瓣整体呈玉白色，也稍带红晕，宛如初恋的少女。沉默的杏花把所有的语言借给蜜蜂和蝴蝶，蜜蜂"嗡嗡嗡"地采蜜，蝴蝶扑扇着翅膀。少年的我十分倔强，性格倒像男孩子，母亲说到了每年的三四月才会在我身上找到女孩的影子，因为杏花开了，我呆呆地立在绵延于杏林的杏花下如痴如醉，透露不常见的温柔。

杏花像是天山的云朵掉落我家院子时，恰好被树干接住。杏花美它的美，蝴蝶和蜜蜂采花粉吸花蜜，而我在杏树下沉醉，院墙内安静地上演着人与动植物间微妙的、互不干涉的和谐。杏树原产于中国，以黄河流域为分布中心，华北、西北、东北栽培最多，杏树属于北亚热带至温带长日照偏阳性植物，偏爱温暖湿润的气候。杏树闻到春的气息立即萌芽，悄悄地孕蕾准备开花，它是敏锐的。人在四季里忙乱，奔忙，再忙乱。杏树却沉稳，有节奏，何时发芽、开花、结果都维持固有的规律。童年，院子里的杏树指引我们走过一个又一个清晰的四季，当杏花开满枝头，我和妹妹惊呼："啊，春天到了！"终于可以脱去厚重的棉袄，穿上艳丽的衣裳，抖动长裙摆，演绎属于我们的独一无二的童年。

杏花有很好的美容功效，常用杏花泡水洗脸有祛斑的作用。每年院子里的杏花开放时，小姨就装满满一袋子回去，说要用它们泡水洗脸，她当然舍不得摘尚在枝头绽开，对着阳光微笑的那些杏花，她捡被风吹落到地上的，说这些都是跟自己有缘的杏花。小姨长得很美，班花、系花是她的另一个标签，跟她有缘的那些杏花在一片片的贴敷浸润中，融进了小姨美丽的脸庞。还听闻杏花包含多种维生素，有助于保持血压的平稳，如此看来，杏花真是宝藏。

3月，大地转暖，暖阳拨开附着大地的寒冷抓紧往人的身体又进了一层，新疆的赏花季便开始了，最先打头的当然是杏花。有一年，友人在微信朋友圈晒出吐鲁番杏花节的照片。我刷着照片心里越来越激动，拿上钥匙发动了车，只身一人跑向友人照片里的那群杏花。

冲动是魔鬼，我被指引一路向东，终于到达火洲的杏花丛。站在似乎比云朵还要白的杏花云下面，我仿佛回到了少时的院子，恍惚间，一个少年从我的身体中跳出，和我一起痴醉在杏花云下，听着杏花借助蜜蜂发出的"嗡嗡"声，花蝴蝶扑扇着翅膀在一旁雀跃，幸福的水波向四处荡开。

杏花也是佳木斯市花，佳木斯市还设立了杏花节。我曾看过一则佳木斯市举办第十三届杏花节的新闻，主题还挺浪漫——"杏好·遇见你"。开幕式以杏花坛做背景，杏林为舞台。赏花、拍照、看节目、围炉煮茶……如此等等的活动吸引了许许多多当地人，热闹极了。想必没有人忍心拒绝杏树的葱茏，杏花的芬芳，它们带来的感官享受是通体的舒畅。我想，当一个人的呼吸与杏树的呼吸重叠，芬芳杏花的洁白透过目光投影在心头，即使处于浮躁和喧嚣，甚至身陷尘世的囹圄，爱和美，上和善，宁静和超然也会经亘古的四季，萦绕在我们生命的枝头。此时的人亦是广袤自然的一部分，灿烂的一部分。

我和院里的杏树也曾有过相当长时间的陪伴和成长，那群杏树同我们一起生活了近十五年，直到我们搬家，从平房转为楼房，同那群杏树今生今世的缘分算是画上了句号。其实搬家之前的几年，父亲和母亲商量扩建房子，给院子铺水泥地，这是我们尝试与城市飘浮生活接轨的第一步。砖瓦房，玻璃门走廊，下雨天不用担心弄脏白鞋子的水泥地，一切新鲜改变的代价背后竟然是失去了三分之二的杏树。杏林缩了水，只在房门前与父亲的菜地、母亲的花园共享一小片地。搬了家，我和妹妹不辞辛苦地从新家骑自行车倚靠在大寨渠桥上，眼巴巴地望着半开的红色大门里仅有的几棵杏树，还有母亲的花园。它们像是我们遗落的非常珍贵的东西，让我有连根拔起，带出院子的冲动。可我知道它们属于院子，杏树的根需要广阔的土地，而不是飘在半空中，像无法扎根的楼房。少年的我曾疯狂羡慕家住楼房的同学，觉得那是县城顶时髦的生活。现在成功住进城市里童年梦想的大房子，又无比怀念从前有杏花的院子。人始终是矛盾体，但又总不愿承认这个矛盾。

三

父亲的故乡吐尔根乡有个远近闻名的杏花沟，是公元14世纪遗留的原始野杏林。沉默的野杏林终于被人发现，于是它们不再沉默，借助千万个纷至沓来的旅人的惊叹和雀跃朝天空呐喊，"唰"的一下盛开三万亩的杏花。

悠悠岁月，那片土地上扎根的杏树承载了吐尔根乡几代人的生命。时间在杏树枝头和花间隐没，它们跑赢了一个人短暂的一生，从古老的岁月走来，走进现代，走向更远的未来。那时每户人家圈出一片地种蔬菜，另外一片地建圈舍养牛、羊和马匹。除此之外的空地上总会莫名地长出几棵野杏树,或者野杏树干脆走出院子在乡间土路上扎根。莫非是远去岁月里的先辈们吃完杏子丢弃果核,成全了后代人的杏林,也或许是吐尔根的土地受到了野杏树的偏爱,当地人没有一个不是吃着野杏子长大的,杏子饱满的黄也是父亲童年的底色。少年的父亲背着书包来来回回经过屋后的野杏树,随手摘杏子吃进肚子,或者装进背包带去学校。一次,三叔摘屋后的野杏子给我吃,结果杏核卡到喉咙,三叔背上我往乡卫生所冲,半路上杏核自己先掉了,这是我和杏子之间一件刻骨铭心的往事。

父亲常常感慨吐尔根的变化,他高兴的是童年陪伴自己的野杏树,终于让故乡闻名遐迩。伊犁的大西沟,库尔德宁也有不少杏树,但吐尔根的杏树最多,吐尔根是杏树的故乡,也是父亲的故乡。父亲的回忆里留了一棵野杏树,那棵杏树我也熟悉,没人能具体算出它的年龄,老杏树孤傲地屹立在群山之巅,像一位神秘的智者,远离人事的嘈杂,只与绿山、蓝天为伍。它在离太阳更近的地方沐浴日光,也率先啜饮春天吐尔根的第一场雨。它孤傲神秘,美丽遥远。我和妹妹趴在奶奶家土房的后窗一直一直地望老杏树,喝早午茶时望,吃马肉纳仁时也望,清晨望,黄昏望,直到它的轮廓融进黑夜,再从记忆中浮出。

老杏树被框入四四方方的玻璃窗内,与蓝天白云、崇山峻岭一道构成一幅天然油画,挂在墙的正中央,看起来触手可及。据大人说它的果子又大又甜,但要爬过两座山,再继续登顶最高的山峰才能摘取它又大又甜的杏子。世间极美的东西总在遥远处,获得它的过程当然也是辛苦的。一天清晨,三叔从库房精挑细选了一个大麻袋,领着我和妹妹上山摘野杏,目标就是最顶处的那棵老杏树。我和妹妹尽了最大的努力跟着三叔几乎爬了两座完整的山,最后我俩的小短腿实在跟不上他的速度,在第三座山的腰部偃旗息鼓。三叔喝足水,裤脚又向上卷了一层,带着麻袋继续前行。他的背影越变越小，直到他走到那棵老杏树底下，身影变得更小。

三叔是奶奶最小的儿子，所有人都称他为"肯杰"，哈萨克语意为得宠的孩子。他的暑假，不是在家里睡觉，就是换上一身牛仔装，挤出摩丝涂抹到头发上，梳子定出造型，骑上二八大杠去台球馆，一待就是一整天。不放牧，不砍柴，不挑水的三叔在我和妹妹眼里是十足的"懒叔"。他甚至不用做作业，这一点，我和妹妹尤其羡慕。当满头大汗，浑身湿透的三叔扛着一麻袋野杏子，披着火红的夕阳风，顶着火红的双颊风尘仆仆地走到我和妹妹面前时，他变得比以往更黑，也比我们在电影里看到的英雄都要真实。老杏树的杏子比我吃过的所有杏子都还要大，金黄透亮的杏子饱满圆润，吃一口，汁水喷出流到嘴角，酸甜的味道印在了味蕾。老杏树诠释了高处不胜寒。"我要带呀么心仪的姑娘嘿！登顶最高处，一起看那美丽的杏花，告诉她，你是我心里独一无二的杏花，阿古盖……"下山时，三叔突然多出很多力气，大声唱自己临时编的歌，我和妹妹跟在他身后哈哈大笑。不过后来，他真的那样做了。大概那棵老杏树给了他足够的勇气，打那之后，我和妹妹再没有直呼过三叔的名字，他看起来也没从前那么懒了。

琐事总会卷走人的时间，所以，有那么几年大街小巷里的音响都替人们疯狂喊："时间都去哪了？"我常怀念站在浪漫的杏花云彩下面自己浪漫的模样，那时的我也拥有彩色的梦想，少年的模样，还有充裕的日子。前年终于有机会去吐尔根的杏花沟，寻找一回记忆中的浪漫。到了现场，杏花沟比我想象的还要热闹，翠绿的草原，苍松映衬的雪山，蓝天下漫山遍野的杏花彩云……一切犹如人间仙境，置身其中，灵感在体内涌动，文字在脑海萦绕，拿出手机小心地拍照，深怕惊扰了这群仙灵。此时，传来一阵阵喧闹，骑在马上被马主人牵着穿过杏林的大人和小孩，也有披着五颜六色的围巾以杏花的玉白作背景拍照的女士。一问当地人得知，杏花沟给吐尔根带来旅游业繁荣的同时，也延伸了租马车队、导游、酒店、民宿等职业和经营模式，让一部分人悄悄地富了口袋。杏树这般物质和精神的庞大回馈理应得到人更多的尊重。如果我们给杏树带来疼痛，那将是大地的疼痛，最终也是人的疼痛。

徜徉在杏花海洋中，远处山脉层层叠叠，它们推动杏花之浪向远处奔流，仿佛没有尽头。阳光在枝头间认真地穿针引线，似乎要给自己缝制一个三万亩大的杏花毡。我慢慢地走，分不清东南西北在何方，我彻底迷失了。蓦地，童年院子里的那群杏树从时空中跳出，包括父亲记忆中的那棵老杏树，一起落在眼前的山坡上，与杏花沟的野杏树一起扎根土地，向阳而生，开出芬芳的杏花。

草原记忆

一

新疆人的生活无不与草原有着关系。即使不是在草原生长、生活，也或多或少会有草原旅游的经历，如果这样的经历也没有，那至少家里的牛羊肉是吃着草原的草的牛和羊的肉，没有人的日子能够彻底离开草原，远离自然。为何带出这样的话题，因为新疆的网红草原实在多，能说得出名字的就有十多个，每个名字背后代表的是一个地方。外地人提起新疆习惯用地大物博来形容，地大物博、风景绝美的新疆土地容纳了众多令人神往的大草原。来新疆旅游有个普遍默认的规律，北疆看风景，南疆看人文。因此，北疆的春夏旅游旺季，游客几乎都是奔着草原去的。虽然网红草原分布在不同的地方，但草原之景有个共同的概括：七分辽阔，三分秀美。

根据个人经历说说走红网络的大草原吧，譬如，空中草原那拉提，对它我自然有很好的发言权。我童年的大多数时光在那拉提草原上度过，当我想念草原，脑海中第一个浮现的便是蔚蓝天空下，茫茫的牛羊群，处处白色毡房点缀的那拉提草原。赤脚奔跑在下过雨的草原上，骑着小马驹听耳畔呼呼的风声，或卷起裙摆蹚冰冷的河水，五颜六色的石头静静地给脚底按摩，拿着铁桶跟着大人去深山采摘树莓，拿回来的树莓由母亲做出酸甜的树莓果酱……童年因为那拉提草原而丰盈，丰盈的不只是内容还有颜色、味道和声音。雨后山坡上绚丽的彩虹，树莓果酱的酸甜，冬不拉悠扬的歌声……

那拉提草原是亚高山草甸植物区，是从远古时代一路走来的牧场，纵横交错的河道，安静平坦的河谷，层峦叠嶂的山峰，郁郁葱葱的森林交相辉映，相映成趣。到了四季中最灿烂的夏天，草原上叫不出名字的野花迎风蔓延山冈和草坡，红的、黄的、蓝的、绿的、白的、紫的……叫不出名字的野花变幻出更多数不清的颜色点缀草原，让那拉提草原梳妆成美丽多姿的姑娘。自然创造的那些颜色和味道岂是人类模仿和创造的速度能追得上的，最好是保留好奇和惊叹，小心地经过，不带走什么，也不要留下什么。放了暑假，从书包和作业的桎梏中解脱，我和妹妹像两匹脱了缰的野马，冲入那拉提草原，然后在它美丽多姿的温柔中渐渐驯化，成为它的一部分。暑假结束下山回家，我俩的脸颊红扑扑的，还有风的抓痕，稍微笑一下便生疼，头发疯长，又粗又黑。开学回到学校，同桌总是惊讶："为何你每次暑假都大变模样？""可能是吸了太多那拉提草原的空气吧，那里有神奇的魔法呢！"我嘿嘿笑，把答案沉默在肚子里，这是童年的我与那拉提草原的秘密。

二

曾经的草原姑娘，骄傲在马背上，如今的城市白领，骄傲在键盘上。过去岁月中栩栩如生的草原记忆，如今久远到不像是自己的，哪会有人相信每天涂三次护手霜的手，曾经抓过牛粪，做过草原煤呐。我是那么自然地学会骑马，又在后来的某一天，自然地忘记如何骑马。记得，最后一次勉强会骑马是在父亲高中同学胡安大叔的家。他家住那拉提草原，据父亲介绍，他的同学七年前辞去教师职位，举家搬至那拉提草原一带，重新过起游牧生活。我对做出这样选择的胡安大叔充满好奇，于是答应跟父亲一同去找他的神秘老友。那是我家搬迁至伊宁的第五个年头，不比住在新源县，来了兴致，车一发动不到个把小时就能抵达那拉提草原，站在群山脚下，涓涓流水的一旁。于是我脱离了草原生活五年多，陪父亲见老友算是弥补五年的空缺，很划算。

父亲开了近六个小时的车，终于到达行程的目的地，深山脚下，两座孤零零的毡房，外貌并不如我一路想象的美。父亲夸赞的美男子，也就是胡安大叔，脚穿一双旧长筒皮靴，皮靴外面套了一双新鞋套，是他迎客的一个努力。黑色的马甲满是岁月的痕迹，皮肤晒得黝黑，除了浓黑的野生眉毛，我找不到任何能与俊男挂钩的点。他的妻子温顺地站在一旁，长长的裙摆拖到地上，我感觉是一件只会出现在重要场合，常驻衣柜里的连衣裙，经过她身旁能明显闻到衣柜的潮湿与花露水混合的味道，估计在这深山里能掩盖衣服潮湿的唯一东西就是花露水。一双儿女穿着非常新的，几乎发着刺眼亮光的衣裳依偎在胡安大叔两侧，在我面前显得局促不安。"我给孩子们说，今天要见到在上海重点大学念书的姐姐呢，他俩从昨天开始就兴奋得不行。"胡安大叔笑着解释。我也朝他回应礼貌的微笑，但脑海里一直在重复疑问，他当初的选择是否有些草率？

笔直的烟筒内升起的更笔直的炊烟直插天空，一缕青烟头也不回地朝天空疾走，空气中氤氲着羊肉的香。香味引发了肚子的鸣叫，奶茶一碗接续一碗，一大盘手抓肉和纳仁下肚，扎扎实实地吃了一顿饱，草原的空气有助于消食。我平日小鸟般的胃，总能毫无压力地放大几倍。饭后又是几碗马奶酒，父亲弹奏冬不拉，用他惯用的伴奏应对了不同的歌，我暗暗佩服。从手抓肉和纳仁端上桌开始，或者从胡安大叔的妻子烧奶茶开始就陆续有邻居加入，都是方圆几百米内毡房的主人。哈萨克人一向好客，也爱热闹。胡安大叔最大那座毡房里坐的人越来越多，所有人不管会不会都跟着节奏齐声唱民歌，脸颊上泛着马奶酒的红晕，歌曲一首接着一首连绵不断，热烈的气氛一路烘托到了草原上空，佩服大人的肺活量。热烈的草原聚会很晚才结束，有人没有尽兴跨上马，一路唱着歌回自己的毡房继续歌唱，他的歌声渐行渐远，我在草原夜里的活动范围被这个人带去了他所在的另一座山头的毡房。我好久没有那么热闹了，因此在热闹的当时也是一边怀念，一边热闹。正在经历的，也是正在失去的。夜深，伴着泉水声和脑海中回荡的歌声，带着醉意，我进入了甜甜的梦乡。

半夜，体表感到阵阵凉意，我被迫醒来，赶忙在黑暗中摸索着添了一床被子，陡然发觉一股强光透过木门的缝隙在地面上画了一道细细长长的线。那束光过于强烈，引发我的好奇，方才还浓浓的睡意缓缓蒸发，索性披了件外套，起身大胆走出毡房。放在大城市，借我一百个胆我也不敢在凌晨一点独自闯夜路。听过的鬼故事只在城市空房内一个人经历的夜晚起作用。好奇心成功诱导我出了门，外面的黑夜居然跟白天一样亮，圆圆的大月亮安静地挂在树梢尖，位置低得不能更低，似乎一伸手就能触摸到它。万物像是浸泡了牛奶，通体发白光，我有点不敢相信眼前的景色，赶忙揉揉眼睛继续凝神细看，山峦、树木、草地又分明呈现熟悉的绿色。大地丰满而清晰，山峦的轮廓，树木的形态渐渐显露，恍惚间感觉夜晚的那拉提草原竟比白天还要真实。我猛地想起坐大巴第一次在夜间经过伊犁和乌鲁木齐间的六百多公里时的果子沟的一幕，偌大的月亮把果子沟照得透亮透亮的，离家的悲伤和远行的恐惧在大片的亮光中无处躲藏。如今在这一大片亮光中，早已适应了远行的我，找到的是离开草原太久的悲伤。

熟悉的场景让我渐渐回过神，远处，泉水的吟唱美妙动听，虫鸣声由更远的深山传来。静的美景，动的生灵，让我惊呆在原地，无奈词汇的贫瘠，脑袋疯狂运转也找不出合适的一个词，或者一个句子表达，真令人着急。此情此景面前我的睡意消失得无影无踪，至少今晚它不可能再回到我身边，感叹之余一下子理解了胡安大叔七年前的义无反顾。第二天喝过早茶，迫不及待地骑上马让自己放逐草原，其实也谈不上放逐，因为奔跑的速度没有从前快了，但至少那时的我还会骑马，风儿在耳际急切地说着什么，人间的疑惑都能在草原上找到答案嘞。

三

除了那拉提草原，我还熟悉天山深处的"伊甸园"巩乃斯草原，因为我是土生土长的巩乃斯人，虽然十五岁开始了过早的，缘起求学的远行，但故乡巩乃斯——新源县始终是我精神的归宿，我在这里第一次睁开望向世界的眼睛，再认识它。十五岁以前，我眼里的世界就是巩乃斯那般大，能容纳那拉提草原和巩乃斯草原，故乡新源县怎么能不大呢？每年6—9月，也就是漫长的夏季是巩乃斯草原的黄金旅游时间段，辽阔而宽广的草原，美丽而妖娆的山冈，远远望去，散在各处的牛、羊、马儿，还有星星点点的白色毡房总是那么和谐而安静地依傍半山坡，偶尔传来哞哞和咩咩声，毡房顶端的烟筒把一缕青烟直送入云端，主妇进出的忙碌身影，孩子嬉笑打闹的天真烂漫……每天，每一时刻巩乃斯草原上都在上演一场与自然紧密相连的生活电影，一不小心置身其中的你可能就成为了令观众羡慕的主角。

巍巍天山下，高耸威严的雪峰，葳蕤葱郁的树木，平坦的山坡，一眼望去除了辽阔也依然是辽阔，视野范围没有被定义边界，可以一直延伸至遥远的天际。河流叮咚地奏响四季之歌，然而即使在冬季，雪山下巩乃斯草原的骑士——松柏们依然守护苍劲的绿。工作后，我很久没有去巩乃斯草原，庆幸记忆保留了关于那片草原完整的画面。当身体呼唤草原，急切地渴望草原的空气，还有它的醉人的绿，我立马驾车去乌鲁木齐南山，从大致相似的，层层叠叠的绿色中回应身体的呼唤。恍惚间，时空交错，我仿佛真的置身巩乃斯草原一角。也是，同样气候和环境的孕育下，新疆的草原必然有相似之处，也因此，新疆人对草原热爱且深爱，不管在哪片草原上都能找寻童年记忆，感受热烈的归属。

唐布拉草原我只去过一次，但只一次就留下了烙印生命的印象。那年我读大学的第二年级，放暑假回家，邻居提议两家人一起去唐布拉草原兜风。于是，8月一个风和日丽的清晨，八个人两辆车朝唐布拉草原义无反顾地出发。

唐布拉草原的景点多得数不赢，返回的日子因为出其不意的景色一再延迟，爬山和下山，沿着山间的小溪漫无目的地走，日子缓慢而惬意，没有人催促你去做什么，随心所欲地走到哪里，看到哪里，累了就躺在草地上，喝一口壶里的马奶子，继续醉倒在半山腰上。傍晚时分，回毡房吃手抓羊肉，继续喝马奶子。不知为何，人一进入草原就变得极其有胃口，我面前的桌子上能堆一座骨头小山。吃多难消化的顾虑根本不存在，一碗马奶子就能解决顾虑。马奶补钙，还有助于消化，而那些吃进肚子的，呼吸草原最新鲜空气，吃纯天然嫩草的羊的肉也对身体有益，是某种意义上的"绿色食品"。总之，去唐布拉草原旅游对旅行者的好处是里里外外的。浸润在浓浓肉汤里的羊肉刚端上桌子，一股更加浓郁的羊肉香猛烈地扑鼻而来，忙不迭地拿出一根排骨咬一口，酥酥软软的羊肉在舌尖融化，骨头也发软，能吸出如奶酪般的骨髓，留下更为酥软的香刻入味蕾记忆。围坐一圈的人大口吃肉，大口喝马奶子，个个嘴角油光得可爱。一阵忙碌后，吞咽和咀嚼的声音变弱，有人拿起冬不拉弹唱民歌，到了副歌部分，众人纷纷歌唱。歌声飘出毡房，飘到森林深处，与远处叮咚的泉水声，大自然的窃窃私语融为一体。人类的痕迹留给自然的就不该有过多的重量，轻飘飘的痕迹融进自然，如我们结束漫长的一生，最后躺下来失去土地对我们的重力作用，轻飘飘地成为自然的一部分。

据说唐布拉草原有一百一十三条沟，这是不小的数。那几日，身体和心智完全沉醉，我倒是忘记数一数，但有一点可以肯定，每条沟都有特色，不至于让人陷入同质化的审美疲劳。如果有缘前往唐布拉草原，能见到奇特的阿尔斯郎石林，无法用言语准确描述其奇妙的天然石林，可任凭一个人发挥想象力。傍晚，大可以带上相机爬到离你最近的一座山的最高处看草原落日。太阳带着对唐布拉的眷恋，依依不舍地下山，天光渐渐暗淡，但暗淡的过程蕴含丰富的色彩变幻，首先天际被染成一片温柔的红，开始其中还带有清晰的淡蓝和亮黄，还有处于无法定义的颜色。天际变幻中的颜色被远处的群山稳稳地衬托着，好像天边正在绽放一朵足以连接天和地的花。很快，太阳以最后的眷恋用更浓烈的红色渲染天际，群山和森林的轮廓黑且清晰，遥远的黑从草原各处快速向你集结而来，月亮和星星及时点亮，于是借月光和星心满意足地下山。唐布拉在哈萨克语有印章的意思，那次唐布拉草原之行，我用父亲送的粉色诺基亚傻瓜相机拍了很多照片，回学校，在电脑上一边整理，一边浏览，很快被带进照片中的景色，看来唐布拉把自己印刻在了我的脑际。

四

  我没有去过库尔德宁,向往有一天能真正地走进神秘的库尔德宁,用脚步轻触它的温柔,再大胆地投入它广阔的怀抱。库尔德宁这个名字带着令人神往的浪漫,一位友人曾写过一篇《情系库尔德宁》的散文,我第一次知道了库尔德宁,文章字字句句拼凑起来刻画了一幅生动壮丽的草原画卷。

  库尔德宁有"横沟"之意,伊犁的草原几乎都处于东西走向的河谷地带,唯独巩留县东部山区的库尔德宁在南北走向的山间阔谷,因此有了这个浪漫且独特的名字。库尔德宁像一个美人的名字,有朝一日,我一定会与这位美人相见吧。友人的散文引发了我对库尔德宁强烈的好奇,疯狂百度关于它的资料,库尔德宁是天山山脉森林最繁茂的地方,拥有单位蓄材量世界罕见的云杉森林资源,完整的原始森林类型和植被是整个天山森林生态系统最典型的代表,其中国家重点保护动植物达三十余种,堪称欧亚大陆腹地野生生物物种的"天然基因库"。妥妥的自然分量,让人肃然起敬。当然,新疆的草原还有"东方的瑞士"之称的琼库什台,得到阳光偏袒的阿贡盖提草原,据说完全没有破坏的痕迹,保留了最原始生态的夏尔西里草原……如此多的草原以一方土地和一方空气地完美融合,呈现与众不同的情调,叫人如何不神往呢?

  我孩童时期的暑假多半在草原度过,父亲和母亲管了一个学期,终于等到漫长的暑假,赶忙把我和妹妹放逐草原,任凭我们在广阔中无所顾忌地撒野。我常常固执地自己一人放牧,最后不知是我在放牧,还是牛羊在放我。放牧其实非常有趣,指挥着沉默的牛和羊,有种司令般的威严,童年的我基于这点才想要一个人放牧。再者,偌大的草原,没有什么大的遮挡物,牛羊不至于走丢,有心的人通常给自家的牛和羊做标记。我还非要学做沙杷克，双手弄得又黑又臭，浪费不少煤渣。沙杷克是牧民创意下的煤饼，将牛粪和煤渣混合制作成圆形或四角形，放在太阳底下干燥，一周左右就能晒干。成形的沙杷克可以放进炉子烧火做饭。以上这些远远不会满足我，大部分时间我会跟玩伴比赛喝马奶子，马奶子盛在木碗里才叫作真的好喝，轻盈地端起木碗咕咚咕咚狂饮，没一会儿，身体沉甸甸的，最先反应的是膝盖，软塌塌的，接着双颊微红，是现在世面上买不到的天然腮红，带着软塌塌的膝盖和微红的脸颊醉倒在夜空下数星星，相较城市，星星也喜欢草原，它们会全部涌出填满夜空，一闪一闪的，直叫人心动。

　　星星哪能数得清，只会越来越多，夜幕上的繁星像是被一位神秘的画匠一气呵成的油画，其中的星星一颗一颗地分明可见，但星与星的间隙中还带着明显的晕染。数不清了，索性当整个星空都是自己的。鲜活的草原记忆总是带着鲜活的童年记忆，草原的日子让童年岁月充实，可能当时的感官过于强烈，我依然带着曾经的感叹和敬畏，旅行途中见到他乡的山水草木，或者是公园中的一抹绿，我总是十分惊喜。远去的草原记忆带给我的更多的是对自然的敬畏，这样的敬畏伴随一生。

自然烙印

自然在生命留下的烙印,我都怀念着……

红脸蛋女孩

前些日子去商场买化妆品,具体来讲是买被友人赞赏的眼霜,人总是容易被旁人影响。临走,店员极力推荐一款腮红,说很适合我的肤色。我解释自己很少用腮红,女店员没有放弃的意思,拿着试用装在自己的手上涂抹,又在脸上示范,双颊变得红扑扑的,她白皙的皮肤配上这份外加的"红",确实好看。她对着我真诚地微笑,我也回应了一个真诚的微笑,因为眼前这位红脸蛋女孩,让我陡然想起另一位红脸蛋少女。

少时,暑假常去姨外婆家的夏牧场,一待就是整月,时间被隐藏,日子和日子连接起来,诺达的夏牧场有的就是无尽的玩耍和极好的胃口。临近开学下山回家,我的两个脸蛋红通通的,脸颊和手背留下夏牧场风的抓痕,纵横交错。且不提热毛巾敷脸颊和双手的生疼,还会遭来男同学的嘲笑:"红脸蛋土妞回来啦!"这对当时的我而言是最厌恶亦不能忍受的。"红脸蛋女孩"令我难堪,夏牧场的快乐充分抵消难堪。"姐姐，好看吧！"女店员一句话把我从记忆的旋涡中拉回，我不忍拒绝面前的红脸蛋女孩，答应买下她推荐的腮红。走在回家的路上，我顿悟一个事实：原来我早已不再是"红脸蛋女孩"了。曾经的红脸蛋是自然的粉饰，如今的红脸蛋是科技的粉饰。

岁月能洗涤人的心灵，曾经多想逃避，后来就有多怀念，我们习惯称为成长。大城市数不清的红绿灯和更数不清的车辆阻碍前行的路和想飞的心，坐在四个轱辘托成的狭小空间内，我可真怀念脸颊通红，赤脚在草原上狂奔的日子。姨外婆很凶，很少见她对一个人笑，那双承载了六十年岁月的大眼睛，以及隐藏了许多古老故事的黑色眼眸，看久了，感觉会被吸进去。

姨外婆的故事很多，书本里根本读不到，所以虽然她难接近，但她的故事常常吸引一群孩子，最可怕的是她的拐杖，若有人在达斯塔尔汗——餐桌布上拿馕饼和酸奶疙瘩开玩笑，拐杖就会从任何方向挥过来。姨外婆不允许的事情太多，她不准我们偷偷把糖果包装纸扔在追逐嬉戏的途中，于是我下山时不仅有红脸蛋还有一堆糖果包装纸。姨外婆不允许家里人把煤灰倒在草地上，即使那些草已经枯萎发黄，食物的残余要喂猫和狗，姨外婆家里养了好多猫和狗，它们有名字，也是家里的成员。除了以上这些近处的不允许，外婆还有远方的不允许，不能随意砍伐无人看管的树木，破坏深山里的树苗。她常说："树木花草的主人是大自然，人没有那个权利使坏。"姨外婆最痛恨有人朝河水吐痰、擤鼻子、倒脏水，或穿鞋子直接蹚水……她说："水是有灵性的，它虽然柔软，却能攻破最坚硬的东西。"如果徒步到方圆几里之内的邻居家吃席途中遇见陌生人在做她眼里的"不允许"，姨外婆会毫不客气地挥舞着拐杖冲过去，陌生人一边受到惊吓，一边骂骂咧咧着离开。姨外婆的"不允许"在以毡房为中心的，一个很大的圆圈内。儿时以为它的范围就是我东奔西跑的夏牧场，殊不知，那些"不允许"的范围囊括了天和地。

姨外婆家长年过着逐水草而居，和自然共生的游牧生活，一代代人口口相传，效仿长辈行为而逐渐形成的生活习惯里融合了如磐石般的自然敬畏意识，那些古老传统习俗和普通生活习惯折射出更为朴素的生态保护意识。当曾经是夏牧场草原里追逐打闹的孩子们下了山，走进城市，融入城市，也会带着这些习惯，不浪费水，不随处扔垃圾，去餐厅吃饭，吃不完的打包……那些习惯以及它们折射的意识已经像他们吃进肚子里的包尔萨克、酸奶疙瘩、奶茶般融进身体，成为他们的一部分。

自然是技艺高超的绘画师，以为它把一抹"红"画在了双颊，其实画在了心里。后来，即使我不那么频繁去草原，但凡有一点儿运动量，双颊总是过分的红。十五岁去外地念高中，草原生活彻底剥离我生命。周末，学校安排集体购物，提着几个购物袋站在等待校车的学生当中，我是最"红"的一个。带队的老师担忧地问："孩子，你的双颊这么红，是不是中暑了？"身体适应不了南方的湿热，学生出现中暑的情况也不是没有先例。"我的脸常这样红，一会儿就恢复了呢！"我回答得轻松，不轻松的老师依然会关注我，直到我乐呵呵地回学校。隔年此"症状"消失，草原生活烙印在体内的"红"被新的空气洗净。或许没有洗净，它隐没到了更深的角落。

到家放了手中的购物袋，手掌心突然隐隐地疼，发觉自己路上竟一直攥紧了小小的腮红。完全不熟悉的物体堆积出的这块"红"，穿着华丽的外衣高傲地躺在闪着光的玻璃窗内，等待有人愿意为它打开钱包，而两个小时以前，打开钱包的人是我，我为自己需要花钱才能再次成为"红脸蛋女孩"而苦笑，一种穿越时空的草原情怀硬生生地填满我的内心。

草原上的一轮明月带回家

十五岁去大城市读书逐渐丢失一些属性，这不是我故意而为，我至今还记得第一次随着大巴走上层层叠加的高架桥，当我比那些最高的楼还要高时，不自觉张大嘴巴惊讶的窘态。从某一个模糊的年龄间隙起，我成为一个矛盾的个体，血液里流淌的草原本性在南方潮湿空气里浸泡八年后变了样，常常干燥发红的皮肤湿润了，黝黑的我竟然变白了，多年的鼻窦炎也自愈，想沾沾自喜，总觉得那份愉悦来得不大顺畅。若有人问："你骑过马吗？"我骄傲地回答："当然啦！骑马在草原上狂奔的感觉别提有多潇洒！"可扒开所有表面的、流动的语言和难以捉摸的表情，我心里的有些东西变得捉摸不定，缥缥缈缈，我居然也开始怀疑自己骑马经历的真实性，听着耳畔呼啸的风，骑马驰骋草原的记忆越来越陌生，我是一个半成品，草原女孩和城市姑娘的半成品。带着一种经历经历另一种经历，一个事实是，我现在真的不会骑马了，甚至，站在一匹马面前还会唯唯诺诺地伸手抚摸它温柔的鬃毛，心里的感觉不是舒坦，而是担忧会不会遭到马突然的踢腿。

大学的某个暑假，全家搬至市区的第五个年头，父亲带我们拜访他曾经的好兄弟胡安大叔。父亲的这位朋友毕业后在镇上教书多年，后来辞职带家人重新过起游牧生活。深山里，两个不大起眼的毡房，院落内简易的砖头堆砌的炉灶和一个看起来随意搭建的牛羊圈舍，几根长木头桩子围了一圈，一切简单得不能再简单。

公路转弯朝他们家方向的那截土路，一次也只能过一辆车，土路是比较深的山沟，坐到车里往下看，人的心直接悬在喉头。"胡安大叔为何没有改善下生活环境啊！"我暗自流露不满，心里突然烦躁起来，加上习惯了城市的喧闹，耳朵竟也不适应这久违的宁静。我体内涌动的宣泄和烦躁像一个隐形的球，飘出我身体无处安放。吃过晚饭，我和妹妹索性去爬对面的山，企图用劳累消除烦躁。我俩边听 MP3 内的流行歌曲边朝山头移步，双脚踩在软绵绵的草地上真舒坦，似乎有一个毛茸茸的东西跑进了心里。驱走方才的宣泄和烦躁的是一些柔软的东西。先前若隐若现的明月逐渐清晰，星星一颗颗地从蓝色巨幕后跳出，密集的繁星重量超标，把天空压低了一层，我和妹妹不约而同地放下耳机，朝天空举起双手。"站在远处的山顶上，没准儿能摸到星星呢！"妹妹兴奋地说。越来越多的星星着急地想把夜空点亮，月亮也不甘示弱，一点点放大身躯，干脆把地面的一切染白。草原的夜晚不需要路灯，自然也有办法照亮黑夜。

"姐姐，看山脚下！"妹妹急促地拍打我的肩膀，好像再不看就要错过什么。山脚下具体哪个位置已经不需要妹妹再说明，胡安大叔的毡房和圈舍，一旁的松树群以及门前的小溪流，此刻全部浸泡在奶白中，简单得不能再简单的深山一角突兀地从夜幕中分离出去。明明是白天，更确切地说是一个多小时以前我喝奶茶和马奶酒的地方，现在变得如此不真实，像儿时常听的姨奶奶的童话故事里的仙境。突然的视觉冲击令我错愕，一时间失重，感觉不到双腿和双脚，我和妹妹同时看向周围，群山的轮廓似乎比白天还要鲜明，松树的影子依然威严，但似乎多了几分温柔，晚风吹拂脸庞，哪里谈什么浮躁，我完全地被切换进另一个世界，成为自然的一部分，一瞬间我好像也变成了一棵树或者一株草，驻守脚下的土地，迎着晚风舞蹈。所有该省略的思想，准确地讲是生活的顾虑，欲望的桎梏，被我认为是思想的思想统统被省略，就像几个砖头堆砌的简易炉灶，几个木桩子拼接的简易圈舍，我也变得简单，身体轻盈得像是在半空中飘，突然耳朵捕捉到毡房传来的父亲的冬不拉弹唱和一群人的合唱，我飘荡的身体落回人间，波涛汹涌的惊叹浪潮缓缓退去，我忽然理解了胡安大叔的简单生活。

美丽的风景需要冒险。漫长旅途带来的疲沓和曲折山路引起的恐惧同这片草原的神奇相比，又算得了什么呢？苦于追寻人生的美丽，沿途看得见的屏障理应无所畏惧，心里那些看不见的屏障，是不是也应除去？隔日启程回家，胡安大叔的妻子包了酥油、酸奶疙瘩、包尔萨克作为回礼，"这片交通不便，没有像样的礼物回赠，这些你们拿回去尝尝。"她羞涩地递给母亲一个大包裹。"自然气候酿造的食物，城里买不到啊！"母亲高兴地接过。一旁的我偷偷高兴，胡安大叔夫妇送了更贵重的礼物，草原上的一轮明月被我和妹妹悄悄带回了家。几天后，我和妹妹相继感冒，到底是那晚在山顶吹了太久的凉风，没出息的身体竟受不起草原的凉风了，姑且把这场感冒当作是身体背弃草原的惩罚。

赛里木湖的温柔

外出求学那几年，乘大巴车无数次经过赛里木湖，有任务在身的师傅可不会放任一车人近距离观赏，于是只能在经过时，透过车窗玻璃远远地欣赏赛里木湖。印象中的赛里木湖很长，大巴车行驶很久才能驶出它庞大的身躯。赛里木湖亦是富庶的，阳光铺展在湖面上，好似一粒粒白色珍珠自然流动，它有群山终年地守护，也有人为它驻足，为它写诗。

大四临毕业，母亲提议全家人一起送我坐火车，计划在赛里木湖附近的民宿住一晚，这样一来，离别的伤感无从谈起了。临近赛里木湖，车窗外零星的白色帐篷如同点缀在山上的白色花朵，等待旅人采摘。我们选中了边缘的一个，老板是一对年轻的哈萨克族夫妻，两人忙前忙后地帮我们拿行李，准备房间。"木老板，你们的民宿有名字吗？"我好奇地问，记住了名字，回忆就有了检索词。"哈！你想叫它什么，它就叫什么嘛!"木老板回答,我被他弄得有些不知所措,他马上开始了第二句话:"快去欣赏赛里木湖吧,整个湖都是你的嘞!"蔚蓝的天空没有一丝云朵,云朵全跑到湖面上了,赛里木湖面分明有一串串的白轻轻地摇动。天的蓝色也倒映在湖面上,赛里木湖成了天空的镜子,天空在大地上看清了自己的美貌。记不清多少次匆匆经过赛里木湖,目之所及皆是大片的、静止的湖蓝。赛里木湖把天的蓝色定格在大地上,向往高空的旅人投入它的怀抱,短暂地感受一次生命里广阔的蓝,最后随车一同消失在远方,回到寻常的一日。悠悠岁月,留下孤单的赛里木湖,接受了数不尽的赞叹和闪光灯后,依然波澜不惊地固守着一份亘古的蓝。

小心翼翼地走向赛里木湖,深怕惊动沉睡着的、庞大的自然精灵,它的呼吸悠久而深沉,我俯身在湖边坐下,眼前的赛里木湖居然清澈透明!"它为什么没有了颜色?"我抛出一个傻问题。"河流当然没有颜色啦!"父亲回答。阳光反射在湖面上的强光让父亲睁不开眼睛,他原本就小的眼睛眯成了两条线。"它不应该是蓝色的吗?"我继续犯傻。"喏!赛里木湖还是蓝色!"父亲顽强地睁开眼睛指着远处说。我起身顺着他手指的方向眺望,熟悉的蓝顿时令我心安。

一阵风荡起湖面的波纹,赛里木湖表演颜色的魔法,绿色、蓝色、蓝绿色、宝蓝色……近处流动的白色以及眼前触手可及的透明。如果一个人是一个世界,那一刻我的世界有一扇窗户"唰"的一下打开,我在里面见证了自然奇迹。水下的石头嘲讽道:"你居然才开始了解远行路上的赛里木湖啊!"是啊,我为何才姗姗地熟悉这伟大奇迹呢? "看那个人!"一旁的妹妹突然喊道,身材高大的男人膝盖以下浸入赛里木湖,他在认真地用湖水洗胳膊。"不能随意践踏水。"记事起,长辈的忠告几乎刻在身体。那么,这个人为何跑进水里,何况还是赛里木湖的水? "据说赛里木湖的水能洗去晦气,带来幸运和幸福呢。"父亲似乎听见了我心里的语言，解释说。距离这段往事过去近十年，不知那位男士后来是否遇见幸福，我至今还记得他高大的身躯和卑躬取水的模样，他的身子发着光，一瞬间感觉是湖里的某位神仙。

我们在河边洗了脸和手，冰冰凉凉的湖水轻松除去旅途的疲惫，身体有了一日清晨的能量。已接近黄昏，夕阳留下金色的脚印蹑手蹑脚地向远处的天山移动，把赛里木湖染成了红色，湖水互相催赶着向高空跑去，天空、群山与湖水全部被染成了红色，生命的炽烈演绎得淋漓尽致。我也被染成了红色，体内的血液跟着沸腾，扰乱心空的乌云全部被挤了出去，我拥有了整个赛里木湖。

回到民宿，木老板夫妇俩已准备好晚餐。我对木老板说："你的民宿叫赛里木湖！"木老板心领神会地微笑。在赛里木湖享用美食还真是人生头一次，平日三餐常吃的馕饼都变得极其美味。木老板当我们是客人亲自切肉，他的妻子拿出自制酥油，一匙酥油配一碗奶茶，只能一碗接一碗，酥油碗很快见了底，木老板的妻子又去添新的酥油。传统酥油卖得很贵，更何况在景区，夫妻俩没有向我们收酥油和奶茶的费用，与广阔赛里木湖朝夕相处的这对年轻夫妻的心也是宽广的。夜色安静，赛里木湖深邃的呼吸声不断传到耳畔，一阵喧闹不识趣地打破了宁静，室外帐篷下的年轻男女借着酒劲大声唱着不着调的歌，搭配不着调的舞姿。"他们白天追逐自然的宁静，这会儿又寻找城市的热闹，嘿嘿！"木老板一语概括众生百态。心灵和行动不一致是无奈，面对自然的锦绣山河依然身陷心灵和行动不一致的囹圄是痛心，今夜，赛里木湖的温柔能融解他们心里的囹圄吗？

阳光的味道

有段时间，为让女儿养成假日午睡的习惯，全家人煞费苦心，孩子总有用不完的力量，奇怪小小身板如何装得下那么多能量。小区广场添置了"晾晒区"，于是起了个大早，把孩子的被子拿去晒。午饭后，我把被子取回来在客厅铺开，女儿跑去摸被子，说："妈妈，被子好好闻啊！好舒服啊！"我说是阳光的味道，忙完厨房里的活计再回客厅，女儿竟躺展在被子上呼呼地睡起午觉。苦恼很久的午觉问题居然被阳光解决。霎时间，儿时阳光下晾晒的味道从时空里溢了出来，我也干脆躺在女儿身旁，很快也进入睡眠。

日复一日，一遍遍升起的太阳是怎样的存在？冬天，人们渴盼日光的眷顾，此时的阳光和善，温暖人的身体和内心。夏天，人们躲避烈日，太阳变得炽烈，人在四面墙壁内木讷地接受冷气的浸泡，出了门遮蔽全身阻挡太阳的直射。到底是对阳光的触觉消失了，抑或是隐藏了，大片在阳光下劳作和生活的人互相追逐着，驱赶着投入城市的怀抱，在不大的避风港中划出更小的一块养花种草，或者干脆买来一个绿盆种下菜，放在不大的阳台上，抱怨拥挤的高楼挡住阳光。或许我们正在丧失感官能力，一个人对阳光没有什么感情，却对着一片花草不停地拍照和赞颂，或面对一寸地上的菜苗祈祷，那真是自欺欺人。阳光从未改变，善变的可能是人。

儿时常瞒着父母带妹妹去河里游泳，回家想各种办法掩盖身体游野泳的痕迹，但还是被母亲的慧眼识破，她说："这么玩儿下去，以后你俩腿疼可千万别来找我！"母亲都是刀子嘴豆腐心的，碰上晴好的日子，她给我和妹妹的腿上、膝盖上抹一层羊尾油，安排我俩坐在太阳下"晒自己"。阳光一点点地把羊尾油带进皮肤，把体内的寒气一点点地带出去，那触觉简直不是皮肤的，而是心里的。不知是儿时游野泳太多，大学时被关节炎"眷顾"了一段时间，拿出母亲捎的羊尾油抹到膝盖上，搬一个凳子坐在阳台上闭目养神，不一会儿疼痛的膝盖就全好了，舍友疑惑地问："你为何过一段时间就要去阳台那边坐，不热吗？""时不时晒下自己嘛！"我回答。

熟悉的食物几乎都在太阳下成形。比如，做好的酸奶疙瘩需要放到芨芨草编织的席子上，置于阳光下晾晒，一周左右酸奶疙瘩风干了。酸奶疙瘩浸泡热奶茶，第一口咬下去是脆的，再咀嚼几下变得酥酥软软，阳光把奶的香甜调制得恰到好处。奶奶家曾有大片的玉米地，一小部分在土房阴凉面。一回跟着姑姑去玉米地摘玉米，她"唰唰"地快速取玉米，一旁八岁的我唯有被玉米嘘呛的份儿，灵机一动想到阴凉地的玉米，刚准备跑，被姑姑叫住。"我的个子能够着房子那头的玉米！"我嘿嘿一笑，觉得自己聪明极了。谁料，姑姑说："那头的玉米不够甜！"她的脸晒得红通通的，凌乱的头发上全是玉米碎渣，但也有工夫回应我的莽撞。同样是玉米怎么会不够甜？"那里的玉米没有阳光的味道！"姑姑再次回应我的莽撞，转头继续采摘阳光下的玉米。后来姑姑在院里的大炉灶上煮玉米，顺便煮了些阴凉处的玉米，她把煮好的玉米端上桌，满满一大盆，简直是玉米盛宴。我左右手各拿一种玉米大口吃，味道还真是不一样，阳光下的玉米更鲜嫩，得到了味蕾的偏爱，我慢慢放下了右手边的玉米。

莫非真如姑姑所说那片玉米有阳光的味道？有些人的味觉能清楚地辨别出阳光的味道，送进嘴里的食物，但凡差一些，立马能察觉出。他们敬畏阳光，珍惜自然的馈赠，阳光眷顾的食物不需要多余的调料，它被身体接纳也被身体需要。这样想着，突然在心里莫名地生出一种悲哀，似乎我在远行路上把盘中的阳光味道丢失掉太多。

定义隧道

生命里出现过很多隧道，有些印象尤为深刻。坐火车往返乌鲁木齐和伊犁两地间的北天山隧道穿越北天山主岭，它是天山的第一条越岭隧道，亦是新疆最长的隧道。白天经过隧道的十余分钟，可体验一次穿插在白日里的黑夜，火车穿越隧道时速度明显降下来，旅人悠然地欣赏山景。一次技术的革新破除自然阻隔，让旅人在群山中穿梭，也算是神奇体验。人们小心翼翼地改造自然，让它腾出一片空地，然后在那片土地上嫁接生活，改造中的分寸以成书成文的规定约束人的行为规范，但真正的分寸感在人的心里。我每天上下班穿越乌鲁木齐市区的蜘蛛山隧道两次，周末带孩子逛街需要穿越雅玛里克山隧道两次，虽然都是小隧道，但圆牌子上清清楚楚地限定了来往车辆的速度，更有规定不可在隧道内超车。庞大的火车在逼近山间隧道时需要谦卑地降低速度，再豪华的车途经城市里的隧道，也需要规规矩矩地降速。万事万物都要遵循宇宙内更为隐形的规定。

说起隧道，不得不提果子沟隧道，简直是通往地心的历险。离开赛里木湖驾车沿连霍高速继续向南走，很快就拐进果子沟隧道群，大转折、大落差中缓缓行驶的车辆经两条长隧道就能抵达果子沟大桥。果子沟大桥北起蒙琼库勒，上跨果子沟峡谷，南至将军沟隧道，是新疆公路建设史上一次重大突破。它与大自然赋予的天然宝库果子沟浑然一体，相辅相成。果子沟以分布广阔的野果闻名，加之漫山遍野的野花，凌空飞渡的大桥，松树头上奔泻而下的瀑布，经过的旅人除了惊叹还是惊叹。

穿过一个隧道，面对的即是人类智慧和自然奇迹的伟大融合。驾车行驶在城市错综复杂的高架桥上，女儿总会问："妈妈，我们在上面还是下面？"年幼的她也察觉出城市建筑的上下落差，人类建造城市，又在城市仅有的空间上方制造智慧的奇迹。一回自驾途经果子沟隧道和大桥,女儿激动地趴在窗户上,不停地喊:"我们在飞啊!"果子沟的隧道让我和女儿体验了飞,又想起曾经在上海读书时经过的水下隧道,在北京旅游经过的地下隧道,隧道的定义似乎一直在变化。建筑的每一个线条,每一粒沙石经无数人的双手搬运和拼接,在烈日和风雪中努力构建,成就一代人的幸福。大自然用它的神斧创造涵盖天和地的壮丽美景,人们用机械斧头劈开山脉,改变河流的方向和山的形态建造伟大工程,宇宙间的生命以不同的形式闪耀光辉,只不过有一些是永恒的,有一些是短暂的。

"撒玛力"是自然的使者

儿时恐惧大风,母亲说,刮大风是大自然发怒了。一个周末,我和妹妹去外婆家玩耍,到了下午,好好的天气突然刮起狂风。外婆家住学院家属区,我们赶忙从校园中心广场的花园跑回外婆家,刚坐到榻榻米上端起外婆倒的浓黑奶茶,母亲也进了门,她急切地说:"孩子们,我来接你们回家!"风不停地扇动着屋顶的油毡纸,颇有掀开整个屋顶的架势。外婆要留我们喝奶茶,母亲想在风变得更大前回家,第二天是周一,一周的开始,意味着忙碌。母亲一手牵着我,一手牵着妹妹,她握得很紧,我和妹妹也变得紧张,一言不发地跟着她朝家赶路。我们完全睁不开眼睛,被母亲拖拽着走。

大风像一个巨大的屏障把我们走过的路和即将要走的路完全分离,我们几乎是顶着大屏障走的。双腿时而踩在地上,时而浮在半空,平日里很快就能走完的两条街,这会儿变得无比漫长,还是带着恐惧的煎熬,母亲成了我和妹妹在这场狂风中唯一的支柱。后来听闻那场风折断了县里的很多大树，也有人因上房顶固定油毡纸被卷起来摔死……总之，那是记忆里一场令人惊骇的狂风。不知是谁惹怒了自然，造成了那样一场发怒。

故乡的风也有过温柔的时候，它让父亲做的风筝飞向高空，那时真希望风把我也送去远方，小小电视机里装的大大的远方。后来，我真的被一场风带出家乡，去了遥远的地方，生命里漫长的远行便早早开始。

前年有机会去吐鲁番采风，出发前的几天我就难掩兴奋。曾在上学途中坐火车经过吐鲁番无数次，那时的吐鲁番对我而言是一个站点，归家路上，有同学提前下车回家，上学中途，有同学晚些从吐鲁番上车，我曾羡慕过这些可以早些到家，晚些回校的同学，为何我的家不在吐鲁番？于是前年的采风是我第一次用双脚踩在吐鲁番的热土上，并且还能够逗留几日。

天气晴好的日子，和同行的人一起去了库木塔格沙漠风景区，库木塔格维吾尔语意为"沙山"，库木塔格沙漠即指"有沙山的沙漠"。同行的女伴们戴着红的、绿的丝巾去较矮的"沙山"拍照，我光脚直奔最高的山顶。一阵猛烈的前进后，我终于站在了那片"沙山"的最高处，放眼望去除了沙漠还是沙漠。太阳的金光洒下来，漫山的沙砾金灿灿的，好像遍地都是金子。我痴痴地望着，一阵风卷起裙摆在身边环绕着不走，方才爬山的"热气"就那么被它带走，取而代之的是凉爽和惬意，分明是熟悉的风。十岁沉迷故事书一整天待在屋子里，硬生生弄出头疼，母亲提议我出去吹风。有段时间，巷口放着一辆报废拖拉机，那片的孩子争着跑到上面抢夺方向盘，假装开拖拉机一度成了热门游戏。这天拖拉机意外落单，于是我爬到上面握住方向盘，假装开拖拉机。傍晚的风吹动大寨渠旁的白桦树发出"哗啦啦"的巨响，好像拖拉机突然发动。风抚摸我的脸颊，吹动我的发丝，浸入鼻腔，渗入皮肤，天知道我吃了多少风,我渐渐感到浑身舒坦。拖拉机的样子记不清了,有限的脑容量只够记住一些重要的事,但那天的感觉烙印在身体上,风把疼痛带走了。母亲常说,"撒玛力"(风)多好啊!果真是好。

那阵风一圈一圈地移动着下了山,朝远处同伴的方向去了。我这才注意一片金黄中的她们,像是点缀在沙漠上的红的、绿的、黄的花朵,在风中摇曳,变换不同的姿势,哈哈地笑着,尽情施展妩媚。她们沉浸在快乐中,每个人都把自己当成相片的主人公,一个人用物质堆砌出的美丽同广阔自然相比,也只那么一点点,和她们相隔那么远的距离,却还能清晰地听见她们说的每一句话,每一个字,大抵是"撒玛力"带来的,它是自然的使者嘛,所以千万别想偷偷做违背自然规律的事,人的一点点行动放在自然中显而易见。人短暂的生命没有观众,但我们从来都是,也只是自然的观众。匆匆的一生若带着自然的烙印离去,那才是没有白活一场。

奶茶故事

身体里有一处膏腴之地,那里有祖辈留下足迹的草原,毡房内的炉灶上,一壶奶茶欢腾着,唱着我的四季。

我是如何学会倒奶茶

已是凌晨,楼下仍有小孩追逐打闹,欢乐的声音响彻天空,高楼层都能清晰地听见他们说的每一句话,孩子总有用不完的力气,若是一个注重规律作息的家长,显然不会放任孩子要到这个点。一个多小时前就躺在床上的我入睡失败,夜姑娘又把我的睡眠装在裙摆里偷走了,她曾无数次夺走母亲的睡眠,如今也学会夺取我的睡眠。体内的器官索性闹腾,脑袋嗡嗡作响,颈椎暗自呻吟,肚子叫嚷得最厉害,时而锐声尖叫,时而低沉呻吟,表达它对奶茶的强烈渴望。以往我会泡一碗热乎乎的,表面漂浮着奶皮子的奶茶,无奈今晚值班,也不是家里可以立马起身泡一碗,我只能想象自己喝了一碗奶茶,安抚我闹腾的身子,寻找我丢失的睡眠。

哈萨克族女人既善于品奶茶,也擅长倒奶茶。她们大致可做如此归类,伊犁方式倒奶茶的女人,阿勒泰方式倒奶茶的女人,伊犁方式转阿勒方式倒奶茶的女人,以及阿勒泰方式转伊犁方式倒奶茶的女人。我打小会倒奶茶,姑且不评论其味道,毕竟大人从未刻意教,眼睛看着大人的动作,耳朵听着茶水混合的声音,加之生活中不自觉地效仿,倒奶茶的小女孩蜕变为倒奶茶的女人。蜕变的结果成功与否也有考试,丈夫、公公、婆婆,甚至一席婆家人面前倒一碗好奶茶,直接决定儿媳的初印象。

我是伊犁方式转阿勒泰方式倒奶茶的女人。先生祖上是阿勒泰人,同他结婚的故事很简单,网友线下见面,互相产生好感。恋爱的粉色像蚕丝一样困住思维,丝毫未发觉先生背后庞杂的家族丛林等着我艰难跋涉。经上午的过门和中午男方婚礼的一系列紧凑的仪式,我成为一个克烈部落的儿媳妇。脱去沉重的婚纱和沙吾克烈帽换回便装,一屋子的"考官"已经围坐达斯塔尔汗(餐桌布),准备进行一场隆重的新媳妇倒奶茶"测试"。我是紧张的"考生",先生是沉默的"陪考员",起初他一米八五的个子成功吸引我,但拖着他在丛林里跋涉,"一米八五"成了累赘,沉默是单独给予男人的法宝,生活让女人变得聒噪。一小撮盐,盖过碗底的茶,加牛奶约至碗的三分之一处,牛奶与茶混合后的颜色呈咖色,接着倒开水至碗的二分之二处,这是伊犁人倒奶茶的方式。作为土生土长的伊犁姑娘,我闭着眼睛都会。奶茶的混煮方式对我而言还是陌生领域,但食材无外乎那几种,会有什么难?

倒奶茶是集体智慧,亦是个人智慧,每个步骤都需要仔细掂量。我抓了一把茶叶放进茶壶,婆婆如同惊吓的小鸟般嚷道:"哦,依巴依——天啊!太多了!"她伸手取出一部分放回茶叶罐,动作像蜻蜓点水般轻盈,多年的经验,让她的双手已经成为一杆秤,准确衡量食物的分量。我母亲亦是如此,肉汤里放多少盐,做纳仁需要的面粉量,根据客人身份的不同应该组合哪些肉放进锅里煮……都是随手一抓。哈萨克族女性的手有魔力，可以丈量大地和人性。一次个人智慧被婆婆的好心扼杀在摇篮，我没能看清她取出多少茶叶，剩下的茶叶又是多少，那样快的速度也没法看清楚。婆婆意味深长地说："倒着倒着嘛，你就会了！"这是实话，奶茶的混煮方式如今我也算出师，她跟我说过很多话，最常说的一句是："你要像蜂蜜一样沉淀，像水一样渗进这个家。"

　　婆婆爱笑也很敏感，奇怪这两个特征是怎么组合到一个女人身上。一回她熬中药，说泡脚去体内湿气，婆婆一直注重养生，到了晚饭后是走路的时间，这习惯她也坚持多年。临出门，她反复叮嘱："过二十分钟记得关火啊！"我和先生陷入各自的忙碌，待我想起，已过去四十多分钟。湿气把屋里的东西彻底浸泡了一番，等到婆婆回来，弥漫在空气中的湿气暂时隐没，但还是被她发现湿气变成水珠藏在老缝纫机上的白色盖布的缝隙里，还有暗黑的玻璃窗上。"你俩到底是忘了时间！"婆婆眉头一紧，拿起抹布直接爬上窗台。12月末，屋外，冬天用寒冷舞蹈，附着在玻璃窗上的水珠显然没有离开的意思，"老房子经不起'折腾'啊"！她一边嘟囔，一边来回擦拭窗户，矮小的身板看起来有些滑稽。良久，她心里默默燃烧的敏感之火终于引出一件大的思考，近乎警告，她字正腔圆地说："以后指望你成为这个家族的女主人，你不该粗心的。"此时我在思忖另一件大事，莫非这就是如蜂蜜般沉淀，水般渗透夫家的女人，年近六旬的模样？

远方的客人

　　儿时极度渴望家里来客人，母亲会把达斯塔尔汗用白、黄、红、绿的食物点缀，母亲是绘制生活的画家，达斯塔尔汗、斯尔玛克——花毡以及院子里的花园皆是她的作品。母亲熬制的唐古拉果酱是达斯塔尔汗上一抹耀眼的红，让人眼睛恋爱的红，新娘嫁衣的红，来客人一定会吃到红润酸甜的唐古拉果酱。唐古拉是新疆树莓又名覆盆子，多产于伊犁河谷一带，哈萨克语称其为唐古拉，听起来很浪漫，唐古拉红如玛瑙，酸甜鲜美，外形有点像铃铛，甚是可爱。唐古拉的花纯净洁白，却长出红艳艳的果实，大自然的神秘调配让人折服。

咬一口蘸满唐古拉果酱的馕饼，喝一口奶茶，顿时感觉幸福雨集中在我头顶的那一片云霄，只为浇灌我一人。若手里的馕块不慎掉进奶茶，抑或奶茶表面漂浮着"撒玛"（茯砖茶的茶粒），旁人就会激动地说："你家里要来客人啦！"当然不能故意这么做，它是有一定概率的事件。哈萨克人喜欢家里来客人，认为是一种福气。一回我手中的馕块"扑通"一声掉进碗里，溅出的奶茶把母亲新买的达斯塔尔汗浸湿，原以为会遭到责骂，谁料母亲却开心地喊："哎呀！家里要来客人了，一定是远方的客人！"傍晚时分，我在门外捡石子，一辆中巴车驶过不远处的大寨渠桥，缓缓停在我家门口。我站起身直勾勾地盯着车门，一种那个年纪我还不知道是预感的预感告诉我，等待很久的人就要出现。车门打开，一位高挑的男士提着两个灰色的皮箱从车上走下来。浓密的黑发，仿佛熟悉的微笑，他会不会是父亲？母亲说过父亲在很远的地方读书，是在很远的地方读书的父亲回来了吗？我扔下手中的石子，赴忙跑回院子找母亲。那年我快要满六岁，母亲抱着不满四岁的妹妹从里屋走出，指着门口提着皮箱子的男人，高兴地说："快叫父亲，你们的父亲回家了！"又转身对我眨了下眼睛，说："远方的客人来了呢！"

学历不够就去读书，想精通语言就买字典学习，写出好看的字就用字帖练习……父亲在红色大门进进出出，丢给一家人疲沓的背影，清晨，父亲的影子领着他走在前面，傍晚，父亲拖着长长的影子回家。父亲那一代人珍惜时间，他们曾把时间遗落在放牧的草原、干农活的田间，用粮票和油票去供销社换购粮食和食用油，以及县城与乡村上学的往返路上……所以父亲用时间挤出时间弥补过去的时间。父亲给家里做的柜子不能有一丝晃动，他打理的菜园子没有一根杂草，西装裤永远有一条笔直的线，他的皮鞋泛着羊尾油的光亮，从不落灰。父亲似乎给自己做了一个完美的人形框架，他不允许自己从里面出来。父亲的认真对我曾是沉重的负担，我在他忙碌的疏忽中，时而认真做事，时而应付差事。后来，时间把那份负担印证成为规则，认真生活，生活也认真地回馈你。

父亲在我和妹妹很小的时候去乌鲁木齐读书深造，家里有整整一箱他给母亲写的信，他提的皮箱里，也有一箱是母亲的回信。六岁很遥远，壮年的我有幸拥有六岁的我珍藏的这则故事，它在记忆里越来越闪亮。父亲穿的衣服和皮鞋的颜色，他下车的动作，我都记得十分清楚，那些画面可以在我的脑海里演绎无数次。那一天的父亲像一位许久未拜访的客人，带着他的牵挂、眷恋迟迟地回来了。

外婆的奶茶

我偏爱茶色浓的奶茶，有点像咖啡，味道也偏苦。母亲欣慰地说："你这习惯随了外婆！"我和外婆接触得并不算多，大舅过世后，舅母奔走生计，照顾他们两个女儿的事落到外婆的肩上。除此之外她还打理院落，弹羊毛做被子，擀毛毡……生活的负担如山一样压着外婆，才年过五十，银色就已席卷她的长发。外婆从小家境富裕，十八岁与外公相识，从此做家庭主妇，甘愿相夫教子。可外公离开得太早，他对外婆的长情被时间残酷阻断。家里有张外婆十八岁拍的照片，她很漂亮，被长长的睫毛装饰起来的两个眸子闪着光,黑黑的长发像是没有涉足脚印的森林,无声地散发自然。过去了四十多年,那双眼睛依然有神采,只是里面装了太多事情,压得它们深了一层。

我和妹妹的生活里外婆出现和离开得太突然,两个表妹相继入学,她才姗姗地敲响离她的住所只隔两条街的红色大门,那是秋天的早晨,外婆披着金秋的一缕阳光出现在红色大门外,母亲牵着她进屋,又请她坐在榻榻米最中间的花毡上,那通常是尊贵客人的席位。母亲将一碗颜色深黑的奶茶递给外婆,我第一次见母亲倒茶味如此浓重的奶茶,我似乎也是从那一天起爱上浓黑的奶茶。外婆喜欢在奶茶里放酥油、塔尔米,讲收音机里的故事,自己先呵呵地笑,笑声很独特,结尾带喉咙的震颤。临走给我和妹妹手上一人塞了五元钱,那时,五元钱是可以买很多零食的"巨款"。"拿着,快拿着!"外婆催促着,好像我们再不领,五元钱就会消失,她为搭建祖孙的爱所鼓起的勇气会消失。外婆在我们成长过程中的空缺,导致我们没法与她太过亲密,只是沉默地接过五元钱,沉默地望着她离开,又一次消失在红色大门外。

寂寥的日子,外婆抽着用旧报纸卷的莫合烟坐在烟雾缭绕里,达斯塔尔汗上摆着馕饼、酥油、果酱以及一碗浓黑的奶茶。日子沉沦于无休无止的琐事,琐事像是做弹料的羊毛,越弹越多,越弹越碎。只有参加亲戚朋友的宴席时,外婆才能短暂地做回自己。她把饼干、糖果、酸奶疙瘩装在红色的小方巾里带给我们吃。十五岁去外地上学,离开前和外婆的匆匆拥抱,竟成了和她最后的亲密。那年我家搬至外婆住的旧楼后面的新楼,母亲想着住得近了可随时照料外婆,她提前表现出知足,从前她们跨越两条街的距离,撇开各自生活中的忙碌,互相找对方喝奶茶、谈心事,这距离好不容易缩小至前后楼,距离的缩短掩盖了忙碌的枷锁,命运却开玩笑似的在她们之间划了天和地,生与死的深沟。

没有亲眼见到外婆离世的样子，很长一段时间里总觉得她还在前面的旧楼的一扇窗里烧着她一贯的浓黑奶茶，抽着莫合烟，等待我们放学。妹妹见过，她说外婆穿着干净的衣服躺在床上，像是在沉沉地睡。我们本可以和外婆互动得更多，无奈没了机会，可能她的一生过于操劳，命运也看不下去，便安排了一次彻底的歇息。十六岁我为外婆的突然离世难过，哈萨克民歌里唱道："有母亲的人永远不会衰老。"我为母亲从此没有了母亲难过。二十几岁，我为外婆浓黑奶茶般苦涩的日子难过。三十几岁，我为父母亲的衰老难过。终其一生，我会为退不掉的一些日子和回不去的过往难过。

酥油奶茶

母亲也习惯在热奶茶里放酥油，这时的奶茶有了新的名字，叫酥油奶茶。酥油很珍贵，它的制作过程复杂，费时且费力。酥油的味道醇厚，软糯黏口，是从牛奶中提炼出的金黄色优质脂肪。哈萨克族人制作的酥油带一点咸味，吃起来有浓郁的奶香。少时家里从不缺酥油，亲戚朋友送，母亲也会做，酥油的金黄已成为生活的固定成色。有些东西似乎需要用年龄交换才能明白，不是每个人都一直陪伴你，也不是什么都能一直拥有。现在驾车搜索城市的角角落落才能勉强找到一个很小的卖酥油的店面，它们被包装在塑料盒子里，上面标注产地、日期、保质期等信息，酥油有了新的属性，然而终不是记忆里的酥油嘛！儿时对母亲的劝诫不以为然，觉得遍地都是酥油。母亲总说珍惜当下，说的就是这个道理。

热馕饼掰开放一匙酥油倒在里面轻轻按压，热气加速酥油融化，馕饼和酥油的味道不留一丝缝隙混合，还未放进嘴里一股唾液就先流出。

你还不能直呼它为酥油饼,因为面前的馕饼依然是馕饼,酥油也还是酥油,忙不迭地咬一口,酥酥软软的,心也跟着变软,再喝一口奶皮子奶茶,人间美味不过如此嘛!儿时的幸福来得真容易,心就那么一点,它只容得下简单,那些幸福像一针一线缀在花毡上的彩色毡片,在时光的映射下熠熠生辉。酥油促进消化,馕饼的营养价值高,祖先留下的饮食习惯背后皆是智慧。

少时,放学回家需要完成两件事,拿着塑料桶和两元钱打奶子,用三张馕票换购三个馕饼。母亲坚信我会一滴不漏地将两公斤牛奶带回家,父亲也坚信底部发黑的馕饼绝不会出现在餐桌上,他们是放心我的。我还未满两岁,母亲怀了妹妹,尚不知道"姐姐"的概念,我就当了姐姐,新身份像催化剂一样加速我的成长。一回,父亲不慎将窗台上的暖瓶打碎,热开水溅到我的右腿上,我厉声尖叫着跳起来。母亲一面斥责父亲,一面帮我脱袜子,卷裤脚。一旁的父亲手足无措,眼眸里满是自责和愧疚。母亲在我的脚上、腿上涂上厚厚的一层牙膏,生气涨红的皮肤总算稍微缓解。她倒了一碗浓浓的酥油奶茶,把冰箱里的"贵客",我爱吃的唐古拉果酱请出来,摆在我面前。父亲联系班主任帮我请假,又去药店买了药。在他们殷切的注视下,我捧起碗大口喝酥油奶茶,又舀出一大匙果酱塞进嘴里。真甜,终于通过一次大叫成功吸引父母注意,想努力摆出孩子的模样,可身体里九岁的"我"怎么喊也不愿出来。世界极力要教会成人的懂事,可能他在儿时就已经学会。

生活里的甜

生活得有一点甜,冲淡它的一丝苦。我偏爱冰糖在奶茶里溶化时发出的声音,如同跳跃的音符,心会忍不住跟着舞蹈。少时常去大伯家,伯母的耳朵几乎听不见，跟她讲话需要很大声，我觉得很有趣，这是我常去大伯家的缘由，大声说话，大声笑。伯母的眼睛非常大，瞳孔里像是装了永久的黑夜，深沉且神秘，她生了七个孩子，岁月抽走了她很多水分，她的皮肤变得干巴，脊背朝地面下弯，远远看去像一弯古老的月牙。大地用强大的吸引力帮助人们依附其生产和生活，人在这样的力量下面向朝阳，背着夕阳，枕着月亮过日子，也是这份力量继续吸引人沉下去，最后与大地融为一体，成为永恒。伯母在下沉过程中借助了一根很粗很长的拐杖，儿女们个个长得结实但没一个敢顶撞伯母，她会用拐杖狠狠地挥过去，说："狗东西，出息了！"老人身上的岁月即是力量，年轻人不敢轻易较量。伯母从不对我发脾气，把难得的笑容统统赠予我，这是我常去大伯家的另一个原因。

伯母的起居室除去冬天，其他日子必须敞着门。她的面前总放着一碗奶茶，她一个人沉默地望着远方，那扇门对着一座高高的山，山顶有一棵老杏树，用深绿色的头顶高傲地指向蔚蓝色的天空。很少有人能够爬到那座山上，品尝它的杏果。我们品奶茶，聊有趣的事，笑得人仰马翻，因双耳被限制在另一个世界的伯母，一动不动地盯着那棵老杏树。老杏树抖去了繁华的绿叶，露出一双智慧的眼睛，独自在高处探索生命的意义，我感觉伯母和它之间连着一根线，比蛛丝还细却剪不断的线。

"那是棵油杏树，果子有你的拳头大呢。"忽然她转过身用那双倒了无数碗奶茶的手高高地指着远处，很认真地对我说，"你长大了要往那高处爬，才能吃到又大又甜的果子嘞！"那扇门直对大门，虽说是大门，其实是防止牛羊乱跑而架的三根木头桩子，其中一根因长年风吹日晒从中间处快要折断，但没有人管它，它像人等待自然死亡一样等待自己的死亡。人只要头一低，腿往里一伸，就能很快从门外面钻进来。伯母的视力好，做针线活儿从不需要旁人帮忙，是因为眼睛大？这我倒没有问过她，也没机会问了。大门到伯母的起居室需要走很长的一段路，我还没走到一半，她就先看见我，大声喊："阿诺西卡来了啊！快来跟伯母一起喝奶茶！"伯母喝奶茶喜欢放一块冰糖，大儿媳刚把奶茶端上桌，她就迫不及待地抓起一块冰糖扔进我的碗，再抓一块扔进自己的碗，冲我嘿嘿笑，她没有牙齿，我望着黑黑的洞，胡乱地回应一个微笑。大伯母生活里的甜，来得也太容易了。

生病也要喝奶茶

少时，我和妹妹染上风寒感冒，母亲就在热奶茶里放一匙羊尾油，把馕掰成小块儿浸泡热奶茶，一定要看着我和妹妹一人吃一碗，再嘱咐我们钻进被窝睡一觉。我俩在热被窝里出一身冷汗，等睡起来，感冒神奇地治愈。外地求学的日子，母亲将小块羊尾油装在塑料盒子里，外面再裹一层旧报纸，叫我带上。八年的南方求学生活治好了从家乡带来的鼻炎，却意外赠送了关节炎，用一物抵另一物似乎是人生常态。上海读书那几年，一到冬天双腿疼痛难忍，宿舍没有暖气，屋内比屋外还要冷。拿出母亲捎的羊尾油狠狠地抹在膝盖和腿上，用母亲包的茶叶泡一碗热奶茶喝，躲进被窝睡一觉，膝盖和腿就舒服了，不管是从食道流进胃里，还是从皮肤渗入血液，羊尾油被人身体接纳的过程是神奇的。

放丁香的奶茶也让人出汗，几碗加了丁香熬制的奶茶下肚，犹如蒸桑拿般深受阿帕、阿塔们的喜爱。一回去先生的三姑家，她的儿媳刚生下小孩，亲戚们都赶去送祝福。三姑特意换了一个崭新的茶壶烧奶茶，茶身是乳白色的，中间有草莓图案，用好看的茶壶烧的奶茶也一定好喝。三姑喜欢烧奶茶时放几粒丁香，茶壶还没从厨房端出来，满屋子人沉浸在醉人的丁香里，个个脸上洋溢着宽和的笑容。我那时有八个月身孕,还没喝几碗奶茶就比其他人先一步蒸了桑拿,热得直感觉腰酸,双脚肿胀,想伸腿舒展吧,可儿媳妇对着长辈伸腿坐不合乎礼仪,索性起身离开吧,又舍不得丁香味奶茶。左右为难中,三姑从里屋拿了一个绣花抱枕悄无声息地垫到我背上,又续了一碗奶茶给我。我靠在软绵绵的抱枕上悠悠地品奶茶,顿时感觉浑身舒坦,肚子里的小生命也兴奋地用小拳头敲打我肚皮,后来女儿也钟爱丁香味奶茶。

"好极了!好极了呀!"对面的三位阿帕擦了一把额头上的汗珠,又顺手带了一把脸上的汗抹到裙摆上,连连称赞三姑熬制的丁香味奶茶。阿帕们喝过的奶茶跟着她们一同浸入漫长的岁月,一碗奶茶送去一份热情的同时,逼出一份冷淡,所以,走过很多岁月路的阿帕们总是慈祥、温柔。她们亲吻小孩的手背,从此,这个孩子开始走运,她们亲吻孩子的脸颊,疾病从此远离,她们亲吻孩子的额头,孩子的人生路光明了。阿帕们把一生积累的福气毫无保留地献给刚刚踏上岁月路的孩子们,生命的延续是那般栩栩如生。

精致的碗碟

每年的古尔邦节前夕母亲领着我和妹妹去县城的中心市场买糖果、干果、茶叶等好多种类的年货,另外一定会买整套崭新的碗碟,它们不仅设计得精致,镶嵌在外围的花纹也刻画得细腻,从里到外透露着优雅。我和妹妹在遇到饼干、糖果时最兴奋,母亲看到碗碟时最兴奋,比定做好看的的确良连衣裙还高兴。"姑娘们,这套碗碟漂亮吗?"她指着柜台问。母亲显然不需要我们作答,她已久久地沉浸在喜悦里,像童话里的公主等待水晶鞋。"古丽肯定会问今年的碗碟是在哪里买的。"母亲兴奋地说。古丽阿姨是邻居巴老先生家的儿媳,穿戴得干干净净,出落得大大方方，跟任何人都能打成一片。古丽阿姨经常来我家找母亲聊天，她的声音洪亮，语调始终高昂，让人摸不清她讲到哪里才算结束。最让人敬佩的是古丽阿姨能记住我家历来所有碗碟的样式、颜色。总之，她是一个厉害的女性。

节日里，达斯塔尔汗——餐桌布上摆放的碗碟只会吸引女人的注意。比起美食女人们更好奇碗碟的出处。甚至，别家碗碟的样子直接就印在了脑子里，来年再摆同样的碗碟准被一眼识破。漂亮的达斯塔尔汗、精致的碗碟以及诱人的小吃甜点努力烘托出节日的氛围。这是一个家庭的面子，男人最在乎这个面子，"面子好才好嘛"！他们总结说。女人则留意碗碟的花纹，饼干的松软，果酱的味道，烧奶茶用的茶叶……女人们暗中切磋也暗中学习，她们要留心的东西太多。

古丽阿姨串门带着两岁的儿子，长得和她先生几乎一个模子刻出，都有黄橙般闪亮的眼睛，她的先生沉默寡言，邻居们都好奇两个性格相反的人是怎么结合的，婚姻本就是个谜。我高中去外地上学，隔年回家，听闻古丽阿姨的丈夫因公殉职，打那之后她很少串门，有人说她太招摇把幸福给吓跑了。似乎活着的人幸福时要沉默，痛苦时也要沉默，这样才能算是一个理性的人。他在死亡时，借葬礼上的人的号啕大哭发出此生最大的呐喊："哦，我来过这个世界，我曾幸福过，也曾痛苦过。"

时间跳过去五年，我家搬去市里跟古丽阿姨便没有了联系。一次和母亲去新开的商城，路上偶遇古丽阿姨和她的儿子。"哎呀，石榴长成大姑娘了！"她拉着我的手，高兴地说，"我常给儿子说向姐姐学习，去大城市读书呢！"我和母亲同时望向她儿子，他羞涩地低下头，小伙子个头高了不少，长得愈发像他父亲。男孩在没有父亲的世界里生活了五年，父亲的概念还未成形，他就永远地失去，一股伤感在我心里默默堆积。眼睛也有语言，它的语言不会被大脑重新组织，也不会被声音修饰，眼睛的语言坦陈，直白，亦无法阻挡。古丽阿姨的眼神同我和母亲的眼神坦然相接，她读出了其中的语言，终于，她"哇"的一声大哭，母亲赶忙上前安慰，她的儿子惊慌失措，在一旁不停地搓手，眼眸上的两颗黄宝石上闪着泪珠，但小勇士努力阻止它们掉落。

短暂的相遇古丽阿姨穿越回从前，遇见了爱大笑，喜欢聊天，擅长研究碗碟的自己，直到现实的残酷硬生生地提醒她该醒了。修长的肢体，梨形的脸，浓黑的眉毛，薄薄的嘴唇都在极力地帮助她表演热情，只有来回闪躲的眼睛，最终没能阻止体内涌动的痛苦泉水。分别后，我回头看到男孩伸手紧紧地牵住了他母亲的手。某天起，一阵狂风忽然地闯入打碎了这位母亲的碗碟和盆栽，后来，她买了新的碗碟，也养活了那些花。

奶茶的烙印

喝奶茶是哈萨克人亘古的饮食习惯。我们在娘胎里就喝奶茶，喝奶茶的母亲的乳汁里含有奶茶，幼儿长大，成家立业到子孙绕膝，最后归于平静……生命里包含数不尽的奶茶，一个人一生里喝过的奶茶数量估计是他最终定格的年龄数的好几倍。散落在一生的奶茶由嘴巴进入，首先滋润干燥的舌头，茶余饭后的故事多了，再经喉咙和食道填满一个人的胃，身体变得强壮，奶茶继续渗入血液，浸入骨髓，成为一个人的属性，最终随他一起入土，这个人一生的故事结束。

结婚后奶茶在我生命里的烙印深了一层，先生一家视奶茶如生命，宁可一日无食，不可一日无茶。公公一次早茶可以喝掉十碗奶茶，我猜头两碗奶茶只起了润喉效果，喝的那叫一个快。他习惯先放一匙塔尔米，塔尔米是哈萨克语，大小介于大米和小米间，米色发黄，也称小黄米，接着加一匙酥油，放一块馕，有时会放一块库尔提——酸奶疙瘩，放干的库尔提很硬，公公的牙齿不大好，放在奶茶里泡一会儿，库尔提软得像馕饼。他右手端一碗热奶茶，左手托右胳膊肘，望着窗外悠悠地品奶茶，茶表面升腾的雾气融进他的银发一起往更深的岁月沉淀。哈萨克人一生中喝过的奶茶数量无法计算，也没有人想过要去计算。一点盐巴，一汤匙牛奶，多一些的茶水，一碗奶茶便成。倒奶茶的过程，年轻的少妇变成成熟的女人，身边的人从她手中一碗又一碗地接过奶茶，于是，淘气的孩子长大了，莽撞的男人变得沉稳，老人踩着奶茶铺成的线，舒缓而磅礴地走向远方……

父亲喝奶茶也有仪式感，第一口先吸进去，发出很长的声音，好像这样能让味蕾捕捉奶茶的细节。"这碗奶茶调得真好啊！"多年来，他习惯这样称赞母亲倒奶茶的手艺。母亲倒的奶茶是他定义里最标准的奶茶，就像母亲是他这辈子认定的，注定要过一生的人。我喜欢观察母亲用萨玛吾仁倒奶茶，萨玛吾仁是一个很长的铜壶，中间有个烟筒用来放煤炭烧水，拧开萨玛吾仁的水龙头，开水像清泉一样"汩汩"地流进漂亮的碗里，把混合在一起的牛奶和茶水继续调和，直到最终形成一碗奶茶。时间在母亲的手上翻倍，她可以同时做白砂糖饼干和巴哈利，巴哈利是一种传统糕点，颜色呈咖啡色，酥软带奶香。母亲也可以在煮羊肉汤的间隙和面，调制纳仁酱料……她的节奏太快，只有在倒奶茶时她才会慢下来，动作缓慢温柔，像春日的一缕阳光经毡房的天窗铺展在脸上，卷起心里的涟漪。

奶茶有魔法，它的魔法与时间的魔法相得益彰，一股溪流般汇入生命长河。倒奶茶的哈萨克族妇女用指尖跳舞，她们纤细的手一边做刺绣，一边倒奶茶，她们熟练地做着世界上最精细的活儿，她们的双手可以灵巧地抓住时间里的分和秒。

奶茶故事亦是人生故事，酥油奶茶的咸，加糖奶茶的甜，茶味浓奶茶的苦，不加盐奶茶的淡，黑胡椒、塔尔米、丁香、馕饼、酸奶疙瘩等混合的，无法具体说明的奶茶味道囊括进一生，那些故事岂是一朝一夕就能说得完，说得清的。

陌生人的光

一

车轮与坡道上的褶皱摩擦，发出"嗤嗤"声响，车身跟着剧烈震动。我的脑海里时不时闪现白天与熟人争执的片段，字字句句脱口而出的道理此起彼伏，在空气中电流般摩擦。末了，这场嘴战在第三者的介入中偃旗息鼓。柏拉图言："思维是灵活的自我谈话。"很明显，车身的震动连带身体的抖动，刺激脑神经对已经"熄火"的事"复盘"，当然，也可能是检讨。这一边，大脑在自我谈话，另一边，身体凭借惯性欲把车准确泊至停车位。然而，我在最熟悉的地方脱把，车偏离了方向，右后视镜即将蹭上目测直径有五十厘米的柱子。

恍惚间，耳边出现噼里啪啦的碎裂声。感谢多年的驾驶经验，我及时刹车，阻止了一次可预见的经济损失。毕竟我的钱包不够鼓。车和柱子在不能再小的距离间暂时获得安全。冷静片刻，我小心翼翼地转动车把调整方向，再换挡向前移动车身。整个身体前倾，双手死死捏住车把，视线与引擎盖面相切，不正是七年前坐在考试车里的样子吗？想到这里，我觉得好气又好笑。蓦地，寂静的停车场里传来脚步声，步步掷地有声。一位男士从容地穿过矩形车阵,在北偏西四十度的位置停住,回头看我倒车,眼神尤其注意车右后视镜的方向。可以肯定的是,他在来的路上碰巧看到了事情的前奏。类似"新手"倒车的独角戏不期而然地迎来观众,弄得我措手不及,迫于颜面,只能硬着头皮继续倒车"表演"。

这场只有一名演员和一位观众的戏没有言语交流,空气中唯一的声响是前后轮胎在水泥地面上左右转动发出的噪音,"刺啦""刺啦"地鞭策我继续手上和脚上的固定动作。我在他的沉默中获悉自己尚处于安全区的讯息,屏住呼吸,凝心聚力几乎完美地进入停车线。车在车位上熄火,他留下友好的微笑,转身离开。他的笑容令人舒心,我松了一口气。戏虽收官,主角还沉浸其中,目不转睛地盯着男子的背影,惘然若失。高个子,戴鸭舌帽和黑框眼镜,除此之外有关他的一切,于我都是空白。有那么一刻,想降下车窗,冲着他远去的背影大声喊一句:"谢谢!"没有任何互动的语言或是媒介,我应该谢什么呢?我不清楚他的名字,仅有的交集也只是住在同一小区。但小区已扩建至三期,有五十多栋住宅楼的小区,连同单元的邻居都记不清,又该给他一个如何适宜的称呼?

二

已是凌晨一点,地下室没有信号,若真撞坏车子,我可能还一时找不到救兵。男子的背影消失在通往二期的拐角,车库再次归于宁静。不安的心跟着静了下来。我终究是被琐事牵绊的俗人,不同个性间的差异、矛盾在所难免,狭隘的我却执拗地试图改变它。一整天萦绕心头的乌云,此刻云开雾散,疲惫的身心终于得以舒展。芸芸众生,情绪是一个闭环，一个人的万千思绪被熟悉的、陌生的其他人牵绊。不多一分也不差一秒的遇见，看似简单的行为也可能直接或间接地影响过路人。刚刚过去的短暂的十分钟里，和一位陌生人无以言表的默契治愈了我。一束光驱走心魔，我豁然开朗。

从车库回家的路很漫长，少说有三公里，来回走了三年也习惯了。时间会打磨掉一个人的倔强和棱角。之所以租用那里的车位，没有什么特殊的原因，就是租金便宜。一长条接着另一长条的白炽灯连接成的白色丝带悬在灰暗车库的上方，把地面照得透亮，高跟鞋踩在上面，发出"嗒嗒"的声音，节奏无比规律，我惊讶于脚跟距离地面十厘米，行走依然稳稳当当。一度，穿高跟鞋的我，走路的样子被抽象成鸵鸟，被不怀好意的人嘲笑。岁月流逝，曾经被嘲笑的点，也可能成为人人称赞的优点。我走得越发自信，脚下的水泥路是舞台。渐渐地，"嗒嗒""嗒嗒"的声音，像是从儿时家里老式钟摆里传出，变成了"嘀嗒""嘀嗒"。我仿佛被催了眠，思绪在空旷中飘荡，一些久远的回忆浩浩荡荡地穿越时空隧道，纷至沓来。

少年时，世界在我眼里就是我出生、成长的县城巩乃斯。"巩乃斯"意为太阳升起的地方，极为浪漫的名字。骑着单车无忧无虑地驰骋于城南城北，酥油、奶茶、热馕进入身体，成为我的一种属性。在熟悉的地方，与熟悉的人呼吸着相同的空气，感受相同的风，沐浴同样的雨露，脚步不同时段踏在同一片土地上，似乎一辈子立在眼前，简单且清晰。折叠在小小黄色信封里的南方城市高中录取通知书呼啸而至，拆开的瞬间刮起一阵巨大的旋风，卷起我远离熟悉的地方。

小汽车转大巴车，大巴车转火车，火车再换乘另一列火车，最后又回到大巴车，远行的路颠簸漫长。消瘦的黑姑娘一手拖着沉重的箱子，一手提着松垮的裤腰，样子滑稽狼狈，紧跟大部队在大城市时而下沉地下室，时而移步柏油路，跟跟跄跄地抵达通知书里黑色字体标识的学校。陌生的环境，陌生的土地，连空气都是陌生的。

潮湿且闷热的空气，鼻子艰难地寻找氧气。翻开大而笨重，塞了我前十五年人生的大号箱子，第一眼看到了被母亲悄悄放进箱子的塔巴馕，它发出诱人的光直逼我的眼睛。宿舍里八个女孩的箱子里都装了馕，北疆的馕、南疆的馕、牛奶馕、辣子囊、玫瑰馕、皮芽子馕……各种味道，重新打开我的食欲大门，后来，五花八门，各种味道的馕也进入老师和本地学生的胃里。熟悉的馕抚慰了肠胃，少年的我缓缓揭开陌生环境的面纱。

那个风和日丽的清晨，班主任何老师像一束光走进我的世界，我常去他的办公室。深圳不下雪，他窗台的植物四季常青，直到我们毕业，它们还是绿油油的。何老师教我们化学，我的化学成绩不好，他从不责备，一直用他与众不同的方式鼓励我。高三第一次模拟考试的失利像沉重的石块压在我心头，我不擅倾诉，只言片语都记录在日记本里。他睿智的眼睛捕捉到细微变化，何老师把我叫到办公室，等着聆听大段心灵鸡汤的我，意外收获了一盒曲奇饼干。"我就只想把这个给你。"他哈哈地笑着，嘴角的痣更加明显。回寝室的路上，我打开蓝色的圆形铁盒，拿起一块苹果形状的饼干。甜甜的，脆脆的，一丝暖意从身体各处回笼心窝，空气中氤氲着甜。

三

走过的路，遇见的人，看过的文字，在时间的车轮里辗转。成年的我反倒变得踌躇、犹豫，老是在熟悉的地方脱靶，这点没少被母亲责骂。方向感缺失的人容易掉进陌生环境的旋涡，像没头苍蝇似的惊慌错乱,到处乱撞。比如,过程相当愉快的购物,屡屡以我驾车在高架桥上来回兜圈收场,坐在副驾驶的母亲埋怨:"你怎么连路都记不清楚啊!"母亲总还是原谅我的,谁叫她是刀子嘴豆腐心的母亲呢。多年前一个令人啼笑皆非又胆战心惊的迷路往事,直到后来参加工作,笃定父母对孩子的担忧过了时间效力,才敢若无其事地以茶余饭后趣事的形式告诉母亲。谁料,母亲放下手中的奶茶碗,说:"不管多大你始终是个孩子啊!"她的声音急促。我盯着奶茶表面荡起的波纹,奶皮、酥油的光晕来回晃动,最后融合。

城市虽然不同,火车站一定是类似的,人潮汹涌,满地行李,间或进入鼻腔的泡面味。那时没有电子验票,上车前只需检票员人工核对,再用小工具对着车票的一角压出小缺口,就算检过票。我买的返程票没有座位,两个小时不至于会累。进入车厢,在过道中间倚靠凳子站立,计划阅读小说,消磨两小时车程。发车后没多久,陌生男人、女人不断地起身给我让座,打破了我的安宁。意料之外的热情容易让人慌乱,我礼貌地拒绝,逐渐倒退至车厢尾部,以为自己脱离了"进退维谷"的困惑,殊不知,更大的躁动还在来的路上。

我对自己坐错车的事浑然不知,直到列车员第二次验票,他用惊讶到扭曲的面部表情,以及足以让整个车厢安静的语调,毫无保留地将我坐反火车的事实扔到我面前。如果这是一场喜剧,那我即是主角。人工验票的弊端,对陌生车站的不熟悉,以及我盲目的自信汇聚到一起,效果层层叠加,酿成完美过错。我不合时宜地出现在同时间、同站台,对面方向的,目的地为哈尔滨的列车上。飞速行驶的列车让现实的残酷愈演愈烈。陌生人持续不断地让座,是不忍小女孩独自站立五十余小时去哈尔滨。额叶在大笑和大哭中苦苦抉择,身体却诚实地做了回答,两行泪顺着眼角一泻而下,算是对突如其来的尴尬做出的生理回应。列车员一下惊慌失措，一番纠结后，索性带我去见列车长。

坐在餐车的座位上，大脑天马行空，漫天的雪花，晶莹剔透的冰雕……一个接一个显现在白色餐桌布上。我没有去过哈尔滨，旅游频道里关于这座"冰城"的画面，被大脑当作熟悉事物从记忆中翻出来。我感觉自己就要穿着夏天的衣服闯入冬天的哈尔滨，比坐错车还要荒唐的事，让我心跳加速，手心直冒冷汗。百感交集之际，一身制服，身材高挑的中年男子在列车长的带领下及时出现，我暂时停止胡思乱想，正襟危坐。列车长安抚我的情绪，亲自计划路线，承诺一定让我安全返校，他目光灼灼而温暖，声音如涓涓流水。不知为何，我想起了何老师。

求学路上，往返于新疆和深圳，新疆和上海，加之中途在兰州、广州等地的换乘，坐火车已习以为常，列车广播里只听其声不见其人的神秘列车长，终于见到真人。错过自己的列车反而促成一场与陌生人的奇遇。下车后，我向列车长深深地鞠躬表达感谢，他笔直地站在车厢门口一遍遍嘱咐我路上小心，那一刻，他像是我的熟人。我在他的目送下与西安站台的工作人员会合，成功坐上回上海的动车。列车长一诺千金，我安全返回学校。

多年过去，那趟列车上给我递水果、让座的陌生人以及和蔼可亲的列车长，都被时间的长河卷去远方。我忘记了他们的模样，但他们像光一样长存于我的脑海。

四

故乡留存童年，深圳、上海留存了少年和青年，距离故土六百多公里的乌鲁木齐正上演我的壮年。上班、下班路上，驾车经过固定的路线，在固定的场所遇到固定的人，除了因频繁遇见而变得熟悉的脸，对方的名字和身份皆是未知的。这是不需要打破的未知，恰当的距离相逢，舒适的问候是特殊的默契，陌生的人亦是熟悉的人。偏偏，城市化进程太快，今天还是双行道，过了夜变成单行道，昨天走过的路今天突然冒出一座楼。到底是眼睛的欺骗，还是城市的设计者有魔法？

偶尔摆脱驾车的束缚，独自一人坐公交、地铁游走于陌生角落。公交车经停的站点，地铁停留的片刻，青年手拎着早餐步履匆匆，不是鸡蛋配牛奶，就是水煎包配茶叶蛋。老人牵着孩子的手，孩子睡眼惺忪地被赶着上学。无所事事的人刷着手机，音频软件的吵嚷声响彻大地。

没有人是孤单的个体，行走在人生四季，是一束束光照亮我、治愈我，给予我前行的力量。

终于走到了家，我抬头看见那个熟悉的窗口，已亮起了灯光。

火 车

一

少时渴慕小电视机里的大城市。大城市的道路一条连接着另一条，数也数不完。矗立在道路两旁的路灯似乎更多，它们像精灵般上下蹦跳，让黑夜变得晶亮、透明，亦如童话故事中的水晶世界。我生活的县城，夜里的路灯亮起来只够照亮以地标建筑——三座人形雕像为中心的四条柏油路。记忆里，最亮的夜晚是在每年的国庆节，从我家门前的大寨渠桥为起点步入县城的宽敞的柏油路。路灯和灯杆上挂的大红灯笼，被夜幕映衬得无比鲜艳。沿那条柏油路一直往上走，就走到城南的人民广场，那里的路灯更亮，挂的灯笼更多，还有中国结以及粉色、绿色相间的花灯，灯下有卖小物件的摊位，非常热闹。每年国庆节，一家人拾掇得干净整洁，到广场拍一张珍贵的合影。那是记忆里最绚烂的夜景。父亲说："只要好好学习，将来你也会在大城市学习和生活。"

父亲说的"将来"比预想的还要早。十五岁的夏天，一份录取通知书如旋风般呼啸而至，我漫长的远行之路便提前开始。第一次远行始于一列乌鲁木齐至广州的火车，那也是我第一次亲眼见到真正的火车，它比我想象中的还要庞大，车身的绿色比草原还要绿。它呼啸而来，缓缓停止，站台内所有的骚动因火车的到来戛然而止。我和其他一百多位同学跟着带队老师，拖着大而笨重的行李箱，走进了车厢。原先在站台内焦急等待的赶路人也拎着大包小包走进各自车厢。

短短一刻钟，火车把站台内所有的人，无数件行李以及更大的嘈杂一并吞没。那是我第一次刷新对"十五分钟"的概念，一个人发个呆就能溜走的"十五分钟"，在火车上却能实现无数人的上车和下车。火车改变的东西似乎更多。它给每个人换了名字，统称为"旅客"。每位旅客带着他身后几年、十几年，抑或几十年的故事走进了它，坐在一节车厢的一个座位、一张床铺上重新书写短暂的旅途故事。

二

第一个旅途故事至今令我记忆深刻。那趟车程足足八十个小时，无比漫长，需要以分和秒经历。我晕车了，喝一口水都能吐。于是，很快就给第一次见面的带队老师和一百五十位同学留下深刻印象——晕车最厉害的女孩。火车离开旋转的白色大风车，大片的戈壁和沙漠，窗外的景色一点点地变化，视线里出现了白桦树和松树以外的一些叫不上名字的树，不仅形态不同，甚至颜色也不一定非得是绿色。大的小的河流也变多了，有的静静地依傍群山，悠悠地穿行于树林间，有的融入城市，在此起彼伏的楼宇和高架桥下尽情书写绵延和磅礴。

身体长时间缺水，干燥蔓延到了嘴皮，欣赏窗外的景色变成了最大的乐趣。看久了，窗外景色的湿润透过车窗玻璃一点点地渗透入我的身体，一丝湿润，一丝凉意，顿感精神抖擞，疲惫的身子渐渐恢复正常。后来，在那样湿润的环境里学习和生活了八年，湿润的空气便彻底进驻身体，成为我的新属性。一个最明显的变化是，自打出生起折磨我的鼻炎神奇地被治愈。

列车的侧窗玻璃像是一个流动的电影荧幕，虽然电影画面变化得相当之快，但那种目不暇接令人雀跃，仿佛一生里需要遇见的人和事以迅雷不及掩耳之势赶了过来，只为和你相见。尤其对于漫长的旅途，还带有晕车习惯的人来说，面对这样的浪漫，怎能抑制住心动。比如我。转瞬即逝的画面成功地转移注意力。高度持续增长的高楼大厦内，许许多多的白领对着电脑敲敲打打。不停转折和叠加的高速路和高架桥上，密密麻麻的车辆不知来处，不知去往何方。甚至，火车降速经过一幢幢住宅楼时，还能看见妇女在自家厨房做饭的画面。那些时刻，面前的桶装泡面吃起来也没那么生硬了，好像这碗泡面也出自那位女士的双手。

火车把远行的人、回家的人装在庞大的身体里，从一个地方出发，经过无数个地方最终送到目的地，完成一个人生命里的一次迁徙。相同的时刻，或者不同的时刻，无数列庞大的火车在更庞大的土地上完成着那样的迁徙。火车在这片广阔无垠，祥和安定的土地上完成向着"更快、更好"目标的进化，许许多多的人在火车上续写自己更久远，更美好的梦想。

我的晕车症第一次在火车上被发现，也第一次在火车上被治愈。

三

我坐了很多趟火车，也完成了一些梦想。那些年，手里攥着小小的车票，背着同自己一般大的行囊，在火车的帮助下完成了很多次迁徙。

想拥有一张火车票实属不易。念大学时，临近开学和放假回家的抢票环节极为惊心动魄。学校的购票系统经常上演"呆滞"，黄牛又理直气壮地加价。抢不上票的恐惧曾令我深深恐惧,好像失败一次,就永远无法开学,也无法回家。

事物总是螺旋式上升,波浪式变化。火车小心翼翼地完成蜕变,带来了买票规则的改变。电话购票、手机购票、互联网购票……订火车票越来越便捷。工作后,我在乌鲁木齐和伊犁两地间的走动更频繁,成了家,父亲母亲在乌鲁木齐和伊犁两地间的走动也变得频繁。一回,收拾房子,整理出满满一抽屉红色的、蓝色的火车票,大部分火车票票面上箭头的两端为乌鲁木齐站和伊宁站,也有些火车票的目的地是其他城市,甚至还有我和妹妹上学时用过的火车票。母亲在一旁感慨:"这些年,我们一家人坐了这么多趟火车啊!"

我们怎么就不知不觉地坐了那么多次火车,完成了那么多次的迁徙呢?细细想来,人生中很多重要的事情,似乎都是坐着火车去完成的。干脆坐了下来,一张张翻阅写有自己名字的火车票,它们拿在手里轻飘飘的,也沉甸甸的。它们曾属于我一个人,是我一次次迁徙,一次次成长最好的印证。曾坐着火车求学,完成了学业。又坐上火车回家乡,最终在乌鲁木齐工作,安了家。一场远行暂时告一段落。

火车带我远行,父母坐火车在身后对我展开追逐。火车承载了我的梦想,亦承载了父母的牵挂。我用时间交换梦想,父母用时间交换牵挂。一抽屉的火车票,便是那些交换的确证。

四

从前,坐火车需要火车票,在小小的窗口买完票,反复确认票面上的时间、车次、座位号。小心地把它和身份证叠放在一起,夹进钱包最隐秘和最安全的角落。有了火车票,像是拥有了整列火车。如今,坐火车不需要火车票，用身份证，甚至刷脸就能进站，拿着行囊上火车。一回，父母回伊犁，我驾车送他们去火车站，路上两人反复向我确认："现在是真的不需要火车票了吗？"成功坐上火车后，父母又来电话不断感叹刷脸乘车体验的神奇。纸质火车票的淘汰既突然，也不突然。

想起父亲讲过的一个趣事，一位老乡原本计划坐火车出远门，一直攥着手里的红色火车票，迟迟不见他动身，邻居看到那张票上的时间，好心提醒他火车已经开走了，可他自信地说："只要火车票还在手里，火车就不会走的嘛！"没有火车票无法进火车站，无法坐上火车的日子，渐渐成为了历史，成为一代人远去的回忆。

记得伊犁和乌鲁木齐间还未通火车的时候，两地车程起码十小时，夜班车是主要的交通工具。一车的陌生人挤在狭小空间里，躺在更小的床铺上。食物的余味、鞋袜的臭味交织在一起，简直令人窒息。大巴车一趟只能运送二十来个人，它们白天跑，晚上也跑，不眠不休，考验的不只是旅客的耐心，还有司机适应时差黑白颠倒的承受力。那年妹妹刚考入大学，她坐着崭新的双层火车，和一同入学的新生一起"轰隆隆"地朝远方奔去。年轻的火车载着年轻的脸庞开始新的征程。

一节火车车厢就装了好几辆大巴车的人，窘迫的旅途生活，突然地切进了一道光。"赶火车！"一度成为伊犁人的流行语。现代化打通重重山脉的阻隔，诞生了许多隧道，火车"轰隆隆"地穿行其间，最长的隧道甚至能让旅客在白天体验一次短暂的黑夜。一些不可能正在成为可能，许多曾经的梦想正在变为现实。未来，可能还会有高铁甚至磁悬浮，火车还能给旅人怎样的惊喜？我们等待着，亦期待着。

距离和隐忍

女儿和母亲在最近的地方培养着最大的距离,只是彼此不知道罢了。当一个父亲多年的隐忍爆发时,如同挡不住的洪水。

距　离

和母亲一直有段距离。

少时,母亲是家里最忙碌的人,她的白天被教书和家务占据,身子不停歇。晚上,母亲的身子停歇了,脑子还不能停歇,在双人床的另一半沉默地想当天没完成的,未来一周或一个月,甚至一年后计划的事,所以母亲的睡眠不大好。夜姑娘轻易地把她的睡眠卷在裙摆里偷走,母亲的睡眠没有重量。

临近古尔邦节和肉孜节,我和妹妹满心期待一场忙碌,终于忍到节日的第一缕阳光触及落地窗,忙不迭地穿上新衣服奔走拜年,用每一家每一种味道的饼干和糖果把肚子装满,拖着臌胀的肚子,披着夕阳回家,用一个夜晚让身体再次轻盈。第二天继续探索新的饼干和糖果,探索没有容量限制,但有时间限制,如果一天有四十八小时,我们很可能持续探索。母亲也忙碌，用自己的白天加黑夜再加前半夜准备包尔萨克、白砂糖饼干、月亮饼干、油饼和馓子，去县城中心市场采购干果和糖果，我和妹妹也跟着去采购，主要目的是提前吃到干果和糖果。家里的红色烤箱因长年超负荷工作，经常罢工。烤箱挺贵，而母亲正攒钱供父亲进修，所以只能忍受红色烤箱的罢工。母亲拿着烤盘钳守着红色烤箱，我和妹妹守着母亲，第一波白砂糖饼干、月亮饼干刚装盘，我俩痛快地吃一顿。母亲做的饼干和包尔萨克饱满酥软，吃一口根本停不下来，如果她开店，一定是实诚的老板。我俩总是吃多，母亲一直劝我们少吃。现在我俩又吃得太少，母亲劝我们多吃，孩童时期也好，成年了也罢，我和妹妹总做自己意愿的事，而那些意愿常常与母亲的意愿相反。味蕾得到巨大的满足，我和妹妹回卧室寻找睡眠，母亲继续守着红色烤箱，守着黑色夜晚。

　　过节那几天，母亲更加忙碌，她烧很多壶奶茶，招待很多客人，节日才从橱柜露面的红色茶壶在炉灶上欢腾，烧完一壶奶茶发出一次鸣叫，为母亲的脚步打节奏。一回，我家盖新房，院子重新规划，里里外外彻底翻新。按照那时的习惯，这样的大事要请亲朋好友、左右邻舍和盖房子的师傅们大吃一顿，俗称"洗新房"，于是家里来了很多客人，堪比过节的客流量。走一拨又来一拨，大人的、小孩的鞋子从大客房门口一直流到走廊外面的台阶。母亲在鞋子流中给自己分出小道，在客房和厨房间"嗒嗒嗒"地疾走。她在客房倒奶茶时跟着客人一同哈哈大笑，出了客房门马上换回严肃的表情。炉灶上的大锅羊肉需要翻面，肉汤需要过滤泡沫，待下的纳仁面，达斯勒尔汗（餐桌布）上哪个凉菜、热菜或哪一碗果酱空了需要填补……一堆需要眼睛及时发现，大脑及时反应，身体积极配合的琐事让母亲不能完全放松，跟客人一起哈哈笑也不是松弛的笑。那几天太阳无比炽烈，有亲戚从夏牧场下山，也有的从吐尔根乡坐大巴车来县城，母亲让千里迢迢赶来的客人留宿，三间客房全部住满，尤其是大客房，承载了众多人的睡眠。分到被褥的一家人用一床被子，没分到被子的拿外套当被子，横七竖八的身体把榻榻米所有的空地方填满，一阵吵闹后渐渐归于平静。

我和妹妹挤在她的单人床上，听着渐渐变小的吵闹声也能将就一晚。母亲没有让父亲将就，让他去隔壁邻居家借宿。她自己当然不能扔下一屋子客人，于是母亲的那一晚是最不能称为将就的将就。我一度对母亲的安排表示不满，也埋怨一屋子客人为何不回家。半夜我口渴，起身去餐厅倒水喝。那个年代，县城的房子流行在走廊搭建大落地窗把客房连起来，厨房和餐厅在另一个方向拼接，自成一体。我家的餐厅与主卧室共享一面墙和一扇窗，图方便，我和妹妹经常从窗户爬进爬出，其实没省几步路，爬窗户还费劲，但那个年纪的想法单一，只想到如何才算有趣。餐厅亮着最暗的蓝灯，以为是母亲忘记关，刚想去拉门，发现她竟睡在餐厅的沙发上。那是张两人沙发，比较窄，我曾试着在那睡午觉，头和脚顶着沙发两端的扶手，极不舒服，何况是母亲。空荡的餐厅，昏暗的灯光，母亲蜷缩着身体安静地睡着，衣柜里的外套都借给了被子不够分的客人，她身上只披了一件衬衣，或许母亲根本没有睡，只要将就一晚，白天会很快来临。早早地起身烧奶茶，回热锅里的羊肉，重新和面做纳仁，问候起床的客人，整理被子，重新铺展达斯勒尔汗，用饼干、糖果、酥油、果酱以及包尔萨克点缀达斯勒尔汗，拿出冰箱里的凉菜装盘，继续炒几个热菜……太多的琐事在长夜背后等候，一旦朝阳给大地扔出第一道光，那些琐事马上顺着那道光找到母亲，催促她起身完成。于是母亲干脆用原本就轻盈的睡眠，在离琐事最近的地方等待。

我待在原地，月亮又白又大，它把我收进大片的亮光，尴尬和内疚被亮光逼出了形状，是我身体的形状，距离不到五米的沙发上，母亲一人披着昏暗的蓝光，尴尬和内疚又变成了母亲的形状。一种那个年纪还没法承受的复杂情感硬生生地在心底燃烧，那是我头一回触及和母亲之间暗暗生长的距离，只是我浑然不知。我放弃了喝水，默默走回屋子，夜姑娘终于也偷走了我的一晚睡眠。母亲选择了最彻底的将就，她常说："不要迁就他人将就自己，我就是这么过来的，很累。"母亲将就的何止一晚睡眠，婚后，她为家贡献自己全部的时间。她是长女，在得到父母宠爱上将就，把宠爱分给弟弟和妹妹。也因为是长女，所以将就大学梦去读中专，早些毕业，早些工作挣钱养家，母亲读书时全校第一，她的学业神话到现在还是同学聚会上的热门话题，大家替母亲惋惜她放弃读大学，母亲肯定也惋惜，只是不说而已。母亲教书的学校离家近，隔一条马路，是她所有奔忙中值得欣慰的短距离，她节省花在上下班路上的时间，再把节省下的时间分给我们，也分给外婆。完成母亲、妻子和教师的分内事，再跑到两条街的另一端外婆家尽孝。外婆忙于照顾大舅的两个女儿，基本没有帮衬母亲。我和外婆一直不熟，两个表妹相继入学，她才姗姗地以外婆的身份走进我和妹妹的生活。我不理解母亲对外婆的陪伴，这是我和母亲的另一个距离。因为这个距离，我曾执拗地错过与外婆的合影，那天母亲提议带外婆去公园，用新买的相机拍照留念，我把自己关在卧室沉迷小说，母亲怎么劝说都不肯出来，她被我气哭了。除了我以外的人都穿新衣服去了公园，我放弃了一次穿新衣逛公园的机会，也错过与外婆的合影，那次错过成了终生错过。外婆在我外出上学那年去世，我到最后都没有一张与她的合照。外公过世得早，母亲即使成了家，也会从忙碌中拨出时间陪外婆。外婆的孤单落在莫合烟和酥油奶茶上，母亲的孤单在无边无际的忙碌中隐了形。

母亲把我和妹妹的生活打理得妥当，我们遗传她的聪明好学，学业上表现不错，再者，那些年还未流行补习班和特长班，为她省下不少心，省下的心当然是消耗在了其他地方。除了上学放学，回家找胡同里的伙伴踢用瓶盖子做的毽子，跳旧轮胎剪成的大绳，为能踢一百下毽子，脚够到脖子高度的绳子而自豪外，我和妹妹还忙于经历童年其他内容。周末瞒着母亲去城郊游野泳，徒手抓蝌蚪和蚯蚓，或者去母亲教书的学校操场上徒手抓蚂蚱，母亲一度怀疑我俩从她肚子出来的前一刻搞错了性别。我和妹妹沉浸童年没时间照镜子，看不见自己变成男孩的模样，当然也看不见母亲的忙碌，更看不见她忙碌背后的劳累。母亲也不允许让旁人轻易看见她的劳累，她满足于把一切打理得不需要第二个人操心。女人一旦做了母亲，就成为勇士。母亲上的数学课很受欢迎，她的学生经常上我家找母亲解数学题，解数学题的母亲是另一副样子，与做饭、洗衣服时忙碌的样子不同，她很冷静，更像一个解题天才。我只有遇到不会解的数学题才会主动找她，其他时间做自己的事，母亲忙她的忙碌。母亲做的包尔萨克、饼干、果酱最精致也最够味，不过我只顾着吃，没有学怎么去做，最近才学会怎么做，有些太晚。少时，我和母亲的距离，是我无边无际的懵懂和母亲无边无际的忙碌共同酿成。

十五岁外出求学，与母亲诞生新的距离，四千多公里的空间距离。第一年尤其难熬，每天数日历期盼回家。第一次出门就出那么远的门，历经八十多小时的大巴车转火车，火车转另一列火车，再转入巴车的波折，终于到达新学校，在分配的宿舍卸下行囊，认领写有名字的床铺后，赶忙去商店购买电话卡，冲向楼道唯一的公用电话给母亲拨去时隔四天的第一通电话。按下熟悉的号码，身处四千多公里的另一端，仿佛和母亲处于世界的两端。地图上实实在在的四千公里终于让我发现从前和母亲朝夕相处的日子里，我是那么依赖她，然而我对此浑然不知，这便是距离。与母亲唯一的联系，熟悉的十一个数字发出绵延的长音，电话通了，母亲重复呼唤我的名字："女儿，是你吗？"我死死捏着话筒，汹涌的眼泪哗啦啦地冲刷脸颊，我说不出完整的话，用一个个"嗯"回应。周围的嘲笑声提醒我电话卡的时间不多了，匆忙擦去半干的眼泪，大脑快速整理出坐了多久火车，又怎么转大巴车到学校，分配的班级和宿舍，以及学校的地址等信息，把以为母亲要问的以及母亲可能会问的问题的答案全部说出。又一声绵延的结束音，方才还在耳边说话的母亲瞬间被拉回远方。二十分钟的一半用来哭，一半用于汇报，没有一分钟留给涌动的思念。

电话那头的母亲一如往常地冷静。有时，母亲的语气急促，那是她最忙的时候，但说话顺序不会乱。可能因为她的专业是数学，逻辑思维好，母亲买东西算价钱比商家的计算器还快。也有时，母亲的语调高昂，眉宇间的竖纹若隐若现，后来那些竖纹常驻在了她的眉宇间。高昂的语调是在发火，我和妹妹又瞒着母亲去城郊游野泳，去大寨渠蹚水。河水深冷，我们没有任何理由地热爱它的深冷。母亲发怒："你俩会得关节炎！"我和妹妹终于患风寒感冒，母亲一边责骂一边给我俩的腿上抹羊尾油，羊尾油祛除体内的湿气，另用新鲜的羊尾油泡奶茶叫我们喝，我俩钻被窝睡一觉，感冒神奇地被治愈。母亲都是刀子嘴豆腐心的，我和妹妹屡屡承诺不去游野游、蹚河水，又屡屡打破承诺，给母亲平稳的忙碌添乱。我们顽固又任性，母亲的忙碌允许了我们的顽固和任性。后来大寨渠的水涨了，水流速度变快。那时，我不再去蹚水也不再去游泳，把自己交给新的爱好，读小说。妹妹依然迷恋蹚水，她常去街对面馕店门前的小溪流蹚水，被母亲抓回来。我觉得妹妹愚笨，觉得蹚水和游泳愚笨。我突然地到了年龄，突然告别童年，告别得极其自然，自然到忘记自己曾经也疯狂地迷恋蹚水和游泳，迷恋河水的深冷。

和母亲产生四千公里空间距离的第一年煞是熬人。也是在那年，我第一次注意时间，原来日子是一天天过的，我丢不掉任何一天，也不会突然多一天。在小县城与父母共同度过了十五年，没有数过日子，相同的日子也没想过要数。潇洒地背包踏上远行路，从相同的日子中分离出来，遇见不同的日子，差异带来的惊慌失措极力想让远行路上的日子快些过去，于是不得不注意时间，精打细算分和秒。疯狂地思念母亲，思念母亲做的包尔萨克和她烧的奶茶，垂涎于渴望而不可即的甜。巨大的思念在一百多位学生心中引起共鸣，我们用红色粉笔在黑板的右下角标注距离多少天回家，把心里的数字挪到黑板上。老师允许角落里的数字存在，每天有同学允许数字变更，数字由三百多降到二百多再降到一百多，最后变成两位数、个位数。时间的缩短带来距离的缩短，我又一次在火车和火车、火车和大巴的辗转中回家，见到母亲的第一眼向她大声告白，思念变成一句句、一字字砸向母亲，她害羞地搓着手，很快又张开双臂拥抱我，母亲的怀抱热乎乎的，我们在彼此的怀抱中努力缩短距离。母亲从厨房端出包尔萨克、月亮饼干、奶茶和我爱吃的唐古拉——树莓酱。她煮了一锅羊肉和马肉，另煮了一大盘纳仁，上面用洋葱和西红柿碎末、鹰嘴豆点缀。母亲花了很多心思，她又一次"嗒嗒嗒"地在客房和厨房间奔忙，像招待客人一样迎接回家的女儿。母亲从羞涩的告白接受者成为大胆的告白者，互相告白成了维系我们的坚固链条。

我工作后定居的城市与母亲生活的城市仍有六百多公里，但坐火车或者乘飞机可随时到对方生活的城市，或无数个电话微信见面轻易化解六百公里。空间距离让我和母亲的沟通变得频繁，母亲在故乡堆积十年，我在另一个城市堆积十年，我驾车去火车站、飞机场接母亲，她跟我生活一段时间。我带母亲逛街，在音乐餐厅吃饭，母亲喜欢逛街，在有音乐的餐厅吃饭，在有花的地方拍照，母亲是浪漫的人，忙碌并未夺走她的浪漫。母亲买裙子会问我颜色是否衬她的肤色，款式是否合适她的年纪，那样的日子真的惬意，母亲终于等到我长大，我成为她的闺蜜。每回来看我，母亲准带一大包点心和腌制羊肉、马肉，一进门先打开箱子，把小袋子里的食物一一摊开，里面是包尔萨克、茯砖茶、酥油、酸奶疙瘩，还有马肠子和羊肉……母亲一面介绍一面高兴地把冰箱填满。到她回家的日子，箱子卸下从家里带来的大小包裹还没休息几天，又被新裙子、父亲的新衬衣、妹妹的新外套填满，箱子重新有了重量。十年里，母亲拉着黑箱子往返两个城市，天知道她拉了多少重量，完成多少东西的搬运。"我是来回奔波，搬东西的命啊！"母亲抱怨，她其实非常希望我在老家找工作，可我执意留在大城市，母亲和我都没能赢过我刚毕业的自尊心。母亲的抱怨明显带着愤怒，似乎下次她会空手来，可下次她身旁依然有箱子。把母亲送至火车站、飞机场，她省去候车室、候机室的离别前奏，让我直接开到火车站进站口或者机场航站楼，司机不允许停车的地方。母亲推门下车，拿后座的箱子，潇洒转身，留下背影。大二那年，母亲来上海看过我，也是几箱子干果和饼干，另外还有装她衣物的拉杆箱，她在人潮中先看见我，而我先看到了那堆行李，那时的母亲一样潇洒，好像那堆行李根本没有重量。这么想来，母亲的搬运日常早在我远行时就已开始。送走母亲，我留在空荡荡的车里，空荡荡的家里，以及年轻的我执意要留的大城市里。我知道母亲还会来，我也会休假回家，但母亲转身的那一刻，强大的失落还是会毫不客气地吞没我。那些年，我和母亲在四千公里和六百公里的空间距离里小心翼翼地适应着未来某一天会降临的平行距离。

　　孩子不会永远只是父母的孩子，她会远行，走出家里的门，踏入另一家人的门，成为妻子、母亲。一个阳光甚好的清晨，我穿着红色百褶裙和红色马甲，踏出和母亲共同生活了多年的家门，平行距离才终于在时间的洪流中显山露水，大摇大摆地展示它的残酷。母亲和我深知会有那么一天，她的忙碌会暂停，她会嫁女儿，我会嫁自己，可那个日子真正到来，我们都害怕地哭了。母亲不能大声哭，因为她不是世界上唯一嫁女儿的母亲，她用一个母亲的理性克制，用她一贯的沉着冷静克制，从容地擦拭眼角不成形的眼泪碎片，从容地告别拉着箱子往返两个城市的奔波。哭嫁仪式允许我哭，我放声大哭发泄对平行距离的恐惧，我也在帮母亲大哭。从此，和母亲之间产生新的平行距离，母亲是一个家庭的女主人，我是另一个家庭的女主人，守着各自的家，沉沦主妇的事。学着母亲的样子做包尔萨克，烧奶茶，在厨房进进出出。换洗床单和衣物，清理地毯，在卫生间和卧室进进出出。满足于奶茶和包尔萨克的浓香、换洗床单和衣物的清香，满足于一亩三分地上那座房子的安宁。一遍遍模仿母亲的过程中，成为一个母亲。

隐　忍

家里有几张父亲十多年前去西安出差时拍的照片，父亲四十出头，一头浓密的头发，黝黑的皮肤，一双眼睛依然是小的，但眼神如鹰。这组照片我见过也熟悉，只不过那时我十几岁，照片上的父亲就在身边，所以在听过他的进修故事，照片便装进影集空白处，落上时间的尘埃。直到最近收拾房间，意外发现旧影集，时隔多年再次遇见那组照片，一股强烈的陌生感笼罩了我。想起最后一次翻阅旧影集，还是上大学那阵，居然也过去了九年。那时没有强烈的反应，带着回顾过往的心态，重温了父亲的进修故事。那时父亲的样貌还接近照片中的样子，时间给父亲临摹的衰老还在能接受的范围。一晃九年过去，意外撞见落满时间尘埃的照片，我竟不太敢认父亲，照片里的父亲陌生极了。第一次发现父亲的白发时，我的眼睛和内心适应了很多天。父亲的白发渐渐增多，它们不愿输给时间，诚实地递交衰老的答卷。我的眼睛和心输给时间，由不适应转为适应，坦然地接受父亲的白发，接受他接近退休年纪的样子。父亲新的样子填满脑海，挤走他年轻的样子，直到再次直面父亲年轻的样子，年轻的父亲成了陌生的父亲。

前几年，父亲因工作原因下了乡，仅一年时间，他就衰老了很多，晒得更黑，眼睛变得更小，白发淹没了黑发。父亲一个月回家一次，待几天又匆匆地开着被我淘汰的代步车离开。他把庞大身躯装进那辆小车，在村子和城市之间来回奔忙。一回父亲干活中途失足掉进土坑，脸上手上全是疤，他依然选择不告诉我们。我与父亲视频聊天，意外捕捉到他右边脸颊的黑色结痂，再三追问来历，父亲又一次轻描淡写他的摔倒。这让我猛地想起他多年前的一次摔倒。我心疼父亲，希望他退休的日子快些到来，他早日实现打理菜园子的慢生活。爷爷奶奶家有很大的菜地和玉米地，也有很大的牧场，那是父亲长大的地方，父亲心里一直装着长大的地方。真正到了父亲退休的日子，又担心他接受不了落差，毕竟他在工作上创造了成绩，父亲的踏实和沉稳受人尊敬，这是我最欣赏他的地方。无奈自己是女孩，顾虑太多太碎，如果我是男孩，或许会更像父亲一些。父亲坦然地接受退休，切换到打理菜园子的慢生活，他还自学书法和冬不拉，父亲学什么都很快，他对热爱的事倾注全部的热情，热情当然会回馈对等的成绩。

父亲做事认真到一丝一毫，前天晚上准备好第二天的公文包，第二天要穿的衬衣和裤子熨烫整齐，黑皮鞋用黑色的鞋油，咖色的皮鞋用咖色的鞋油擦拭得闪亮。父亲似乎给自己设了一个框架，他不允许自己超过那个框架。少时，父亲是家里的木工，大客房吊顶那一年流行的彩灯是他自己装的，装彩灯是细活儿，父亲亦是精细之人。他爬到长凳子上仰着头，左手灯罩右手工具，一个一个地装。三十个彩灯装下来，姑且不提手酸，长时间仰着头脖子疼，眼睛也酸胀，父亲用隐忍顶住身体的不舒服。那晚，母亲、我和妹妹三人在与大客房紧挨的榻榻米房看电视。因为关着门，我们知道父亲在大客房装彩灯，但听不到屋内的声响。父亲直到我们睡下才回榻榻米，他为了抓住滑落的彩灯摔了下来，后脑勺着地晕过去，过很久才醒过来，继续没事儿似的装完所有的彩灯，没事儿似的躺回床铺。过了一个月，父亲如往常一样在早茶时间讲故事。父亲喜欢讲故事，为给我和妹妹准备睡前故事，他看了很多故事书和历史书。父亲讲话有把周围人目光集中到他身上的魔力，这一点也令我佩服，层层叠叠的目光覆盖在父亲身上，他不慌不忙地叙述，不漏一处细节。那天父亲玩笑似的在某一段他儿时趣事的末尾，轻描淡写了那一晚的摔倒。母亲大吃一惊，放下手中倒了一半的奶茶："天，你现在才说这事儿嘛！"我和妹妹也惊了，不约而同放下手中举到嘴边的包尔萨克。父亲笑嘻嘻地解释："已经没事了嘛！"他原本就小的眼睛眯成了一条线，和眼角的细纹连在了一起。我笑不出来，脑海中重复父亲摔倒的画面，心被狠狠地揪了一下。

父亲习惯把隐忍搁置在他沉着冷静的背后，或许因为他是一个男人，家里的长子，两个孩子的父亲，一个女人的丈夫。一天放学回家，距离家门还剩一条街的地方偶遇下班回家的父亲。他骑着刚换不久的自行车，轻盈地在我身旁停下，问："要坐上来吗？"我摇头，反正也没剩几步路。父亲用右脚在踏板上狠踩了一下，车轮快速转动，他很快骑到了红色大门，那是我许久以来第一次见父亲骑车的背影。我和妹妹自己走路去学校后，父亲没有再接送。我喜欢和同学结伴回家，路上可以互相吹牛，那天小伙伴没完成作业被老师留下补作业，于是我一个人回家，于是我见到了骑车的父亲，他上班的地方在县城南面，较远，父亲又经常出差，上学和放学中途更不可能遇见。到家后我写作业等母亲，没一会儿，妹妹也放学回家。母亲稍微晚一些才到家，说是开了班会。

其间父亲一直待在卧室,我和妹妹以为他在工作没有去打扰,父亲工作时不希望旁人打扰。哪知父亲正独自隐忍胃痛,直到母亲回来才被发现,他被送去医院,接着就是一场胃病手术。父亲被胃病折磨了一段日子,直到疼痛难忍,但他还是忍到下班才回家,城南往城北的路上又忍着胃痛骑车,路上碰见我,还若无其事地要载我回家。真庆幸拒绝了父亲,否则以我十岁的重量,后果容不得想象。

第一部手机是父亲买给我的,那年我在离家四千多公里的城市寄宿读高中,为及时关注我的学习和生活,父亲给我寄了一部彩屏手机。打开包裹的那一刻我开心极了,好像往后就把父母装进了手机随时带在身边,不用苦恼排队等公用电话,心里很踏实。彩屏手机陪伴了我整个高中,我和母亲电话沟通多,给父亲短信发得多,父亲常发短信,很少打电话,他在短信里说的话比电话里要多,教导主任发的那条录取重点大学的短信也是彩屏手机接收的,它对我有特别的意义。上大学,父亲又送了我一部粉色的诺基亚,他送的两部手机都是粉色的,大概父亲定义里女孩子应该喜欢粉色吧。高中坐火车有统一的带队老师,父亲放心我一人远行,他把我送到伊宁客运站,我跟着带队老师乘大巴车去乌鲁木齐坐火车。火车对我并不陌生,大一开学面临独自乘火车,也没找到同行的人,一下产生了陌生。父亲不放心,决定亲自送我上火车。我们提前一天出门,一来为了不那么匆忙,二来父亲想带我逛一逛乌鲁木齐,几年前他在乌鲁木齐进修,也算熟悉。虽然读高中那几年往返途中经过乌鲁木齐很多回,但赶火车又赶大巴,乌鲁木齐只是匆匆旅途的一个转折点,对我依然是个谜。父亲带我去红山公园,我们照了张合影,是旅游景点标配的快速冲印,当时就能拿到相片,我把那张相片也装进了行囊,后来摆在宿舍书桌前。每次看到父亲照片中的眼神,我就能静下来好好看书。父亲眼睛小,摄影师一连拍了几张总怀疑他闭了眼,不停地抱怨他浪费胶卷。父亲哪能受这冤枉气，但他也不是随意发火的人，他努力睁大眼睛望红山塔，这一次成功了。摄影师把成片拿给我，照片中的父亲笔直得如一棵树，他的眼睛睁得很大，原来父亲不服气时也会有大眼睛。

终于到乘火车的日子，父亲送出另一份惊喜，他不知何时抽空采购了一箱干果和一箱馕饼，"你可以带去给新同学吃，嘿嘿"。父亲笑着说。有父亲送，一路很轻松，可到了进站口才被告知，只允许持有火车票的人进站，现实给了当头一击，还算顺利的送火车之行在收尾处突然被打乱。父亲慌了神，他向工作人员解释送女儿找到候车厅就立马出来，可规定是铁的。巨大的人流在距离候车大厅仍有五六百米的进站口排着队，在安检处放行李，通过了再取行李。行人重复相同动作赶不同的火车，匆忙得像没有表情的机器。我马上也会变成没有表情的机器，我的一个行李箱里是生活用品和衣物，背包装有母亲准备的饼干，再加父亲准备的两个箱子，对于十九岁的女孩，显然超了重量。父亲抬头望了一眼候车大厅门口的长台阶，做出一个决定，他留下偏重的装有馕饼的箱子，眼睛飞快地在没有表情的人群中扫视，锁定了一个看着相当快乐的高个子青年。高个子青年也是大学生，父亲向他解释情况，诚恳地拜托他帮忙提纸箱子，领我准确找到候车厅和车次、座位。父亲的请求有点多，但他顾不上那么多，还好高个子青年爽快地答应。那位青年一身休闲打扮，只背了一个双肩包，更像是去旅行。他轻松地拎起纸箱子，示意我跟他走。父亲暂时放心，一再嘱咐找到候车室，找到座位，放好行李箱，都要发短信告诉他。我跟在高个子青年后面艰难地爬台阶，半中途忍不住转身看了一眼父亲，巨大的人潮中他也艰难地伸出胳膊朝我挥手，大声地喊："一定记得发短信啊！"我点头答应。父亲的眼神里满是内疚，他在为没能提重行李，带我坐火车内疚。大厅里满是拉箱子的人，高个子青年在大厅正中央的电子屏幕下站立，他询问我的车次，电子屏幕上的红色文字不断闪烁，我和他同时看到候车信息。他帮我把箱子提到二楼的候车室，自己返回一楼。高个子青年的目的地是北京，我目的地是上海，我们不同路。

我给父亲打电话告知自己找到候车室，未提高个子青年跟我不同方向的事，以免父亲着急。父亲的语调轻松许多，仍不忘重复方才的嘱咐，我一连几个"嗯"答应，挂了电话。排队乘车，找车厢，找座位，放行李等一系列固定步骤也都顺利。一个人对陌生的恐惧通常是自己想象的。高中那时坐火车，一节车厢里坐的都是同学，八十多个小时在玩游戏，讲故事，吃泡面，啃馕饼，互相靠着睡觉中很快过去。这回要一个人面对四十多个小时，我手托下巴望着窗外，沉浸于无边无际的落寞中，火车缓缓移动，更像是对面的火车在移动，车厢里的人顿时吵嚷起来，我探头扫了几圈吵嚷的人，没能找到同龄人，无奈拿出耳机继续沉浸于落寞的音乐中，满脑子想着四十多个小时如何消耗，下车后又如何找到学校。为跟父母多待一天，卡点买了能在报到最后一天到学校的票，结果当然是错过迎新队伍。得到一件事的满足必然失去另一件事的满足，似乎是人生常态。我完全忘记与父亲的约定，等到想起要发短信时，火车已经开了八个多小时，赶忙从包里掏出手机，满屏全是父亲的电话和短信提示。我掉进无边无际的落寞，父亲的电话和短信掉进无边无际的黑洞。快速按下熟悉的号码，电话一通，父亲立马接了，他不停地问问题，我悉数作答。知道我顺利坐上火车找到座位，也放好行李后，父亲的埋怨才缓缓开始，他的语气带着责备，隐约有哭腔，但他始终忍住没有发脾气。我报备完找到候车室到终于发现该发短信的八个多小时内，父亲没有收到任何回应，天知道他有多着急，他甚至去过火车站的广播室。脑海中浮现父亲焦急踱步的画面，我的心又被狠狠地揪了一下。

我和父亲的关系较为特殊，那时有个习惯把第一个孩子过继给自己的父母，相当于尽孝，于是我成了爷爷奶奶的孩子。我没有见过爷爷，他在父亲年少时去世，奶奶则在我四岁那年去世，所以我还是跟父母生活。父亲遵守约定，让我叫他"啊哈"，是哥哥的意思，就这样我叫了父亲三十年哥哥。我和父亲没有过太亲密的父女互动，我们更像是亲人，他对我一直很客气。我第一次带男朋友见父亲时，我和父亲都显得尴尬和局促，但父亲信任我的眼光，只见了一次男朋友就允许我们结婚，一如从前对我做的任何决定给予信任。我出嫁那天，父亲面对一屋子客人举杯发言，还是那样沉着冷静。众人的目光又层层叠叠地覆盖在父亲身上，他的讲话引来热烈掌声。突然，父亲号啕大哭，他喝了点酒但并没有喝醉。母亲上前抓住父亲的手安慰，但父亲始终没有止住号啕大哭，他委屈得像个孩子。过去，我比父亲期盼的还要早地去大城市读书，他和母亲没有实现的大城市读书梦我替他们延续，录取通知书来的那天，父亲高兴得像个孩子。父亲两次因为我做了孩子。

十五岁那年去外地读书，父亲第一次送我远行，那时父亲没有哭，他是送行的家长群中唯一没有掉眼泪的。我哭得很凶，泪水让父亲的身影变得模糊，我起身朝玻璃窗外模糊的身影大声地喊："父亲，我会想念您的！"周围人听到的是："哥哥，我会想念您的！"父亲挥手示意他听见了，我们在道别时还要那么客气。父亲知道我会每年回来，然后继续远行，那是我选择的远行，也是我的成长。二十八岁那年夏天，不会每年回来的远行终于来临，父亲多年的隐忍集中爆发，他终于不再那么客气地放声大哭，我的离开触碰了父亲隐忍的最后防线。父亲的隐忍变成了挡不住的洪水，在那个夏天的清晨淹没了客厅，淹没了在座的所有人。

父亲的冬不拉

一

几日前同父亲喝奶茶。用先生出差回来带的西安本土茯砖茶烧了一壶奶茶，这款茯砖茶烧的奶茶色泽偏红，味道浓郁，加之漂浮表面的乳白色奶皮子，一碗用心的奶茶给人说不出的幸福感。父亲显然是满意了，我端出一整碗"幸福"递给父亲，他肤色偏黑的脸上露出成片喜色，"幸福"又跑去挂在父亲的脸上。父母的笑容是世界上最动容的风景，一股暖流流过心间，忍不住继续点缀用了十年的旧餐桌，想更用心地为父亲准备早茶，于是拿出一小碟塔尔米——炒黄米，一小碟酥油，一小碟母亲做的杏子酱，喝奶茶的满满仪式感立马在屋里栩栩如生。

父亲被点燃弹冬不拉的兴致，他起身径直走向书房，出来时带着专门从伊犁背来的冬不拉。那是一个顶漂亮的冬不拉，上好松木制作，雕刻精细，音箱是椭圆形，民间称为"江布尔冬不拉"。根据音箱的不同，冬不拉还可以叫其他名字，譬如，三角形音箱的叫作"阿拜冬不拉"，是以诗人阿拜的名字命名。我尤其喜欢"江布尔冬不拉"清脆的，如泉水般的声音。为让冬不拉始终保持泉水般的叮咚声，父亲花了不少心思，他托经营冬不拉专卖店的朋友对它做了一次彻底检查翻新，还买了调音器。父亲做事一旦开了头总是认真对待且有始有终，儿时只要轮到父亲辅导我作业一定会到深夜，父亲讲究书写姿势和笔画顺序。终于有时间拾起少年的梦想，父亲拿出十万分心思，这回他自己辅导自己弹冬不拉，也经常研究至深夜。退休后，父亲马不停蹄切换城市，在他的大女儿，也就是我居住的地方展开接送外孙女上学、放学，间隔中的时间培养爱好的生活。似乎大部分父母退休后的生活皆如此，刚从一番水深火热里脱离，立马又跳入子女的水深火热中。身为父母，总是义无反顾。

　　自学冬不拉是父亲捡起来的众多爱好中花时间最多的一个，我甚至觉得父亲像着了魔般痴迷，他会忽略进食，一碗热烈的奶茶在父亲旁边渐渐变成冷淡的咖啡色液体。我和父亲开始了长久相处，不管是对十五岁外出求学一直走在远行路上的我，还是忙碌于工作，总是在红色大门留下进进出出背影的父亲而言，这番相处是对过去丢失的陪伴深深的补偿。我和父亲小心翼翼地，不露痕迹且有条不紊地进行父与女间的情感补偿。如此照顾对方的生活表演，之所以说表演并不是在强调演，更具体来说是照顾对方感受的持续性行为活动，我和父亲都擅长，特别是父亲，他如鹰般的眼神能准确捕捉他人情绪上的变化，以及在千变万化的表情符号背后更为隐晦的含义。不管那样的含义如何波澜壮阔，父亲泰然自若地应对，处变不惊是我最敬佩他的地方，弹冬不拉的父亲更是把沉着冷静发挥到极致。想过父亲处在妈妈、我和妹妹三个女人当中是否有那么一刻感受过孤独，他是否也曾想过有一个儿子，同他一起弹冬不拉。不止一次想象自己是男孩或许会更理解父亲。少年的我和妹妹痴迷于洋娃娃和花裙子，学乐器上我选择了钢琴，我认为那很高雅，我也不懂为何我把高雅这个似乎超过我年龄的词汇拉近童年，不过钢琴倒是全身心地练习了。

十五岁开始远行，我渐渐丢失身上的某种族性，在离散的体验中矛盾着也接受矛盾。我有了太多好奇的东西，无法让自己沉静下来像父亲一样手拿冬不拉，叮咚地唱歌。不少事业上风风火火的人退休后陷入失落，有些甚至彷徨不知所措，乘着事业之帆洋洋洒洒驰骋生命长河的人，突然被要求归还帆船，于是像是被遗弃的人，漫无目的地漂，任凭浪花卷着他去往河的尽头。殊途同归，每个生命最后都回归同一个地方，但回归的过程千差万别。父亲归还了事业之帆，为自己量身定做了一艘新的船，架起冬不拉从容地开始自己定义方式的航行。

二

父亲不仅切换了生活的城市，也切换了心态。终于在时间的熙熙攘攘中抽身，坐下来慢慢品奶茶，我和父亲成了无话不谈的茶友。年龄的叠加给一个人带来的变化涉及方方面面，容貌、形态，也有行为习惯，说话方式如此等等。譬如，我比从前更爱喝奶茶，煮的奶茶味道也越来越好，父亲、母亲、先生以及我五岁的女儿一定会续好几碗。细节决定成败，一点盐巴，一匙牛奶，其中较为关键的是茶水的浓度，太浓烈味道会苦，显然是喝不下去的。太淡，牛奶的颜色和味道盖过茶水的颜色和味道，叫人一时不知是在喝平淡的牛奶，还是平淡的茶。总之，一碗白色的奶茶在客人眼里无疑是一碗不及格的奶茶，大概率会被认为倒奶茶的人没有诚意。我把自己烧奶茶技艺的进步视为深入生活的积极的、良性的转变。或许，我也试着模仿父亲的沉稳，从一碗奶茶衍生向更多地方，试图唤醒身体里沉睡的族性，找回丢失的习惯、词汇，接着扬起鞭子，重新学会骑马。

时间终于把我推到慢慢烧一壶奶茶，慢慢坐下来品奶茶的年纪。在那之前我倒了很多碗奶茶，有些为了解渴需要，机械般应付差事。有些为了礼仪需要，外表从容内心慌张地倒一碗优质的奶茶，因为观众很多。我从伊犁方式倒奶茶转为阿勒泰方式倒奶茶，然后在两个方式中切换，一瞬间丢失自己，一瞬间找到自己。奶茶太寻常，寻常得让人忽略，于是在远行路上疯狂想念一碗寻常的奶茶。那么父亲痴念冬不拉，莫非也是对贫困的压迫下不得不放弃的少年梦想的执着呢？

我的远行始于青春时期，在身体的快速发育中汲取南方空气和从那片土壤中孕育的食物中的营养，味蕾接受新的味道，时间的推动中把新味道融进身体保留的味道。此时好奇的火焰熄灭，青春的狂劲到时间离开，如一缕青烟来时潇潇洒洒，离开时无声无息，远行体验在身体沉淀，年龄的增长让我以坦然的态度接受时间在细微处落下的无可奈何，无可奈何包含了习惯、词汇，还有我熟练的骑马技艺。小心地接受父母的衰老，也一点点接受自己的衰老，虽然两者衰老程度不一，但当我用刷子蘸取一点眼影在双眸上方扫过时分明看到渐渐松弛的皮肤已经不起外力地频繁拨动，而更经不起拨动的是覆盖在母亲那双望了世界五十余年的眼睛上方，也同样上了年纪的眼皮，它们软塌塌的，我一边用刷子小心翼翼地刷企图让母亲的眼睛看起来更美丽，一边小心翼翼地难过企图让自己看起来更镇静。难过的尽头是我无边无际的无可奈何，打馓子、煎包尔萨克、刺绣和织毛衣……母亲青春时学会的技艺已成为她的日常习惯，而我还没有来得及学会，母亲就老了。

那日整理影集意外看见父亲年轻时的照片，泛黄的光晕中年轻的父亲陌生极了。根据照片一角标注的日期快速推算父亲还是照片中模样的那年自己也不过十岁，那时的父亲也常拿起冬不拉用最简单的伴奏唱民歌，年轻的父亲热爱音乐，热爱生活。时间是魔术师，它让我紧握手中的青春之花在某天归零，留下片片花瓣在我生命铺展的土地上，零零落落,我默默地望着花瓣枯萎、凋零,被风吹散,默默告别住在心里的少女,在咖啡色茶水慢慢融入乳白色牛奶的过程中寻求心安。

十五岁以前最远只去过伊宁市的我突然离开生存地,产生四千公里的空间位移,在陌生的地方试着成为自己的主人,试着独立思考和行事,在熟悉的地方,父母的孩子这个位置中持续空缺。哈萨克女孩一边模仿母亲,一边成为女人。我失去了零距离模仿母亲的机会。从母亲的体温中抽离出,在如同缩小版社会的寄宿高中逼自己长大。记忆也在不自觉中做一场深刻的告别,告别过去,告别依赖,拥抱新的日子,制造新的习惯和词汇。时间和距离产生怀念,对寻常的一碗奶茶的怀念。

当四千公里缩短至六百公里,我在离故土尚有六百公里的乌鲁木齐定居,成为有独立经济能力的人,社会巨轮持续运转中的一个链条,成为妻子,成为母亲,日子的一幕幕中寻求心的安宁,心安之后能获得幸福,于是理解了母亲。少时,母亲无数次对着随时可能断电的电茶炉烧奶茶,以及随时可能冒烟罢工的红色烤箱做饼干,借昏暗的夜灯做毛毡时还能露出轻松的笑脸,原来那是她捕捉了生活里细枝末节的幸福,延续她的母亲传授的技艺,模仿她的母亲的生活方式,让它们在新的环境和新的日子里生根发芽,与奔腾的时代接轨。母亲没有经历远行,她结婚也只是从两条路的一端移动到另一端,当然,婚姻也是另一种意义上的远行。我想母亲在远行路上没有丢掉任何东西,她做的毛毡,织的毛衣,熬的果酱,烧的奶茶还是从前的样子和味道,只是完成的地点和面对的锅灶变了而已。

三

我常遗憾父亲的冬不拉梦实现得太晚,又无法不在冬不拉温柔的叮咚声中深深陶醉、再释怀，我太矛盾了。十岁第一次知道衰老和死亡，少年的我遭到强烈冲击。眼睛这扇唯一向世界打开的窗户过于忙碌，对人和事只能看个大概，大脑也跟着记个大概。身体诚实，它一点点回馈时间，眼睛忙碌，一点点敷衍时间，于是人一点点接受和适应成长中的样子，再一点点忘记和忽略父母从前的样子。父亲退休后来到我生活的城市，以带孩子的孩子拉开退休生活的帷幕，以为父亲心里会有落差，毕竟他曾是工作狂，做出不少成绩，如果成绩用奖状来印证，书房多到放不下的奖状便是父亲不少成绩的印证。父亲似乎对被年轻时铺天盖地的工作剥夺的时间没有一丝抱怨，我想那是他在那个时代里的选择，于是他将冬不拉梦想存在心房一角，等待它们被放逐的那一天。

放置客房墙角几乎成为摆设，跟着我们搬了三次家，最远从新源县到伊宁市的冬不拉，被父亲从伊宁坐火车带到乌鲁木齐，带进他退休后的生活。沉默多年的冬不拉，用它优美的线条和温柔的声音每日每日地宣告自己的存在，借助父亲的双手发出沉默多年的呐喊。父亲花高价购买和保养的冬不拉不只在丰盈退休生活，也在填补一个空洞。父亲的生命比我更接近草原生活，他骑马放牧，上山砍柴……有一天他也背上行囊远行，走出乡村进入城市，成为社会巨轮运转中的一个链条。草原和城市的切换在父亲身上留下了怎样的痕迹呢，父亲比我更懂传统和礼节，他拥有比我更多的母语词汇量以及藏在它们背后的更为古老的故事，远行路上堆积的时间和距离也在冲刷父亲从母体带出来的特征，他也怀念，一面怀念，一面前行。

一个风和日丽的日子，父亲坐在书房课桌前不慌不忙地将冬不拉握在手上，第一次拨动它的琴弦。叮叮咚咚……泉水般的琴声从书房飘出，浸入房子角角落落，浸漫平凡的日常。泉水般的叮咚声成了父亲退休生活的伴奏，舒缓，宁静，悠扬。

父亲能重新拾起爱好得益于网络时代学乐器、书画、舞蹈等等技艺的便利。但凡肯花时间认真查找，网上就能购买顶好的教学课程。冬不拉借助男男女女技艺者的弹奏，插上网络的翅膀飞到更多地方。有恒心没有学不成的技艺，父亲亦是有恒心的人，一件事开了头就坚持到底是父亲潜移默化中影响我方方面面的一个品格。世俗的眼光来看，如此的影响远不如一栋房产，抑或是一笔财富来的实在。可此等影响处于细微处，它一点点渗透基因，一代代延续。常听父亲讲述他的父亲，也就是爷爷弹冬不拉的故事，父亲在冬不拉的叮咚声和吐尔根乡芬芳的杏花香中长大，现在，父亲再次拿起冬不拉，弥补空洞，也弥补我在远行路上失去的听冬不拉声长大的时光。

那几日下班回家，准能听见书房传来响亮的讲课声，有几次误以为有陌生人造访。父亲忙于试听不同版本的冬不拉线上教学视频，最后筛选最为满意的买了下来，从基本的指法练习。一点点，一点点弹奏中，断断续续的音符终于串联，儿时常听的哈萨克民歌终于在某一日"显山露水"。父亲俨然成为一个冬不拉弹唱者，他很自豪，我很羡慕。父亲年轻时多少也会弹基本的伴奏，用来在同学聚会露一手完全足够。后来忙于工作渐渐也就忘却，毕竟记忆经不起时间的打磨。冬不拉的弹奏方式和吉他的弹奏方式类似，都是一手把握音节，另一只手负责弹奏。将冬不拉斜置怀中，左手持琴头按住弦，右手弹拨琴身。另外，左手按弦时，多用食指和拇指，其次是中指和无名指，小指几乎很少使用。多年的观察，我或多或少知道一点儿弹冬不拉的常识，遗憾的是我不会弹，哪怕是基本的伴奏。常羡慕身边会弹奏冬不拉的人，把冬不拉架在身上，两只手的灵巧配合就能让自己生出翅膀，雄鹰般在草原上空翱翔，那时的我像只缺了翅膀的残鹰，默默忍受想要飞翔的心理煎熬。

冬不拉是哈萨克族常见的民族乐器，常言，哈萨克族有两个翅膀，一个是冬不拉,一个是骏马。骑上一匹骏马挥舞鞭子驰骋草原,抑或坐在白色毡房,喝木碗里的马奶子听长辈拨动冬不拉琴弦高亢古老民歌,歌声飘出毡房向更远更深的山林飞去。两者的感觉都像是在飞,一个是身体的飞翔,另一个是心灵的飞翔。扬鞭骑马听耳畔风的嘶鸣,马长长的鬃毛迎风飞扬,或倚靠在长者结实的膝上听冬不拉如泉水般的弹奏是令少年的我幸福的两件事。那样的时刻,时间被拉长,身体轻盈得装不下任何烦恼。叮叮咚咚的弹奏声一点点流进心田,加之豪饮马奶带来的醉意,无所畏惧的从容漫延全身。父亲弹奏冬不拉时也一定有同样的感觉,我能从他舒展的眉间读出这份我尚且在学习中的从容,父亲从容地弹奏冬不拉,时间只能乖乖地从他指尖划过,在他弹奏出的音乐背后隐没。父亲因为冬不拉重新拥有翅膀,犹如回到少年,那么,与父亲相隔一米,尚处于他的翅膀能够得着的位置的我,为何要为父亲的衰老感伤,为他迟迟得以实现的冬不拉梦遗憾呢?

四

一碗酥油奶茶后父亲又续了一碗。通常,父亲再续奶茶一定是有故事要讲,果然,他悠悠地说起少年的故事。父亲讲故事有吸引众人目光的魔力,如果那些语言被打成文字一定是一部有趣的小说。从前他工作忙碌也经常出差,我又过早地去外地上学,一年回一次家,那些年,我和父亲经常过着一段时间看不见彼此,一段时间短暂碰头的日子,我们学会了习惯天涯海角的陪伴,以不同的方式体验离别和怀念。时间和空间的交错中我和父亲都在远行。

和父亲一起谈心聊天的悠闲,也终于等到他从忙碌的汪洋中抽身,而我在时间如沙砾般的冲刷中被雕刻出另一番模样,这副模样暂且定义为成熟。我和父亲的远行终于有了一个交会点，我坐在父亲对面，听他讲述少年和青年，那些世界上还不存在我的日子，父亲是如何强烈地渴望拥有一个崭新的冬不拉。少年的父亲不是没有机会学冬不拉，物质匮乏的时代人们考虑的首要问题是解决温饱，精神层面的娱乐还没能进入大部分家庭的视野。父亲来自吐尔根乡一个相当大的家族，爷爷的兄弟姐妹很多，每人成家立业后也都依靠彼此在吐尔根乡九队一座大山下落脚。几十年来家族代代过着既是亲戚又是邻居的日子，以耕地和放牧为生。父亲家有一个祖传冬不拉，经漫长岁月的洗礼和无数人弹拨的磨损，面板终于损坏，搁置在客房一角。冬不拉的面板破损需重新制作，想要用得久且声音好听还需要比较好的材料。一来耕地、放牧谋生没有时间，二来父亲家五个孩子都在上学，没有闲钱重新补面板，只能搁置，没想到这一搁置就是多年。那是我无法想象的贫穷，即使父亲再说起贫穷日子里的伟大梦想时眼中带着遗憾，我只能尽全力共情，毕竟，父亲母亲创造了富足的生活，容我和妹妹无忧无虑地做自己的伟大梦想。当退休的父亲终于弹起冬不拉，被旧时光掩埋的遗憾在时间的滚滚洪流中漂漂荡荡地轮转回来，慢慢地，再慢慢地填补，补了父亲心里的空洞，也补了我的无可奈何。

我端了一碗表面漂浮着厚厚奶皮子的奶茶递给父亲，他接过我手中的茶碗不慌不忙地放到达斯塔尔汗——餐桌布上，没一会儿父亲双手捧着那碗依然冒着热气的奶茶贴到嘴边长长地吸了一口，原先放茶碗的位置上出现一个清晰的圆圈。那里一定还发烫，我盯着那个圈儿出神，眼神迷离看不清东西，好像整个身子就要穿透眼睛飘向不知道的什么地方，耳边却清晰地听到父亲喝奶茶发出的绵延吸溜声。父亲多年来习惯第一口奶茶以吸进去的方式品尝，似乎这样能捕捉奶茶包蕴的各种味道的细节。茶碗上方飘浮的热气线条在他端起又放下的过程里来回摆动，显得更柔美。我猛地想起少时倚靠在大伯母的膝上借油灯柔和的光喝奶茶的时光，油灯只能照亮毡房的一部分，奶茶在它能照亮的一部分里回应更柔美的光，处于暗黑中的毡房沉默的一部分同外面浸泡在黑夜中的草原融为一体。

  我顺着父亲的慢动作将目光移到他的脸庞，由嘴角和眼角散开的皱纹一条条印入他黝黑的皮肤，它们太深刻，太威严，以至于刹那间，父亲浓黑的眉毛，如鹰般的眼神，高挺的鼻梁只能暗淡。不大的客厅，我和父亲面对面无声地坐着，我的眼神又开始不受控制地迷离，父亲和他身后黄蓝相间的地毯，蓝色的窗帘，依傍在沙发附近的绿色盆栽一起融进我眼睛里迷离的模糊的液体，那不是眼泪，我不至于会哭，那是我无尽的感慨。我端坐在距离父亲不到一米的凳子上，恍惚间像是被什么东西一把抓住拉向很远，很远。一步步远离的过程中，耳边传来父亲轻弹冬不拉的声音，一下又一下。

第二辑

河滩路上

我在乌鲁木齐

一

约下午五时,阳光从卧室的窗子斜射进来,在木地板上画了两条细长的柱形光条。我仿佛听到光撞击玻璃的声音,清脆、响亮。影藏于空气中的灰尘现了形,在光的身影里慌张、杂乱,阳光下没有什么可隐藏,也没有办法隐藏什么。照向地球的太阳抽出两束光分给一间平凡的卧室,这样的眷顾,令人幸福。

我和母亲埋头清理地毯,当初买地毯是觉得漂亮,现在清理也是真的费事。美丽的事物往往连带美丽的痛苦。蓦地,母亲放下手中的扫帚和簸箕,半蹲着直直地盯着那两束光,若有所思,我在另一旁埋头清理,未停下手中的活,因为我太想快快结束这一番费力的活计。"两年前,这样的强光也只能照到客厅呢。"良久,她说了一句话,像是对方才的沉默做的有声总结。母亲睿智的眼睛又捕捉到了生活的细节。我背着那句话走出卧室,去阳台擦拭落地窗。只要母亲从伊犁来乌鲁木齐,隔一段时间一次大扫除是雷打不动的习惯。母亲那一辈人总是闲不住。

少时,母亲一人整理完屋子又打理院子,屋里屋外长年一尘不染,后来搬至楼房，从此生活在没有院落的楼宇一角，母亲依然保持定期大扫除的习惯，甚至楼道的公共区域也会兼顾。一个母亲的力量无穷，时间根本赛不过。窗帘整体拆卸，落地窗的视野比往常宽阔许多，阳光终于找到入口忙着把更多的光打进屋子，屋里透亮透亮的，视觉上似乎多了几平。人容易被眼睛欺骗。终日沉沦于复古窗帘塑造的室内梦幻，不惜冷落大自然的花草树木，窗帘的欺骗消失，落地窗把小区绿景框出了一块，像是一幅挂在墙上的风景油画终于被发现。我久久地望，心里萌生特别的快意，一颗被锁住的心突然地被放逐，通过眼前的这幅油画飞去了更远更广阔的自然世界。

　　近几年，小区扩建二、三期，相邻小区也陆续有人入住，小区变得非常热闹，而我一头扎进"剪不断理还乱"的琐事，终日驾车往返于办公楼和住宅楼，眼里只剩前方和后方，自动屏蔽了热闹，周围的楼栋悄悄递增，热闹尽可能地占据了这片我住了十余年的土地。太阳发射的光从1.5亿公里外一路朝地球狂奔，一小部分抵达我居住的小区，在楼宇间穿梭，撞到一栋楼改变一次路线，透过树叶间、草丛间、花丛中的小小缝隙，经千万次改变，小部分中的更小部分终于照进我家主卧室。大脑天马行空地梳理逻辑，体内分离出另一个我拿起纸和笔记录飘飘絮絮的文字。我认真消化母亲的第一句话，她的第二句话很快也来了，还在卧室清理地毯的母亲，读心术般地说："这几年，小区附近楼栋越来越多，太阳也向往人多热闹的地方嘞！"很显然母亲是愉悦的，她的语调轻快，字字句句如同音符，从卧室一个个跳入我耳畔，在我心里弹奏轻快的音乐。第二句似曾相识，它像一把钥匙解锁了记忆盒子中十一年前的一段往事。

二

　　十一年前，我还在念书，是一名重点大学的工科生，熬过了上海温度不高却寒冷刺骨的冬天，一放寒假，我迫不及待坐上从上海回乌鲁木齐的火车，逃离室内比室外冷的日子。两天后，近四千公里的另一端，母亲坐上伊犁至乌鲁木齐的火车，她没有逃离任何东西，母亲总是非常坦然地接受环境的改变。母女俩约定在乌鲁木齐碰头，领新房钥匙，完成家里人等待一年的非常重要的事。外地求学的八年，乌鲁木齐对我而言有着特别的意义，它是火车票票面上小箭头的某一端，意味着终点站或者始发站。八年间，上学和返乡途中，坐绿皮火车、大巴车、线路车等等各种车经过乌鲁木齐，漫长远行路，"乌鲁木齐"四个字意味着一次停留，一次歇脚，停留是精神上的，歇脚是身体上的。停留和歇脚虽然短暂，但短暂中包含了太多的情感，离别的伤感和回归的喜悦在短暂的停留中得到缓冲，少年在停留和歇脚中悄悄长大。晕车症亟待安抚，胃在短暂的歇脚中做好充分的准备应付即将发生的长途远行。最终我也适应了环境的改变，而乌鲁木齐一次又一次地为我提供了适应环境改变的缓冲地点，完全地接纳了我，我也接纳了乌鲁木齐。

　　那些年离开父母的怀抱，远离熟悉的环境，独自面对陌生城市的无力感萦绕心头，干脆萦绕全身，目之所及的只是眼前的一亩三分地。火车站大厅内，人人提着大包小包行李，在冰冷且生硬的板凳上忧心忡忡地等待自己的车次，喇叭不停地播报哪一列车即将进站，哪一列车即将出站，周边是固定的包子铺、奶茶店、杂货商和拥挤的公交车站……去包子铺买热包子，老板比你还急，不到一分钟，包子装进袋子，钱也算好，包子和奶茶是固定搭配，有可能老板也是同一人，杂货商卖的商品永远只跟火车站挂钩。乌鲁木齐火车南站影响着那些离开或者回来的移动的人，也影响着住在那一片谋生的固定人。拥挤的公交车上下车的是赶火车的人，上车的是下火车的人，司机一句话把行人赶上车，又一句话把行人赶下车。行人"匆匆忙忙"赶路，店老板"匆匆忙忙"做生意，公交车司机匆匆忙忙开车。一年四季，火车站以及周边的高楼披着灰色披风，傲然地望着脚下演绎的"人间匆忙"。停留和歇脚的短暂阻止我进一步扩大视野，处处写着"匆匆忙忙"的一亩三分地，是我那时定义里的乌鲁木齐。

毕业后我在上海找到工作，外企的销售。父母的远程担忧转变为进一步行动，母亲作为代表到上海，见过我租的房子后，坚持要我回家。母亲给出的理由很简单："你在外面漂泊了那么久，也该回家了。"我还未能以一名外企销售的身份在上海展开一段可能短暂也可能漫长的打拼之路这件事上施展拳脚，就只能卷铺盖带着遗憾离开，一番妥协和让步，我最终在乌鲁木齐就职，离故乡伊犁，即母亲所言的"该回家了"的家仍有六百公里，但那是多年远行路离家最短的距离，母亲接受了这个距离。于是我终于有机会迈出"一亩三分地"，揭开乌鲁木齐的神秘面纱。

三

领钥匙那天天寒地冻，那样的寒冷对仍有勇气走在大街上的人简直是酷刑。室外比室内冷，室内有暖气，人人躲在室内躲避寒冷的酷刑，而我和母亲接受了酷刑。隔年也就是我毕业那年，另一个寒冷的日子，我参加了决定能否留在乌鲁木齐的一场面试，面试结束我拿着装有纸和笔的文件袋第一个冲出考场，天空飘着簌簌窣窣的雪花，中午送孩子的家长群大概都找到了各自躲避寒冷的窝儿，马路空荡荡的。寒风卷着雪花一圈圈地舞蹈，舞台是整个马路，整个乌鲁木齐。大门对面的一盏路灯把微弱的黄光打在母亲身上，她缩着脖子，双脚来回跺着地面。母亲在等待，用她一贯相信我能成功的信念等待，她的等待从白天到了黑夜。泪水卷着身体各处隐藏的热流涌上眼眶，我突然有了抵御寒冷的盔甲，顶着滚烫的脸颊，我对着那一点微弱的黄光，大喊："母亲，我能留在乌鲁木齐了！"

这一留，就是十年。

和母亲终于结束一场严寒的酷刑找到小区接待室，接待室门口铺了一条长长的红地毯，两个穿着骑兵服饰的工作人员拿着类似长矛的工具站在门口，一动不动地像两棵喜庆的圣诞树。红毯两边的开业花篮，"噼里啪啦"的鞭炮声似乎在热烈地庆祝我们从严寒里凯旋，领新房钥匙竟如此隆重，我和母亲有些不知所措。接待室人满为患，暖气开得也大，人经历极度寒冷再进入温室，体内必然引起一阵热烈的红，我和母亲脸涨得通红，但我们顾不上那份红，赶忙找齐材料奔向柜台。终于办完手续拿到钥匙，一把普通的，系着红绳子的钥匙。走向这把钥匙的路太漫长，是我远行的返程路，亦是父母从生活了五十年的伊犁移步乌鲁木齐的前进路。

母亲小心地将新房钥匙装进包里，满足于"头等大事"的完成，她提议去好一点的餐厅庆祝，我们同时想到吃热火锅暖身子，这是我和母亲时常迸发出的默契。来的路上寒冷固定了视线，双眼看到的只有脚下那片似乎永远也踩不完的雪，到了接待室，更是被眼前的"隆重"吸引了去。这下终于完成任务，如释重负地走出接待室，眼前的大片荒凉，着实让我大跌眼镜。

四

那是大片白色荒凉，没有人的脚印。小区门前唯一的道上也全是轮胎重叠的痕迹。附近的那些老房子，白色漆面纵横交错，满是岁月跳腾的痕迹。它们与刚刚结束的"隆重"很突兀，但与这片白色荒凉很和谐。我陷入矛盾，一只大黄狗从破旧的平房中蹿出来，睁大眼睛歪着脑袋望着我，好像要替我问出心里的大疑问。"怎么在这么荒凉的地方买了房子啊？"我几乎是质问母亲。我毕业前的两年，父母亲一遍遍来乌鲁木齐选房子，看房子，最终选定这个小区，领钥匙这天也是我第一次知道它的具体位置。我幻想过小区的样子，人总是期待即将发生的事，可能遇见的人。此刻幻想支离破碎，碎片"哗啦啦"地掉落在这片荒凉的地上，被积雪悄悄隐藏，再制造出更大的荒凉。母亲不慌不忙地拉着我的手向前走了一截路，然后叫我转身，她指着远处的楼栋，说："瞧，离大门最近的那栋，我们买的房子就在那！"

黑压压的高楼像是寒风中站立的骑士，身披暖黄色的盔甲傲然地顶着天。母亲指的那栋楼离小区大门最近，暖冬的太阳全部洒向它，它的暖黄色比其他楼栋的暖黄色更清晰，可我依然没法想象在这里的生活，看来睿智的父母当初也没能逃过售房人员的三寸不烂之舌，我在心里做了无声的总结，自以为很聪明。一旁的母亲继续补充："过几年，附近会建更多小区和商场。咱们这儿肯定会大变样的！"母亲又一次憧憬未来，她的眼眸里闪着光，我曾在那样的光下长大，也在那双眼眸的鼓励下远行。儿时，母亲在学校、家以及两条街另一端外婆的大宅院间来回奔走，她可以一晚上一个人做完全家吃四季的杏子酱、古尔邦节的包尔萨克、白砂糖饼干、油饼……母亲给生活倾注全部的热情，她常说："珍惜当下。"

此时此刻，当下就在眼前，我不该逃避。一股强烈的热流经我抓着母亲胳膊的手不断地传入我的身体，母亲的热情又一次感染了我，我不忍辜负这份热情，也不能辜负这份热情。我紧紧地搂住母亲，大声地说："是的，将来一定大变样！"

现在看来，母亲的预言成为了现实。

五

回想近几年乌鲁木齐的变化，感触深刻。求学那些年，伊犁和乌鲁木齐间还未通火车，大巴车是主要交通工具。美其名曰豪华卧铺，但二十来个人挤进狭小空间，加之食物余味、鞋袜臭味混杂的难闻气味，简直是身体的历练。在一张只够一人横躺的床铺上整夜翻身，半睡半醒中熬到终点站乌鲁木齐。那样的日子，乌鲁木齐是一夜饱受历练的身体，得到歇息的地方，远行的忧愁也得到最后一次宣泄。终于，火车通了，那年妹妹考入大学，成了一名医学生，她坐在崭新的双层火车上，"轰隆隆"地去了远方，曾喊着"姐姐""姐姐"黏着我的小姑娘忽然间长大，也独自远行。一列火车装了无数辆大巴车的人，浩浩荡荡地往返于伊犁和乌鲁木齐。"赶火车！"一度成了伊犁人的流行语。

从绿皮火车到直达特快，如今亦能实现一天内往返乌鲁木齐和伊宁，一些不可能正在成为可能。一列火车卷着六七十年代出生的父母未完成的梦想和八九十年代出生的孩子们的，未来即将发生的梦想去远方。

火车驶进乌鲁木齐站，广播里流出一段优美的文字："乌鲁木齐欢迎您！"回家的人，旅行的人，出差的人纷纷提起行李走向车厢门口，一次旅途结束，"我在乌鲁木齐"的日子等待上演。悠悠岁月，车窗外低矮的房屋和陈旧的巷道被此起彼伏的高楼大厦、迂回转折的高速路和层层叠叠的高架桥替代，乌鲁木齐有了魔法，它要尽情施展魔术。十一年前父母因一份偶然选择一个住所安家，那时他们对乌鲁木齐尚不熟悉。也就几年的时间，高铁站建立，距离我家仅五站路，从我家驾车去地窝堡机场也只需一刻钟的时间。母亲憧憬的大商场和购物中心遵守约定，纷纷拔地而起，当初令我诧异的旧房子已然成为新的高楼。

十年前的白色荒凉地，似乎不曾存在过。

六

一个工作日下了大雪，车辘轳在如此大的积雪上行驶会相当吃力也相当考验人的车技，于是我搭乘出租车去单位，路程有些远，司机师傅与我唠起家常。黄师傅是甘肃人，三十年前只身一人来乌鲁木齐打拼，做了一些临时工维持生计。后来决定开出租车，日子稳定下来，缘分也随之而来，他与同样开出租车的本地姑娘相遇，两人成了家，黄师傅"我在乌鲁木齐"的日子缓缓展开。足足半小时，黄师傅滔滔不绝地讲述过往，一个人的三十年仅用短短半小时概括，和黄师傅相遇的半小时，他的三十年如电影般回放，三十分钟内包含三十年，时间真的神奇。开出租车的日子单调，也耗费身子，夫妻俩背负房贷，养孩子又照顾老人，生活的苦涩集中到一个真实家庭，反观自己，朝九晚五地跨区上班不也是为了讨生活？

黄师傅说得非常轻松，他一面说着，一面笑着，真是乐观之人，不仅对眼下的日子乐观，对未来的生活也乐观。我被他的乐观感染，心里突然暖暖的，漫长的跨区上班路似乎变得轻松。三十年前，一个外乡小伙有勇气留在乌鲁木齐，是这座城市给了他一份生活的信心吧。黄师傅开了七年出租车，跑过夜班，也跑白班。乌鲁木齐的巷道变化速度太快,新修建的路越来越多,驾车需要快速反应才能跟上节奏。对于这样的变化,黄师傅有自己的办法,靠记路标把握大致方向,他说城市的道路一直变化,但路标的大致方向不会改变,路标是城市对人的承诺。

由西外环拐至河滩的路上,太阳从侧面的车窗玻璃将大把的光倒了进来,黄师傅开了七年的车被光"洗"得干干净净。我们的对话也停止,后半段路,我们都沉默了。一丝微笑留在黄师傅的脸上,或许他陷入了过往的回忆,也或许他正规划着"我在乌鲁木齐"日子的未来。临下车,我终于没忍住问他留在乌鲁木齐的原因。黄师傅用浓浓的甘肃口音回答:"我在这里找到了爱情,也找到了生活嘞!"

我与黄师傅作别,转身,发现单位正门的金色牌匾格外耀眼,应该是前几天被清洗过,也或许正被这强光清洗中,才发现自己很久没有留意这排闪亮的金色。同事小马从旁经过,问我:"娜,看什么呢,这么出神。"我笑着说:"喏,牌匾上在放电影呢!"十年前我同黄师傅一样,只身一人从伊犁坐火车到乌鲁木齐,去入职的单位报到。出火车站,拖着大箱子辗转四趟公交才抵达新单位,大门一侧的牌匾在太阳下闪着金色的光。差一点儿留在上海工作,又差一点儿回学校继续读书,都差了一点儿,最后是这排金色的光成功地把我从四千公里的上海,六百公里的伊犁吸引了过来。忙碌的间隙,偶尔站在办公楼的窗前向外眺望,行人三三两两停留在水果摊、小吃摊、杂货摊……十字路口辐射的马路越来越宽敞,绿树成荫,车辆有序穿行。熟悉又陌生的感觉直逼内心,常让我想起刚来报到的那个冬天,拖着行李箱吃力地经过十字路口,道路坑坑洼洼,人行天桥上掉了一半瓷砖的台阶,终于把新箱子的轮子磨掉。

近几年,主干道大改造,马路笔直宽敞,交通井然有序,巷道干净整洁……目之所及,风景如画。漂泊在外的人回家大概率是认不出故乡,想到一个人,前年4月在北京学习,一个晴朗的周末独自搭乘地铁前往798艺术区，刚进园子，母亲打来电话，聊天途中随缘走进一家工艺品店。待我挂断电话，店主立马介绍自己，说和我是老乡，他从我的口音中听出我是新疆人，于是按捺住激动等待我和母亲的谈话结束。眼前那位谈吐和打扮通通彰显个性的田老板是乌鲁木齐人，十多年前怀着创业激情远赴北京经营工艺品店，生意做得可以。田老板隔年回一趟老家看望父母，和老朋友叙旧。我翻开手机相册里的红山公园、西大桥、植物园以及一些网红打卡地的照片给他看，一边浏览，一边介绍，田老板不停地感慨，说得最多的一句是："乌鲁木齐变化太大了！"

他乡遇故知，茫茫人海中的相遇，这位北漂的乌鲁木齐人通过我与故土有了短暂的连接。离开时田老板送了我一本纪念册，还特别加盖了自家店的专属纪念章，说见到老乡很开心，一定要送礼物，我答应回乌鲁木齐后给他寄明信片。坐公交车回宿舍的路上，脑海里一直重复他的一段感慨："现在的乌鲁木齐，很多新房子冒出来，旧景色消失了，快要认不出的样子嘞！"

七

从前天山脚下的优美牧场，现在是中国西北的"亚心之都"。乌鲁木齐的巨大变化是一代代人的坚守和奋斗。坚守和奋斗推动了它的进步，也见证了它的发展奇迹。

两年前定居上海的大学同学佩佩和爱人来新疆旅游，计划在乌鲁木齐周转，再继续前往喀纳斯。夫妻俩第一次来新疆，乌鲁木齐作为入疆的第一站也深深地住进了他们心里。我做向导，驾车带他们游览乌鲁木齐，红山公园俯瞰的城市夜色，人民路立交桥上的黄昏，大巴扎的民族特色，以及街边随处可见的本地特色美食……与众不同的元素，民族团结的沃土滋养着乌鲁木齐，让它传奇而神秘，美丽也透着可爱。两个人一直惊叹，我也跟着一起惊叹。忙碌的日子，乌鲁木齐的变化就在我身边悄然发生。

高楼澎湃，车辆穿梭，人夜以继日地流动、奔忙，忙创业，忙个人发展，忙"我在乌鲁木齐"的生活。佩佩拍了很多照片，说要带回去给家人欣赏，他们把一日"我在乌鲁木齐"装入相机，编进一生的回忆里带走。曾结束漫长的、缘起求学的远行，带着对城市的向往，也多少带着年少的虚荣心，我留在了乌鲁木齐，转眼工夫，把十年堆在了这里。漫长的十年，这座城市见证了我最认真的表情、最辛苦的背影和最幸福的笑容，眼泪和欢笑融进脚下的土地，无尽的感慨在上下班驾车经过的河滩路上，乌鲁木齐已成为我的第二个故乡。

周末，和先生带女儿去水上乐园玩耍，女儿玩得尽兴，我拿出手机捕捉她五岁的童真瞬间，认真享受平凡家庭的日常。回家路上，女儿注意到奶茶店墙上的一排字，好奇地问写的是什么，我逐字逐句地告诉她，那是：你好，乌鲁木齐。

在大巴扎逛街

一

去年秋末的一天下班回家，吃过晚饭母亲烧了一壶丁香味奶茶，烧奶茶时放点丁香，不仅茶味道香，也能帮助人排湿，我和母亲都喜欢喝丁香味奶茶出汗。一碗丁香味奶茶估计点燃了连日来隐藏在重复日子背后的热情，我和母亲突然很想去一趟大巴扎。

大巴扎是乌鲁木齐的一个地标，外地游客来乌鲁木齐旅游一定会去大巴扎，它涵盖的不只旅游景点这一单一概念，还有文化、民族、饮食等多个范畴，是新疆旅游业产品的汇集地和展示中心，是"新疆之窗""中亚之窗"和"世界之窗"。如此多的美誉让大巴扎在变迁的社会和匆匆的时间中熠熠生辉。大巴扎的全称是新疆国际大巴扎，是乌鲁木齐市区内的一个4A级景区，2003年建成，据说是世界上规模最大的巴扎。"巴扎"在维吾尔语和哈萨克语中的普遍意思为集市。少时，跟着姑姑逛乡镇巴扎是顶幸福的事，吐尔根乡每周有两次巴扎，分别在周三和周六，于是就有"星期三巴扎"和"星期六巴扎"。巴扎在一条挨着经过吐尔根乡的柏油路的大巷道上铺开，一个摊位挨着一个摊位，卖鞋子和衣服的，卖闪着金光和银光的首饰、头饰，还有干果、五颜六色包装纸的糖果……每个摊位的老板都有极大的能量和极大的嗓门，总之就是热闹。

想起童年的巴扎，脑海中第一个浮现的是红色和黄色的塑料凉鞋，五块钱一双，那双凉鞋太耐穿了，我们那时爱蹚水或者跑到离山比较近的河里游泳，河水不深，那片的孩子不管会不会游泳都跑去河里耍，几乎每个孩子脚上有一双塑料凉鞋，怎么折腾都不坏。新疆国际大巴扎也卖很多东西，其中不乏一个人童年里的东西，比如塑料凉鞋。它较著名的景点是广场中心的丝绸之路观光塔，每一层都能看到彩绘和展览，展示的内容是丝绸之路上的历史故事，浏览故事、上观光塔观光别有趣味，有种积累知识一点点上升的精神快感。

有想法就行动，我和母亲立马换衣服出了门，于是在晚上九点，一部分人就寝前的准备时间，我开车拉上母亲来了一场说走就走的乌鲁木齐夜晚的旅行，目的地是大巴扎。这算是同母亲多年相处养成的默契，我们经常能突然地想到一块。譬如，突然想喝一碗酥油奶茶，突然想去逛街，在较有情调的餐厅吃饭，听一听古典音乐。这样的时刻，母亲通常比我还要兴奋，沉浸在母亲用全身的力量释放的愉悦中，我似乎隐约看见家里的旧影集里那位十八岁浓眉大眼的姑娘又一次回到她身上。据父亲言，年轻的母亲略带男子气。他们夫妻多年，热情活泼的母亲和沉稳内敛的父亲性格互补，两人默默守护着婚姻这座天平的平衡。母亲多于我的那份高兴在我自己有了女儿，也成为母亲后，才有了更为深刻的理解。多余出的高兴其实就是母亲意料之外的从孩子身上得到了礼物，那已不能简单的用爱的回馈解释，可能关乎基因范畴。

或许是来的时间晚错开了上下班高峰期，总之我很幸运地遇到离大巴扎步行街很近的一个泊车位。凭借多年的驾龄，我以近乎完美的侧方停车表演快速停好车，想当年第一次参加驾考在侧方停车上挂科，经一次补考才勉强拿到驾照。人一旦解除心理负担反而变得冷静，非常适合做从前定义里很难的事。原本计划指导我方向的保安措手不及，准备指挥的右手尴尬地摸自己的帽子，最后干脆对着我竖起大拇指，高兴地介绍说："现在的时间嘛，是大巴扎夜景最美的时候！"大巴扎的建筑风格独具一格，走路或者开车经过天山区解放南路，在城市统一色调的暗色建筑群中那一抹金黄的、有浓郁西域风情的建筑总能吸引人留恋的目光。大巴扎的设计风格以传统磨砖对缝与现代饰面工艺相结合的处理手法，避开了千篇一律的传统舞台布景式的建筑语言堆砌，更加注重体现空间和光影的变化，走在其中用手机随手一拍即可出大片。在涵盖现代建筑的功能性和时代感的基础上，大巴扎还重现了古丝绸之路的商业繁华，总之是一个能让游客快速连接过去又稳稳扎在现代的打卡地点。

二

成家有了小孩，便格外珍惜和母亲同各自的家庭琐事中暂时抽离出来的悠闲。我和母亲挽着对方的胳膊信步大巴扎步行街，周围漫无目的散步的人很多，原来这座城市依然有许多人渴望在日复一日的、单调且快速的日子里寻找慢生活，而夜晚绚丽灯光映衬下安静却夺目的大巴扎屏蔽了来来往往的车辆和此起彼伏的鸣笛声，守护了一份宁静，非常适合城市人在生活夹缝中寻找一日悠闲。一些卖小饰品的和手工艺品的店铺以及特色小吃餐馆还在营业，有的店主对经过的人吆喝几声试图吸引他们的目光，一天结束前再进几笔生意，有的店主索性躺展在长椅上刷手机，等待一天的生意结束。

母亲向来喜欢设计精美的手工艺品，她看上一顶手工编织的帽子，我们一前一后走进那家商品多到溢出门口的小店。老板热情招呼，一个字踩着另一个字地介绍母亲挑中的那顶帽子为纯手工编织，没有一点儿机器的痕迹。母亲心动了，戴上帽子对着镜子反复看。我猛地认出这家店竟然是三年前和同事在大巴扎逛街时光顾的那家，当时也是被店内一件被老板称作纯手工编织的手机挂件吸引，走了进去。好像悠悠岁月中一个互相都不知道却注定的约定，让曾经的陌生人在同一地点再次相遇。何况我总能记住一个人的样貌和声音，不知道这算不算一个强项，但通常情况下，如果不是非有必要，只要对方没有认出我，我是绝对不会打破陌生的平静。

一回单位来了位高个子男士办事，同事下楼盖章子，他坐在我的办公桌斜前方的凳子上等候。狭小的办公室只有我和他两个人，加上陌生的环境，高个子男士表现出不匹配他高大个子的拘谨，他长长的身板坐在矮小的黑椅上有些滑稽。我猜想高个子男士此时一定庆幸自己戴着口罩，可以回避一部分陌生，或者隐藏他僵持的表情。我回顾方才他与我同事对话的声音总感觉很熟悉，加上他略带忧郁，又似乎更接近诚恳的眼神，愈发感觉他是我认识的一个人。为打破长久的沉默，也或者帮他找一个撕开陌生走向熟悉的突破口，我询问他是否曾在乡镇驻村并且说出村名。他忧郁的眼神有了光亮，惊讶地问我是怎么知道的，我告知自己曾在乡镇工作，和他因工作关系打过几次照面。已是六年前的事，之后我和他再未谋面。他欠了身子，连连摇头佩服我惊人的记忆力，又顺着我的记忆线追溯自己的驻村往事，整个人从刚刚进门的拘谨放松很多，我们成了熟悉的人，他滔滔不绝地说起那段时光里的人和事，临走时竟还不舍得离开。人在熟悉的人和事面前会更自在，当天的我在大巴扎找到了同样的熟悉感。

母亲最终决定买那顶帽子，我快速掏出手机扫码付了钱，当是送给母亲的礼物，她很高兴，立马换上新帽子，看着精神不少，人靠衣装果然在理。这家工艺品店稍稍换了风格,但大件的像圆毡、地毯,小件的像手机、钥匙挂件依然很多。围巾、帽子紧挨着彼此叠放在由窗户延伸出的长板子上,也有些挂在门上,总之能利用的空间都被利用了。店主当然不记得我,毕竟每天面对无数游客,还要经历一番头脑风暴算进账、出账,哪还有工夫记住可能只有一面之缘的人。我也不打算打破这层陌生的网,免得他以为我想砍价。浓密的头发被一顶鸭舌帽努力盖住,粗黑的长睫毛显然被他一头扎进无休无止的生意中忽略,肆意疯长,一副欲要直抵眉毛的架势。如此浓密的睫毛很多姑娘还花大把的钱找美容院接种,果然在乎才是价值产生的原因。

卷发店主说话的风格和语调让我很快从记忆箱里翻出三年前和同事逛大巴扎的记忆,然后又快速识别出这家店正是三年前购买手机挂件的那一家。彼时的回忆唰啦啦地冲刷脑袋,陌生地环境顿时变得熟悉,我仿佛从三年前的那一天直接进入三年后的这一天。走在大巴扎,每一处都能找到与记忆里相似的风景,所以它才如此的吸引人吧,全国甚至全世界的人都慕名而来,所以才叫作"中亚之窗"和"世界之窗"。

三

大巴扎被解放南路分成了两部分,中间的马路有专门设立的红绿灯供观光的行人穿行,马路非常宽敞,是叫人心情舒畅的,开车中途掉头不用担心卡在半中央的宽敞。人行道两边等待绿灯的行人站成两个大阵营,待绿灯发出信号,浩浩荡荡地混合再浩浩荡荡地分散。每次过那条马路,我总能联想到上海的南京路步行街,上大学那几年,经常和同学约着去南京路步行街闲逛,说闲逛是因为我们真的没有目标,一人手里一杯咖啡在步行街来回地走,欣赏好看的欧式建筑,还有打扮时髦的人。从走神一分钟立马跟不上教授讲课进度的高度紧张中脱身，脑海中唯一想到的就是去南京路步行街放空自己。过马路时两面等待的行人也是两个巨大的阵营，由专门的工作人员指挥着穿行，当他吹响口哨，浩浩荡荡的大部队齐步走，在马路中间混合再分开，相当有趣。人的经历总是在时空中交错，走到哪里都带着一段神奇的缘分，所以只要把眼睛从手机的桎梏中分离出来，放大感官生活处处是风景。

每个城市都有一个顶有名气的步行街。譬如，伊宁市的六星街，蓝色浪漫喀赞其也算一个步行街。我是伊犁人，每次回故乡一定去这两个地方打卡，每次的体验都不一样，总有新鲜元素在某个街角拐弯处注入，给我一个突然的视觉惊喜，大概这是步行街普遍的魅力。上过某卫视热门综艺的昌吉回民小吃街也是我和家人周末常去的地方，驾车不足一小时的时间便能到达，运气好还能欣赏花儿表演。上海类似南京路步行街的还有淮海中路、田子坊，每个地方都有自己的特色，沿街开的别致咖啡店供旅人坐着喝咖啡、聊天，很少有人玩手机。学生时期的我们多半是为了去拍照，发到那时还叫作"人人网"的个人网页。大四临毕业跟朋友去了一趟浙江的西塘古镇，算是大学时期的最后一次旅游。一条小河绵延向两头，河两面的岸上全是复古小铺，一个紧挨着另一个。我和友人一路走一路逛，看到喜欢的小店就进去看看，中途累了就找一家茶店喝奶茶，听音乐，给我的感觉像是走在一条古风浓郁的步行街上，恍惚间有种穿越回过去的错觉。船只在河水上缓慢漂行，行人人手一把折叠扇子缓慢行走，店主说话也不紧不慢，一天似乎被拉长，大概这是步行街受大部分人喜欢的原因吧。我们可以暂且把匆匆的时光忘却，好似有大把的时间可以肆意挥霍，不用计较成本。

大巴扎步行街的节奏也很慢，所有东西的制作、产生、售卖都变得缓慢但没有失掉自己的规律，于是游客的脚步也放慢了，眼神也终于能在大巴扎的建筑上、杂货铺上、小吃摊上、歌舞表演上缓慢地移动，才有可能捕捉到与自己生活处的与众不同，抑或一丝奇妙和一丝熟悉。

四

大巴扎的面积非常大，经营项目很多，旅游观光、商贸、餐饮、民族艺术品展示、零售业等等应有尽有，总之仅凭一天肯定是逛不完的，但大部分人逛大巴扎通常是蜻蜓点水式逛，这样一天的时间也够了。有些外地游客来新疆旅游，大巴扎是他们的第一站或者最后一站，赶飞机前或是下飞机后前往下一个地点中途迂回的几个小时用来逛大巴扎再合适不过。美食街点烤包子、烤肉、凉皮满足地吃一顿饱，拉着箱子走几步路就能逛步行街的工艺品店。想买的东西几乎都能找到，除了本地产的水果、干果和农产品，还能买到大人小孩的民族服饰，或者满足各种人搭配风格的日常服饰、鞋子、帽子，又或者民族乐器、家用地毯、坐垫、床上用品、陶器和金银铜铁器具、化妆品、头饰……甚至过去年代很实用，在街面上找不到的，已留在儿时记忆里的旧物在大巴扎几乎都能遇到。琳琅满目的商品让人挑得眼花缭乱，可能进去时两手空空，出来买了几袋子商品，最后忘记自己一开始是为了买什么而逛。

两年前大学舍友佩佩和她的丈夫从上海来新疆旅游，我驾车去机场接他们，第一站就去大巴扎，夫妻俩一面连连惊叹，一面兴奋不已，他们拍了很多照片，也买了很多民族风工艺品，可谓是满载而归。印象里佩佩喜欢收藏小物件，那天是我和她毕业九年后的首次重逢，佩佩是典型的四川姑娘，性格爽朗，爱吃辣子，笑起来两边嘴角各两个很深的酒窝，惹得周围人跟着她一起笑。大二换到嘉定校区，宿舍改为两人一间，我和佩佩专业不同却意外成为舍友，有缘可以跨专业来相会，我俩相处得很愉快。她大学时追星疯狂迷恋一位男歌手,有天男歌手来上海大悦城开签售会,我和佩佩一人买了一张他的CD去现场找他签名,说起来那算是我头一次追星,挺新鲜。毕业后佩佩出国读研究生,学成回来定居上海。我参加了一个几千人挤破头的考试,在机关单位入职,定居乌鲁木齐,成了常坐办公室的人,而平行时空另一端的佩佩用她读研期间的寒暑假去了不少地方旅游,成了常常走动的人。我们一直保持联系,漫长的时间通过网络知道彼此的生活。

夫妻俩的新疆游也成了我和佩佩的同学聚会,见到曾经的舍友的瞬间感觉穿越回大学时期,虽然时间的隐形刀子在我和佩佩的脸上、身上修修剪剪,我俩发生了大变化。曾经胖乎乎的佩佩瘦了不少,学会了化妆,变得漂亮有气质,她也看到了我身上与众不同的变化。当然,一个女人在岁月的变迁路上发生的改变总归和身份关联。比如,结婚,成为一个人的妻子,有了小孩,成为一个人的母亲。仅一天的相聚在大巴扎步行街里被拉长,足够我们怀念从前,制造新的回忆。第二天夫妻俩背着行囊出发去往喀纳斯,继续制造在新疆的回忆。

五

美食街一家店面不大的烤包子店吸引了我和母亲的注意,门口的烤架上隆起的烤包子堆成了一个小山,店主用白色的餐布盖住那座小山,但丝毫不影响烤包子肆意散发它浓烈的香气,成功吸引我和母亲驻足。我买了四个烤包子,和母亲一人两个,没走两步又碰见一家奶茶店,于是又买了两杯不加珍珠的热奶茶。黑色的珍珠颗粒虽然小巧可爱,但总感觉吃起来像是在吃塑料,上大学时,学校杨浦路的主校区有家咖啡店,叫作"第五街咖啡",旁边也是学生散步的一条小路,一杯咖啡或是奶茶,坐在附近的山坡上聊天是大学生课间的常规动作。我常和同学一人一杯奶茶或者加糖的咖啡坐到"第五街咖啡"斜对面的秋千上晒太阳。不管是在家里泡奶茶喝,和母亲一人一碗放了酥油的奶茶坐在榻榻米床上聊天,还是在街边或者商场一角的奶茶店要一杯制作精美的甜味奶茶,同友人一人端一杯奶茶逛街,奶茶似乎常常与惬意相伴。所以大巴扎有家里喝的奶茶,也有时尚包装的奶茶,因为它保留了传统的同时,又努力地迎合时尚。

和母亲一人一手握一杯奶茶,另一只手时不时啃一下还冒着热气的烤包子,颇有儿时和妹妹在巩乃斯的美食街被母亲带着吃水煎包、喝奶茶的熟悉感。大概这是乌鲁木齐大巴扎的一种隐形能力,让所有置身其中的人恍惚间穿越回童年,找回从前的记忆,感受从前的感觉。周围散步的人也都自在,在步行街内的雕塑前拍照,也有在手工艺品店门口随手拿起手鼓或者花帽拍照的,人人脸上洋溢着快乐。我们是互不相识的陌生人,也还是快乐的人,快乐相互传染。

母亲喜欢拍照,用手机的摄影功能随时记录路上遇到的景色,她自学了几个常用的修图和做视频的软件,组合几张喜欢的照片制作视频配上音乐发到朋友圈,与姐妹分享退休生活是母亲近几年常做的事,蛮符合她一贯的珍惜当下,认真生活的理念。

秋末的凉风把城市吹得干干净净,大把的凉意在白天隐形,待到夜晚悄悄地渗入人的身体,润物细无声中教人一点点地适应即将到来的更为猛烈的寒冷,这是四季的神奇魅力,大自然对人类从来都是温柔的。突然想起三年前和同事一起逛大巴扎也是在秋末,莫非我和大巴扎的缘分在秋季更多一些?那天虽然是一个阳光明媚的日子,但秋日的凉意依然紧紧地贴着脸颊。抬头望去,高耸的金黄色建筑在湛蓝的巨幕映衬下显得格外辉煌夺目,拿出手机随手一拍都是值得珍藏的照片,但我好像更多用眼睛记录进而储存进了大脑。

六

大巴扎在天山区较为繁华地段，周围有高架桥、河滩快速路，车辆来回穿梭，行人匆匆忙忙，犹如快进中的电影。时间在大巴扎里被放慢，首先步行街没有车辆穿行，带小孩逛的人大可不必顾虑某个拐弯处随时可能出现一辆车，放心地任凭孩子在前方跑，用童年的好奇探索未知世界。手挽手走在一起的小情侣们也不必考虑后方车辆突然鸣笛，打破两人周围空气中愈演愈烈的粉色泡泡。我是非常厌恶给行人打喇叭的司机，作为有着近八年驾龄的司机，哪怕碰见行人横穿马路我也从不按喇叭。刺耳的喇叭声适合给人以温暖的提醒，譬如，给前方车主倒车盲区的提醒，或者行人过马路未看到对面车辆时的提醒，温暖的提醒抵消喇叭的刺耳，否则关于喇叭等现代科技产物的一切都显得过于生硬。

三年前和同事在大巴扎拍的照片至今仍静静地躺在标记有醒目日期的，朋友圈的一个小房间，配上当时有感而发从脑海中蹦出的文字，文字和图片是打开回忆的钥匙，回忆便从那间房子奔涌而出，实实在在地淹没我。后来调去别的单位，和那些同事也不常见面，他们成了微信里常驻的人。人与人之间的缘分是一段一段的，一段缘分中遇见的人帮你保留一段记忆和那段岁月中你的模样。再相见，双目碰触的瞬间立马穿越回和他相识的那一段，好像自己重新年轻。就如再见到大学舍友佩佩，我们能在纷纷攘攘的机场立马认出对方，凭借的是大学念书时候对方的模样。我们那时还没有微信，大学生常用的"人人网"也在时代的洪流中淹没，于是我和佩佩的所有记忆真的就只储存在各自的脑海。九年时光悄然远去的感慨，在送走佩佩后立马在心里现了形，大巴扎又替我留住了一段新的记忆，至少这一回我留下了很多照片。

　　我和母亲终于感觉走累了，在休息区的木凳上坐下，母亲拿出手机整理刚刚拍下的照片，准备制作视频，在配乐的选择上向我征求建议，我欣然地配合母亲，没有因为明天上班，今天需要早早休息的想法让自己做无畏的焦虑，焦虑容易让人忽略生活的本真。如果这是当下人常有的精神内耗，那么我选择从坐在木凳上的那一刻，不，从我踏进大巴扎前的那一刻起让这种内耗永远地离开我。远处，黑色、白色的汽车以及额头顶着红色数字姓名的公交车匆匆驶过，把住在这座城市的人送去各自的目的地。道路两旁的行人来来往往，各向一方。

　　天空已完全地拉下黑色巨幕，月亮和星星交接了太阳的班，开始它们的表演。城市夜空的星星没有草原上的多，于是人们在地面上寻找星星点点的光亮，大巴扎内闪烁的红的、绿的、黄的、粉的光亮聚集在一起，成了星星点点的光亮，照亮乌鲁木齐的夜，好像一天没有结束，又好像，新的一天正在开始。

河滩路上

一

"到哪儿啦?"

"上河滩了!"

"那快了嘛!"

"是嘞,分分钟到你那儿。"

在新疆,想必所有人的生活里都不止一次出现以上的对话。河滩当然就是著名的河滩公路,早前在乌鲁木齐河中游的干涸河床基础上改建的公路,是贯通南北的交通主动脉。开车的人若没有在河滩公路上开过车,那就不算会开车。河滩路的建成为乌鲁木齐的经济发展和市民出行做出了举足轻重的贡献。据说,河滩路承载了乌鲁木齐近一半的交通量,每天有三十万辆车在河滩上通行。这庞大的三十万数据中有我的一份,上班和住所在两个区,我是典型的乌鲁木齐跨区上班族。上班的头两年,我没有车亦没有驾照,上下班坐单位班车。单调的线路生活让司机师傅们养成不那么随和的脾气,只有你等班车,没有班车等你的情况。每天早晨我从家门口坐四站公交路在铁路局的天桥下等班车,坐上班车没多久，由喀什路右转下辅道，大巴车就能开到河滩路上，辅道拐进河滩的车非常多，很难不竞争，但司机师傅总能巧妙地汇入河滩的庞大车流。我后来开车才知道，一般司机见到大巴车会习惯性躲开，体积不对等的东西不小心碰了，处理起来是相当麻烦的事。如果"不小心碰了"发生在河滩路上，那就是一场庞大的拥堵，开车的人只能耐着性子等待，因为河滩路只给驾车的人两个方向做选择，遇上堵车，也没法抄小道离开，这就是河滩路的规矩。

班车上从来都是不间断的清早热烈讨论，休息了整晚的人，大清早最有活力劲儿，需要一个发泄口，输出一部分劲儿，经一番能量交换，获得另一种能量才能应对单调的一日工作。班车上都是同一个区上班的，不同单位的人，有些人坐了好几年班车，我们习惯叫作"赶班车"，互相已经非常熟悉，熟悉程度包括对方有几个房子、几个孩子。于是乎，讨论的无非都是住的房子质量好坏，孩子的教育，工作上的琐碎。民生的缩影直接在一辆班车上上演。所以班车上的说话声音从未间断，也是，近一个小时的路不说点什么消磨时间，还能做什么呢。有时讨论声大了，会遭来司机师傅的责骂。开车的人脾气似乎会变差，这点也是我开车后体会的，所有人都顺着河滩路的一个方向安静地开，经过辅道难免会遇到蛮横加塞，或者疯狂闪灯的疯狂司机，忍不住骂几句多半也是无可奈何。

河滩路上我还练出了车技，敢一个人驾车带上五岁的女儿开长途，而且是乌鲁木齐至伊犁的六百公里的长途。另外也增加了一股力量，敢于对蛮横无理的人说不。说白了，就是胆子大了。大巴车上了河滩路，所有人都会默契地安静，前一秒还热烈的讨论戛然而止，每个人盯着窗外陷入沉浸，或是一种自顾自的遐想，遐想里一定也很热烈，不过是属于一个人的热烈。大巴车车身高，人坐在里面视线被拉高，其他的车，不管是豪气的越野车还是贴着广告的小面包都尽收眼底,有种俯瞰一个人一生的感觉。河滩路上没有红绿灯,但有一个直线规律,朝东或者朝西,选择了一个方向就必须直直地往前开。望着眼下沉默的车流,我通常会产生一个想法,河滩路上,每个人都是一样的。驾车上了河滩路选择了一个方向,就要义无反顾地前行,直到走出河滩路,到达目的地。河滩不允许一个人的胡来。

终于,我有了驾照,接着买了车,正式成为可以在河滩路上开车的司机。对城市交错如网的道路的陌生感加重了独自驾车上下班的恐惧。父亲坐在副驾驶上给我壮了几天胆子,一星期后换我独自开车,起初的三天,我每天提前两小时出门,下班晚一小时再回家,目的就是避开早晚高峰的庞大车流。大早的河滩路寂静且空旷,没有什么车,我自如地开车,好像整个河滩路都属于我,那感觉挺神气。渐渐壮了胆子,胆子当然是河滩路给的。三天后,我的出行时间慢慢向城市人早晚的平均出行时间靠拢,最终我也加入早晚高峰,成为早晚高峰的一个推动者。

河滩路上庞大的,一眼望不到尽头的车流常常让我迷失,若不是楼宇间偶尔闪现的阳光刺痛眼睛,我很可能会一时忘记自己在哪个位置,但惯性使然,身体会带着记忆朝家的方向或者单位的方向开。算一卜时间,我已在河滩路上开了八年车,人生会有多少个八年,这实实在在的八年,具体到时钟上的时针和分针的话,我的一千余个小时,时针的一千余次抖动全部发生在河滩路上。一千余个小时中有很多我人生重要的时刻,驾车在河滩路上接受了一场炽烈的告白,也曾坐在先生的车后座上经过河滩路,去医院生了孩子……它们在河滩路上发生,也在经过河滩路以后,或者之前发生。我也经过河滩路,走上六百公里的路,去往故乡,也曾经过六百公里的路,走上河滩路,继续踏上更远的远行路。一条路和一个人的命运紧紧相连。

二

　　河流给城市带来好运，有河流的城市也是流动的，城市跟着河流一同流动，保持旺盛的生机和活力。譬如，巴黎的塞纳河，伦敦的泰晤士河，北京的永定河，上海的苏州河，伊犁的伊犁河、巩乃斯河……几乎每个地方至少有一条河流过，属于乌鲁木齐的河就是乌鲁木齐河。乌鲁木齐是离海最远的城市，但因为有了母亲河乌鲁木齐河使得乌鲁木齐这座天山脚下的牧场多了几分温柔，几丝浪漫，几度婉转。河流穿城而过，给乌鲁木齐带来流动的生命和灵气，另一方面讲，乌鲁木齐发展前进的每一步也都映照在了河水里。

　　乌鲁木齐河发源于天山山脉，横穿乌鲁木齐市天山区、沙依巴克区、新市区，进入五家渠市，最后流入准噶尔盆地南缘米东区的东道海子。其中有一段称老龙河，土生土长的米泉人对老龙河有很深的感情，米东区网红打卡地贡米巷紧挨着老龙河修建，沉默的老龙河在贡米巷这段被提升活力，特别到晚上，变换中的夜灯还有老龙河桥上星星点点的灯集合起来，把河水照得通体发亮，淡淡的水波上泛着光，甚是好看。绵延的乌鲁木齐河是乌鲁木齐人生产、生活和城市用水的主要水源。据说乌鲁木齐曾有过一道名景"长桥饮马"，乌鲁木齐河岸边密密麻麻的客栈前，过往的客商、马队在桥边饮水休整颇为壮观，就有了这道景象。20世纪60年代，乌鲁木齐河上游修建了乌拉泊水库，河水进入修整后的和平渠，原来的乌鲁木齐河河床干涸，乱石密布的河滩南北纵贯整个市区，1965年首次大规模修建河滩路。这样的一个转变，从乌鲁木齐河到河滩公路，也叫河滩快速路，因为没有红绿灯所以是一条快速路，堵车就另外再谈了。从养育之河到出行之路，河滩路的诞生是一场跨越历史的奇迹。

第二辑　河滩路上

说到河滩路，不得不提到横亘于它的西大桥。早在 1763 年，乌鲁木齐河上建的第一座桥"虹桥"，就是西大桥的前身，虹桥横亘在曾经的乌鲁木齐河，岁月辗转，如今的西大桥横亘河滩公路。历史上的平行映照，其魅力和神奇让人深深感叹。如此，每个走过西大桥的人都可以算得上是走过历史的人。

乌鲁木齐河像一位美丽的女子妖娆地走过长长的岁月，然后在某一天停住脚步，以曼妙的身姿定格于时空。它成为了一条全长 22.38 公里的河滩路，把路两面的景色和它身后城市动的、静的部分一起带进流转中的四季。或许，河滩路也可以称呼为母亲路吧，如同一张网撒在乌鲁木齐土地上的，所有大的、小的路无不是与河滩路直接或者间接勾连，驾车行驶在河滩路上没开几段路就能看到一个出口，大大的绿色指示牌提示卡子弯方向，河北路方向，苏州街方向……由河滩路繁殖出很多子孙路，这些以辅道形式延伸进城市的路经过城市的角落再继续繁殖更多小路，每一个路通向每一个人家。如果说河滩路是乌鲁木齐的大动脉，那么城市其他大的小的路，或者叫作街道、巷子吧，都是乌鲁木齐的静脉。行人、车辆不是从河滩流出，就是泻入其中成为大流动中的一部分。相互扭结，彼此挤压的大街小巷无不直接或者间接地以河滩路为依托。如此，河滩路是乌鲁木齐城市交通网格的依托，亦是住在这座城市人生活的依托。

毕业后我在乌鲁木齐就职、恋爱、结婚，成为母亲……完成这些事情就过去十年，一个女性十年的蜕变发生在乌鲁木齐，漫长的十年，我也作为四百多万常住人口中的一员，还有河滩路上庞大车流的一个流，见证了乌鲁木齐十年的飞速发展。为何说飞速，因为路变化得太快，开车转入辅道驶出河滩路，很可能昨天走过的路今天就完全变样，东西走向变了，昨天还是双向行驶的路变成单行道……无时无刻的变化考验着人的应变能力。人用智慧升级城市的内涵，也在升级中考验自己的智慧。

河滩路驾车兴许还能悟出一个道理，人生没有回头路，一旦走错方向只能硬着头皮往前开，直到遇见可以拯救你的辅道出口。进入辅道再经历一番旧路和新路的跌宕，辗转大街小巷才能大费周折走回原来的方向，找到原来的路。城市道路变化之快，加上我是新手司机，开车的头几年我经常在河滩路上迷失方向，奇怪只有东西两个方向有什么好迷失的，谜底就是选错下河滩的路口。印象最深的一次迷路，估计这辈子都很难忘却。那是乌鲁木齐最热的夏季的一个清晨，我从新市区出发按惯例要往米东区方向开，失误带来的出其不意往往无法预估，喀什路下河滩时，巨大的车流带来的慌乱使我选错汇入河滩的道，开往另一个方向。正直早高峰，没有一个司机愿意给另一个司机留一丝缝隙，一丝缝隙就可能是决定你上班是否会迟到的，非常关键的五分钟。为了不剥夺他人关键的五分钟，我只好牺牲自己的好几个五分钟，将错就错往前开。

那样驾车是南辕北辙，我竟一路开到了天山区三屯碑方向，平日很少去天山区，尤其是大湾，除非遇到婚礼或者朋友聚餐，按照导航提示找到准确的定位，我对天山区的路基本不熟悉，但那次的迷失让我意外遇见河滩路上时刻上演的魔法，我驾车在辅道上一路出错，只能一路往前开，终于开到大路标提示三屯碑方向的出口。姑且不提对自己无话可说的那一部分，就在车的前方，从前放着道路施工提示牌的地方全部打通，视野一片空旷。好像远远的连接着天际，方才河滩路上热闹的拥堵渐渐地留在了身后，眼前的河滩路上畅通无比，没有什么车，由它架起的新的高架路明亮宽敞，好像从这里开始正在走向新的领域，新的领域意味着发展和探索。我突然地放松，打了一个右转向灯依依不舍地驶离河滩。

三

乌鲁木齐的变化体现在它不断变化和增加中的道路上，也体现在不断出现的建筑上，这几年，各种风格迥异、设计时尚大气的建筑被城市魔法师灵巧的手指轻点一下立马在空旷的土地上降临，它们的降临带来了一番热闹。建筑是一种语言，特别是那些经历岁月的古老建筑，它们是固定在大地上的语言。人们通过一个城市的建筑阅读这个城市的语言。

我住的地方紧挨经开区，平日购物图方便，我通常驾车直奔经开区的大商场，每去一趟都会感慨城市的变化，这变化就发生在距离自己没多远的地方，广场项目、主题街区、精品公寓……这片区域的发展以迅雷不及掩耳之势冲进人的视野，冲破人的认知。我和家人的另一种娱乐消遣得益于这两年乌鲁木齐文化活动的大规模兴起，于是常去水磨沟区汇集城市文化力量的展览馆、博物馆、规划馆、音乐厅、大剧院、文化馆，六馆围绕中心文化塔，也就是六馆一心，体验一场精神旅行。以上所说的皆是城市独具一格的现代风格建筑，另外还有大巴扎，二道桥附近保留复古怀旧风格的建筑，这里的体验又不同了，浓浓的民族风，空气都是羊肉串味，还有一听就让骨头痒痒，不来一段似乎对不起自己的音乐……复古的，抑或是现代的建筑通过腾空而起的一笔一画的线条努力勾勒乌鲁木齐的轮廓，乌鲁木齐的身高被一再拉高。

起伏中的城市轮廓在河滩路有了一个向下的弧度，像一次迂回，一次缓冲。河滩路把乌鲁木齐划分为东西走向，又把东西方向的部分紧紧连在一起构成完整的乌鲁木齐。驾车行驶在河滩路上如果遇见拥堵的车流，大可想象自己在一条河上，这条河就是乌鲁木齐河，而你和你驾的车成为一体是乌鲁木齐河里的一条鱼。如此，在你前方、后方、侧方行驶的，给你压力的车辆都变成了一条条灵活的鱼，所有的鱼都在乌鲁木齐河的流动中慢慢地游，向着既定的方向。那么，堵车的焦躁大概率是不存在了。

想想每天开车经过的河滩路，多年前就是乌鲁木齐河啊。那条河孕育了生命，是生产、生活和生命的源泉。河滩路接过乌鲁木齐河的使命，只不过换了另一种方式表达，每一年，每一天，每一时刻，数不尽的车辆从它身上经过，留下数不清的车辙，那是时间的印记，亦是历史的印记。河滩路把驾车的人送往目的地，完成一次庄重的使命，驾车的人到了目的地下车，继续进行那一年，那一天的可能性。一个人驾车经过河滩路远行，实现远方梦想，或者驾车经过河滩路回家，拥抱故土的红色土壤，吃一碗母亲的拌面，个体生命的流转在河滩路架构的线条上源源不断发生。没有人不热爱着河滩路，也没有人的生活能完全脱离河滩路，它从遥远的岁月中坚定地走来，也会坚定地走向更遥远的未来。

河滩路犹如一面镜子折射着乌鲁木齐的昨天、今天和明天。登上红山塔，或是坐上红山公园的摩天轮望河滩路，它犹如一条绵延的丝带，迎着时代的风飘动在城市的腰间。据老一辈乌鲁木齐人回忆，河滩路刚刚建成时，路边只零星地种有杨树。后来河滩路两边的绿化工作大规模兴起，园林工人在路两边大量栽植榆树，接着花卉也加入绿树成荫之景。不久，景观打造工作陆续开始，长桥饮马雕塑旁增设了彩色组合喷泉，新医路立交桥、河南路立交桥、燕南立交桥摆放了风车、绢花、五色草等等景观，使得单调的开车路变得丰富，河滩路有了更为清晰的四季变化。

这两年，河滩路两边的景观造型不断变化，所以说，河滩路上无时无刻不在施展超级魔法。这条乌鲁木齐的标志性道路如同一条穿越时空的彩带，神奇而瑰丽，神秘而神往，它的一端连接了乌鲁木齐发展史，另一端强烈呼唤乌鲁木齐的未来。"一带一路"为新疆带来了机遇,河滩路也被赋予新的使命,它是城市交通路网的中轴线,也是一条供人寻梦的路。

城市的心跳

一

似乎每座城市都有一个很有年代感的桥，或者名字响当当的路。比如位于山东省青岛市的世界第一大桥"青岛海湾大桥"，我在读大学时，跟在北京念书的三个发小相约青岛，五天青岛之行的出游清单中的一项就是能看看青岛海湾大桥，不过我们只是远远观望，用傻瓜相机拍几张照片。上海也有座跨海的大桥，位于上海崇明区境内的上海长江大桥位于长江入海口之上。读书期间，作为一次对上海的探索，我和同学约着去看过这座有名的跨海大桥，真是气派壮观，只一眼仿佛就能把我吞没，那时的我们太渺小，大部分生活经历只在校园里获得，可以概括为简单阅历的渺小，如此壮观的桥让我望而生畏，即将毕业，对尚在时间雾霾中的未来充满期待亦感到彷徨，还无法将如此庞大的桥完整地装进心里。我也无法预料未来会在乌鲁木齐工作和成家，把一生定在离故乡还有六百公里的地方，一座横亘于乌鲁木齐河的西大桥会被我完全地装进心里，充盈我的一生。

毕业后我参加了一场考试，录取后留在乌鲁木齐成为长辈定义里的有稳定工作的人。城市生活一天天在新市区和米东区拉开帷幕。两个区是我安家和工作的地方，也是我熟悉乌鲁木齐的地方。春天一个下过雨的早晨我和妹妹计划完成对乌鲁木齐的首次探索，目的地是红山和红山塔，乘公交去红山公园的路上我第一次见到西大桥。桥是一个城市的文化意象，我总是对城市的桥好奇，比如，故乡伊犁有伊犁河大桥、巩乃斯大桥，它们承载了我童年和青春的记忆。

伊犁河大桥下是奔流的伊犁河，伊犁河也称作伊河，巩乃斯大桥下是流动的巩乃斯河，巩乃斯河是新源人的母亲河。庆幸公交车遇到十字路口的红灯，满足我对西大桥的好奇心。我睁大眼睛努力观察，生怕遗漏一丝细节，桥的两侧有很多造型各异的小狮子石雕，每只小狮子以不同的古朴神韵似乎在努力表达西大桥过去的故事。一侧正南方向立足耸立两个相互呼应的虎头狮纹兽，虎头狮纹兽由石兽和底座两部分组成，外观看着挺威严，它们一动不动地与红山塔遥相呼应。另一侧空地也有四组动物形象雕像，分别是大象、鹿、鸟和熊猫，据说象征生命、绿意、希望，这个当然是我立马手机百度搜索的讯息。行人在桥上拍照，也有的站在桥上静静地朝红山观望，时间在桥上似乎走得慢了一些。后来，我也成了在西大桥上望红山的人。在乌鲁木齐生活了十年，十年间，走路、坐公交或者驾车经过西大桥无数次，走路经过时，我会停住脚步拿出匆匆时间中的一小部分站在西大桥上望红山，这个位置是看红山整个轮廓的最佳位置，悬崖峭壁在阳光的照耀下闪着奇异的光，依傍山脚的夏橡树、海棠树、五角枫……

若去红山公园游览还能看见桃花，绿色、紫色、粉色等等颜色的花簇拥着，像红山的花环底座。站在西大桥上，目光沿着红山的悬崖峭壁持续往上走，一座高高的塔立在顶端就是有名的红山塔。红山塔始建于清朝，历经两百多年，是乌鲁木齐的一个象征。我和妹妹对乌鲁木齐的首次探索地点选在红山公园，是妹妹建议的，她在新疆医科大学念书，我毕业来乌鲁木齐就职之前，她已经和同学光顾红山公园多次，在熟悉乌鲁木齐方面，妹妹算是我的前辈。我和妹妹一身轻便的运动装进了公园，经过坡度明显的水泥路一直向上爬，登上红山脚，突然又多出很多力气，大概是小时候在草原上爬了太多的山，身体不自觉地积累了很多攀爬经验。我们索性继续爬，终于站在了红山塔上，凉风拂面而来，我和妹妹倚靠在石柱上静静地欣赏春天里的乌鲁木齐，万物处在复苏的状态，生机勃勃，给人平添一股力量。

那时我们住在西大桥以北新市区的一个新建小区，我的活动范围也还在新市区慢慢展开，带着对乌鲁木齐偌大的好奇小心翼翼地探索城市的角角落落。红山塔骄傲地展示几乎整个乌鲁木齐，我和妹妹的脸涨得通红，那抹红后来又出现了一次，是在我出嫁那天，双颊上的红色腮红把原本就羞涩的脸蛋晕染得更红。我和妹妹看到彼此的红脸蛋忍不住笑出声，接着狂笑不止。儿时，我俩常常比赛看谁爬到山的最高处，我们所言的最高处就是姨奶奶家毡房后面的那个坡，为了赢过对方，我俩总是争得脸蛋发红发热。那日的爬红山牵引出了过去的岁月，而我们站在红山塔上，整个乌鲁木齐尽收眼底，忍不住又畅想未来，于是所有的激动全部写在脸上了。我们在红山公园待了整一天，大早伴着清脆的鸟鸣进公园，直到晚霞把红山染得更神秘，红山塔的轮廓渐渐融入庞大的红，多了几分柔情和浪漫。和煦的春风自由自在地围绕红山和红山塔来来回回地吹，我和妹妹才依依不舍地回家。

红山塔原来是青灰色楼阁式的实心砖塔，共有九层，六角平面，整个塔高超过了十米。它的造型非常美观，站在任何一个角度拍都是不错的大片。当然，红山塔的美观也由它的坚固支撑，塔建造得相当坚固，足以经历岁月洗礼和人的仰慕的坚固。相当漫长的岁月经了塞外风雪无数次侵袭还有时不时地震的摇晃,红山塔依然保持完好无损,巍然屹立于红山之上,于是"塔映斜阳"成了乌鲁木齐历史上留存的一个著名景色,清代诗人宋伯鲁有诗赞红山塔:"流水马声双槛外,夕阳塔影两山尖。"据说关于红山塔有个神奇传说,博格达山上的天池里跑出一条赤色巨龙,王母娘娘追上后拦腰斩断,被砍断的两段巨龙处各形成了一座山,西边的被称为妖魔山,东边的就是红山。站在西大桥上望红山,感觉赭红色的岩石像是由红山塔一路向下爆发式倾泻,下降的过程中随意出现了各式各样的形状,最终它们历经九百多米后与地面相遇,戛然而止。

二

现代社会,桥不仅仅是城市意象,也是一种文化意象。有人说桥是一座城市的前世今生,一种奋发向上的精神风貌,代表着一个符号,一处地标,一种文化,甚至一种珍贵的生活记忆。于我,伊犁河大桥、巩乃斯大桥以及西大桥都关联着珍贵的记忆,这些记忆串联起来就是我至今进行中的全部生活。我常好奇一个问题,会不会有人选择乌鲁木齐定居,停止远行的脚步是因为西大桥,或许我可以算作一个。

说起乌鲁木齐生活的乐趣,站在西大桥看风景是一人节目。历经多次修正的西大桥是乌鲁木齐十大景色之一,是贯穿乌鲁木齐东西方向的重要交通枢纽,有近三百年的历史,它横跨乌鲁木齐河,一端连接天山路,一端连接南湖北路,极大改善了市区交通状况。早在1763年,清政府建乌鲁木齐河上的第一座桥,名为"虹桥",因位于城西边就有了"西大桥"这个被一直沿用的名字。之后的近五十年间西大桥经历了几次冲毁和重建,1959年政府决定将其修建成钢筋水泥大桥。1996年又经历了一次重修,使用至今。如此看来西大桥是乌鲁木齐发展历史的见证也是几代人的记忆。如今的西大桥完美融入乌鲁木齐的轮廓，每天有无数人走过西大桥，也有数不尽的车辙痕迹，西大桥承受的重量无法估计。

西大桥的下方是著名的河滩路，曾经的乌鲁木齐河。河滩路上两个方向的车辆川流不息，如城市一刻不停跳动中的脉搏。西大桥也是摄影爱好者的聚集地点，认识一位以摄影谋生的职业摄影师。他坦白自己最喜欢去西大桥拍红山和乌鲁木齐的车水马龙，想要抓住灵动城市的一角，西大桥是最佳位置。站在西大桥上，他能感受到强烈的流动，每一分每一秒不停歇地流动是乌鲁木齐发展的例证。我对此有深深的共鸣，当我站在西大桥上，城市起伏中的楼宇以西大桥为中心向着东西两个方向切出一片宽广的天地，站在这里视野被无限延伸直到无尽的远方。无论是西大桥的上方还是西大桥下方，人和车不停地流动，从乌鲁木齐的一个地方出发到另一个地方，个体的流动发生在每时每刻，人出发的地方和抵达的地方，因为人的流动又发生着故事，无数个故事拼凑起来就是乌鲁木齐故事。

站在西大桥望乌鲁木齐的夜景也是相当震撼的体验。有一年乌鲁木齐推出主题灯光秀，场面颇为壮观还上了央视新闻，一束绚丽激光穿透夜空从西大桥上投射至红山公园，书写出深情的"我爱你中国"，一时间乌鲁木齐也成为了网红城市。一连几天西大桥上人潮汹涌，似乎每个乌鲁木齐人都忍不住拖家带口分批次站在西大桥上看被灯光秀点燃的城市夜景。站在桥上远远地望，红山公园犹如一幅流光溢彩的画卷，光影变幻下的美轮美奂，直叫人激动，再心动。现代科技制造的灯光打在走过古老岁月的西大桥上，传统和现代结合的奇异之美展现得淋漓尽致，随着灯光的变化，歌曲回荡夜空，有人跟着唱，有人把孩子背在肩上，孩子高兴地挥动手旗，也有打扮艳丽的姑娘以色彩变幻中的西大桥为背景拍照，留下那一年，那一季，那一时刻的倩影。还有不少摄影师举着各式各样的相机咔嚓咔嚓忙个不停，除了拍灯光秀也捕捉行人的瞬间镜头。

据说那次主题灯光秀以红山塔为核心安装了九千多盏灯，数量的庞大让人惊叹。设计者希望通过无数点的投射打造"春彩、夏绿、秋红、冬白"的山体动态视觉亮化效果。希望的效果显然达到了，距那场灯光秀过去五年，夜里经过西大桥，望着附近几幢大建筑上变幻中的绚丽灯光，我总是想起那年那月震撼乌鲁木齐人的灯光表演。感叹过去的时光，那年是我成为母亲的第二年，带着不满周岁的女儿从新市区跨到沙依巴克区，站在夜晚的西大桥上，同熙熙攘攘的人群一起欢呼，也是我长久以来的第一次热烈呐喊，沉沦于第一次当母亲的手忙脚乱之中，大部分时间似乎习惯了低声自言自语。女儿的眼眸在闪烁的灯光下灵动可爱，她拍着小手，咿咿呀呀地表达欢喜。

西大桥也在表达一种和谐，城市起起伏伏的建筑在西大桥处有一个舒缓，设想一下，乌鲁木齐的轮廓在半空中高高低低婉转，突然有一个向下的转折，经过一段平缓再慢慢上升。高大楼宇间隙蜿蜒的街道上渺小如蚂蚁般的行人一步步走出来，经过熙熙攘攘的十字路口走上西大桥突然变高大，方才模糊的轮廓逐渐清晰，舒展的脸庞绽放出灿烂的笑容。人的视线广阔了，匆匆的脚步变得缓慢有节奏，不知不觉走进一种平静，或者，羞涩的人借助楼宇的阻挡悄悄隐没，突然被曝光在大片亮光下只好慌乱于内心，淡定于外表地走过西大桥，一步步进入乌鲁木齐的另一部分喧闹。

三

每个城市都会有一个非常气派的时代广场，属于乌鲁木齐的时代广场建在西大桥转盘处。夜里经过西大桥，时代广场的几幢大楼披着绚丽的灯光外衣甚是夺人眼球，城市的魅力扑面而来。时代广场负一层经常会展出不同风格的艺术品，有画也有雕塑，在商场购物、吃饭，还欣赏艺术算乌鲁木齐生活中顶新鲜的事。楼前热闹的夜市为时代广场吸引了不少顾客，逛完街出时代广场的正门直接走进夜市填肚子。肚子填饱过马路，走上西大桥就是饭后的散步时光，一系列无缝衔接，我倒是体验过一次。两年前去外地学习回来和友人在时代广场逛街，分享学习收获，我俩在时代广场一家新疆风味餐厅吃饭，出门没忍住在夜市撸了几个串儿，然后携手压马路经过转盘走上西大桥。所以说，走过历史长河的西大桥不仅完美地融入城市，还引发了诸多热闹，经过的人一生里的热闹。

  西大桥所处的地理位置可以说是乌鲁木齐的中之中，以西大桥转盘辐射向城市各处的车辆川流不息。不仅交通四通八达，西大桥周边的商业氛围也极其浓厚，城市人熟知的新世纪购物广场、金谷大厦、友好百盛、红山公园、北门及大、小西门商业圈，购物、电影、美食、观光……凡一个人对大城市的需求，西大桥几乎全部照应。如果坐上热气球或直升机，抑或别的什么工具飞上高空俯瞰乌鲁木齐，乌鲁木齐定会展示其繁复的细节，千姿百态的面貌。众多变幻中的细节和面貌，包括生活在城市的不同区，有不同相貌，不同工作，不同性别的人，他们依附在某个变幻中的面貌的某个点，也是一处细节，一举一动联系着乌鲁木齐。当然，以上所有都归于一种和谐，西大桥用其平缓的身姿填充进乌鲁木齐起伏的轮廓线，在热闹的城市中心舒展，以微妙的和谐融进庞大的和谐。

  行走的人、开车的人从一部分热闹与繁华中离开，经过西大桥进入乌鲁木齐的另一部分热闹。行人和车辆被另一群楼宇的影子覆盖再变小，但那些大的小的活动都是有声音的，车辆一阵阵快速压马路的声音，间或有不耐烦司机的鸣笛，商场的音乐和广告，路边摊接地气的叫卖，人的说话，风的低语……所有的声音混合起来构成庞大的声音，各处的声音从四面八方汇聚一步步向城市的高空攀岩。

声音把乌鲁木齐拉高，乌鲁木齐跟着声音一同上升。声音从清晨开始启动，或许是第一班公交的第一次隆隆发动，又或是某间产房内出生婴儿一声嘹亮的哭啼，也或许是街边早餐店的第一次拉门声。渐渐地其他声音跟着苏醒，城市的声音越来越炽烈，相互交融，混合一起，不分彼此，成为不间断的合奏。它们升腾，在西大桥上空、乌鲁木齐上空飘浮、波动、跳跃，不管这片声音的海洋多么杂乱无章，如果仔细地听，能抓住声音的所有细节。你根本不会觉得这声音吵闹，甚至会强烈地需要它，如同需要心跳般。这声音是乌鲁木齐的心跳，这强大的被人强烈需要的声音，乌鲁木齐的心跳站在西大桥上听，听得最清楚，也最完整。那样的时刻，你会想要同走过漫长岁月的西大桥一样，把自己镶嵌进去，成为乌鲁木齐的一部分。

碾子沟不是一个沟

一

碾子沟它不是一个水沟、山沟，或是其他什么沟，它是乌鲁木齐老客运站的名字，客运站位于黑龙江路。黑龙江路因为碾子沟客运站，算是那几年来往行人比较多的一条路。当然，碾子沟也不单是车站的名字，换到北京它就是一个山沟的名字，移到山西它就可能是一个村的名字。碾子沟客运站是被乌鲁木齐人叫出来的，因为客运站扎根的地方是乌鲁木齐的碾子沟，如此来看，碾子沟客运站也跟山沟相连。1950年，当时的迪化客运站在南门附近建成并运营，是碾子沟客运站的前身。后来碾子沟客运站搬迁至黑龙江路，一直到2018年再次经历搬迁，移动至乌鲁木齐高铁站对面，接替它所有业务的乌鲁木齐汽车站在时代的发展进程中诞生。于是乎，碾子沟客运站成为一代人的回忆，庞大回忆的背后是新疆公路的巨变。

起初碾子沟客运站承担全疆以及部分国内城市旅客运输的使命。20世纪90年代，军供客运站、南疆客运站、北郊客运站陆续建成，线路根据实际情况优化，碾子沟客运站的线路相较从前有所减少，但依旧发挥着举足轻重的作用。渐渐地，私家车普及，高铁发展，碾子沟客运站的客运量开始下滑，但它并未淡出人们的视野，还是有很多人拉着箱子，背着行囊在碾子沟车站进进出出。有一些人提前几天打包行李，买好票子，从遥远的某个地方坐大巴车，经几天几夜抵达乌鲁木齐，下了车，碾子沟客运站便是他们熟悉乌鲁木齐的入口。办完事回家，拿着更多行李走进碾子沟客运站，把自己和行李一同装进大巴车，再经几天几夜回家。碾子沟客运站是漂泊之人与故土之间的联系点，一个转折或者中间带，从遥远处来乌鲁木齐或者去更远地方的人，在碾子沟缓冲离别的伤感，擦去一把眼泪，扔掉一丝劳累，带上一份勇敢下车。归家的人坐在客运站的某辆大巴上，细数这几天完成的事，购买的东西，演习自己回家应该说什么、做什么，才能让家人看出自己去大城市的变化，反复酝酿新体验带来的新感受。

悠悠岁月，碾子沟客运站与一代代人的生命紧密相连。

求学岁月，碾子沟客运站于我而言也意味着一个重要的缓冲地带。十五岁第一次坐上比自己大几十倍的豪华大巴车，从新源县客运站出发，经一天一夜到达传说中的碾子沟客运站。为何言传说，因为碾子沟客运站这六个字对我和妹妹并不陌生，父亲进修那几年每次节日回家，出发前给家里打电话，第一句就是："我到碾子沟客运站，坐上车了，很快回家！"八九岁的概念里，碾子沟客运站与父亲的回家紧密相连，所以我和妹妹喜欢上了这个与我们相隔六百公里的碾子沟客运站。后来换我远行，第一次跨越六百公里到了乌鲁木齐的碾子沟客运站，我是悲伤的，离别的悲伤，与我同龄的孩子在家里吃母亲暖胃的饭菜，而我却只身一人带着翻腾的胃朝陌生的城市远行，孤独和恐惧吞噬了我。

大巴车在黑龙江路上完成弧度非常之大，时间非常之长的转弯，卷起一阵风浩浩荡荡地进入碾子沟客运站。那是一个天光刚刚发亮的清晨，我居住的小县城里的人可能还在睡梦中，或者主妇们刚刚起身前往灶台。碾子沟客运站人潮涌动，与人同样数量的还有大的小的、黑灰色的行李。那是我第一次在清晨六点见到如此多的人，虽然都是陌生人，但我们都是客运站庞大身躯中流动的人。父亲电话里的碾子沟客运站原来有如此多的人和如此多的行李，男男女女，老老少少，好像全世界的人都在碾子沟客运站赶车，怪不得父亲在电话里总是大声地喊，一字一句从电话那端狠狠地砸过来。

汽车的鸣笛，行人的叫嚷，广播站的喇叭……铺天盖地的声音很容易把一个人淹没。少年的我对这样一个超出我生活所见所闻范围的场景大为惊叹，惊叹盖过感伤，不久又变成迷茫，是我对碾子沟的最初印象。2004年8月，十五岁的我第一次见到碾子沟客运站，把酝酿了六百公里的离别引发的伤感，在这里卸下一部分。

二

碾子沟客运站周围不光是赶车的人、远行的人，还有做生意的人，它的旁边就是一个挺大的商场，对面是卖民族服装和工艺品、水晶碗碟的商场，商场的外形比较复古，说白了就是有些旧，所以里面卖的东西也充满浓重的怀旧色彩。上世纪七八十年代到九十年代，商场里卖的服饰鞋帽等依然代表时尚的前言，直到乌鲁木齐出现更多庞大的、装得下服装店、电影院、中西式餐厅的商场，碾子沟客运站附近的商场便渐渐退居二线。然而，它们虽然退出年轻人的视线，但还活跃在中老年人的视线里，特别是以乌鲁木齐为中心向着全疆各处辐射的，从上世纪七八十年代，或者九十年代一路走来的，无数次背着大包小包的行囊在碾子沟客运站上车、下车的人的视线。与碾子沟客运站共享黑龙江路的商场也包蕴着他们少年的、青年的赶车和购物记忆。

碾子沟客运站搬离后，部分商场还是保留在原地，留在黑龙江路，替一代人保存过去的记忆。快速发展中的乌鲁木齐，若一个怀旧的人急需一个记忆中的东西填补空洞的日子，譬如，铁桶、铜制水壶、茯砖茶、娃娃脸蛋糕、五仁月饼……立马驱车赶到黑龙江路上的商场，一面怀旧，一面惊喜，啊，竟然还能买到这个东西。女儿出生时公公驾车前往碾子沟，在卖民族工艺和服饰的商场挑了一件纯手工制作的摇篮，价格超过千元。公公满心期待地从米东区出发前往黑龙江路，在那座只有三层楼的商场认真筛选，最终选到满意的摇篮，心满意足地带回家。他说钱花得值当，一是为了自己的头孙，再则是为了摇篮制作者精湛的技艺。一回我陪母亲去碾子沟买的确良裙子，60年代出生的母亲对的确良系列的衣服存有执念。泛黄的建筑墙面卷着浓重的怀旧色彩扑面而来，像是时代变迁路上，被城市设计者的魔法忽略的一角，安静且有力量。那是碾子沟客运站搬迁后的第二年，母亲当真在三层楼的旧商场挑中一件深红色的确良裙子，裙摆处有细微的折叠，卖家介绍说是她自己缝制的，说话间隙习惯性地望了一眼角落的缝纫机，缝纫机回应着骄傲的光。母亲非常满意，她说，你带我去过的那些大商场没有一个能找到这样鲜活的的确良裙子嘞。出商场的门，我和母亲都不自觉地朝对面空洞洞的碾子沟客运站旧址发了一阵忽略时间的呆，那里的空荡在我和母亲眼里是一段充实的记忆。

碾子沟客运站也关联着路边餐馆，出了客运站的大门沿街走，一个餐馆挨着另一个，有些在地面上，有些在地下，包子、奶茶的香，烤肉、烤馕的酥香，"来来来，热乎乎的包子吃一个，热乎乎的奶茶喝一个嘛，师傅？"经过一个店，迎来一个邀请。你可能今生今世都遇不到在碾子沟客运站附近的餐馆走路时遇见的热情。一时间慌了神，与迎面来的众多热切的眼神相撞再躲闪，掩盖心里涌动的慌张，肚子咕噜咕噜的叫声，暂时忘却作为外地人在乌鲁木齐还没有一个容身之所的现实，拿出一份被急切需要的傲慢，随缘走进一家主打包子、小菜、奶茶的馆子，点一份足以填饱肚子和傲慢的包子和奶茶，津津有味地吃。翻腾的胃得以平静，疲沓的身子得以舒展，哐当响了一路的箱子安静在一旁。索性再续一碗奶茶，再多吃一个包子，尽可能地延长那份傲慢。

常回忆起碾子沟街边的餐馆，它们不仅模样相似，甚至起的名字也很随意，叫某某的早餐店、拌面店，或者干脆叫早餐店、拌面餐馆。深灰色的水泥地面满是清晰的油渍，门口的蒸笼上永远冒着热气。一个满头大汗的厨子对着巨大的铁锅不停翻炒，那股力量能让嚣张的火焰黯然失色。我在那些其貌不扬的餐馆吃过包子，喝过奶茶，也吃过攒劲的家常拌面、羊腿抓饭。第一年远行回来，舅舅在火车南站接我，距离下午乌鲁木齐至伊宁的大巴车的发车时间不到五小时，舅舅提议直接去碾子沟客运站，说附近有很多餐馆，可以边吃边等车。舅舅在教育学院进修，对乌鲁木齐相当熟悉。听我说吃拌面，立马推荐了他常吃的一家拌面馆。不大的店面充斥着浓浓的饭菜香，食客三三两两聚集在面前的玻璃桌子上埋头吞面。离家的第一年，我一面吃着南方湿润土壤孕育的米饭，一面疯狂怀念拌面。

广州坐火车回来中途在兰州转车，七个多小时的等车间隙，和同学结伴去吃面，走进火车站附近的一家牛肉面馆，惊喜地发现墙面上贴的食谱上赫然地写着西红柿炒鸡蛋拌面，我和同学一人点了一份，没一会儿，头顶白帽子的青年将两碗所谓的拌面端到我俩面前。惊讶于非常之快的出菜速度，但细看面似乎就是牛肉面的面，抱着疑问卷了一筷子盘中的面放进嘴里果然是牛肉面的面，失望之余才恍然大悟，怪不得拌面做得如此快，面根本就是大锅里沸腾的牛肉面的面嘛。吃一碗面粗粗的拌面的执念继续延续二十四小时，终于在碾子沟客运站附近的这家，据舅舅说非常攒劲的拌面店实现。耳畔不断传来此起彼伏的吸溜声，口水一阵阵涌上嘴巴，饥饿带来厌烦，舅舅看出我的厌烦，解释说，偌大的乌鲁木齐，能到碾子沟客运站吃拌面的人，都是赶路的人，对他们而言，时间就是金钱，吃饭速度快已成习惯。此时，我点的家常拌面，舅舅点的过油肉拌面端了上来，速度也很快嘛。老板问要不要加面，舅舅当即说："两个加面给一哈！"我也不自觉地快速吸面，粗细不均的面带着浓浓的菜汤汁浸入嘴巴，漫游了一年的味蕾终于平安着陆。吃完盘里的面，我竟还吃下了那碟加面，一年的胃口面对这碗拌面时大开。那以后，我再没有吃过如此多分量的拌面，碾子沟客运站附近的一家小拌面馆容纳了我此生最大的胃口。

三

2018 年碾子沟客运站搬迁，我没有再坐大巴车，或者往前追述，自打远行暂时告一段落，我在离故土还有六百公里的乌鲁木齐定居，当六小时就能实现乌鲁木齐和伊犁两地间搬运的火车出现，当我也拥有了一辆车成为一个熟练的司机后，我再也没有坐大巴车，碾子沟客运站渐渐淡出我的视野。去年从外地出差回来正巧碰上五一假期，我顿时萌生去伊犁看父母的想法。想法美丽，现实骨感，机票太贵，火车票卖光，突然想起大巴车，拿出手机，点开微信搜索客运站的小程序，还真有，尝试按照操作程序买汽车票，还真买上一张乌鲁木齐至伊宁的豪华大巴车的下铺。我一时兴起的归家梦，最后还是被碾子沟客运站的兄弟乌鲁木齐汽车站拯救。

第二天下午拿着轻便的手提行李去汽车站坐车，被眼前高大上的新汽车站震惊了。碾子沟客运站在此地完成了华丽转身，建筑错落有致，窗明几净，夕阳的余晖洒在层层叠叠的玻璃上，闪着晕人的光。我沉醉了，脑海中浮出之前看过的新闻报道，位于乌鲁木齐高铁片区的乌鲁木齐新客站建筑面积约十万平方米，站台分地上二层和地下一层，车站候车大厅有三十个检票通道……这些数据活生生地出现在眼前，有种新事物插在旧记忆中的错觉。赶忙刷身份证进站，迎面而来的惊喜不间断，汽车站内部设置了商业区，装饰与当下热门的商场内部装饰并驾齐驱，豪华程度堪比地窝堡机场。候车的旅人在候车间隙购买新疆特产，也有外地的游客认真寻找新疆本地美食。从过大厅的安检，到刷身份证进站的体验都能用一个"快字"概括，甚至不像从前那样排长队只为一张实实在在的票子而费神费力。我在靠近进站口的一家牛肉面馆点了份清汤牛肉面，算是对即将经历一整晚翻腾胃的前期安慰。

　　挎上轻便的行李轻轻松松地到达豪华大巴车的跟前。一切视觉和感官的体验除了新还是新，我有些兴奋，也有些陌生。陌生当然缘起过往岁月中的累计的碾子沟车站赶车、坐车的记忆。双层豪华大巴士跟前围了一堆人，主角是司机，他们的穿着打扮比十多年前时髦了，清爽的头发配合晚风舞蹈。求学那几年坐车的记忆里大巴车司机的头发似乎永远欠一顿彻底的清洗。看来客运站的翻新是里里外外，上上下下，人、车、设备等一系列改革式的翻新。还是有些变化，司机主人公们面对被旅客举在眼前的手机屏幕上电子车票的信息，慌张得不知所措，无奈旅客的催促，只能快速点头默许他们上车。从车站走向大巴要经过身份证或者人脸验证，因此不会出现没有票还上车的荒唐事件。但这些诚惶诚恐的司机失去了对着实实在在的票子大声核对，指出旅客位置的威力，看来信息时代，有些人稍稍落后。一时间感觉这些司机是从记忆里的碾子沟客运站穿越而来，顿时又感到亲切。

上车后，食物余味和人的气味混合，呼唤出记忆里熟悉的味道，在六十厘米的床铺上伸直腿，望着干净得像是不存在的玻璃窗发呆。少年和青年的我无数次在碾子沟客运站上车、下车，从最初的惶恐和谨慎到后来的自信和坦然，远行路上，少年在碾子沟客运站反复练习独立和成长。在这里与亲人、朋友告别，同故土相似的空气和环境道别，踏上遥远的路。从碾子沟客运站卸下伤感离开，回来时带着热情，带着怀念。碾子沟客运站承载了我远行路上的无数故事。如今，碾子沟客运站在驻扎了近七十年的土地上消失，成为一代人的记忆，成为另一个永恒。它没有成为过去，它和乌鲁木齐汽车站是前世和今生。碾子沟的使命由新客运站继续完成，每一天，每一刻，也有一批人在新客运站上车、下车，向乌鲁木齐的深处流动，新的记忆和永恒即将诞生。

一棵树

一

每天早晨上班路上我都会遇见一棵树，其实上班路上，我不止会遇见一棵树，驾车经过河滩汇入城市主路，路两边都是树。但我只记住了这棵树，因为它的位置过于独特，在西环北路中央分隔带上。那样的地方历来就是一座城市单调乏味，视线里几乎忽略不计的地方，你只能开车规规矩矩地与隔离带平行地开，或者站在某个人行天桥上，看别的车规规矩矩地沿着隔离带往上或者往下行驶。就在那样一个一马平川的路面上，突兀地站立着一棵树。每时每刻，车辆从它的左右两侧，朝着相反的方向驶过。"唰唰"地带过一阵风，丝毫不会对那棵树造成波澜，它的枝干和叶子纹丝不动。早晚高峰两边的车最多，这时没有"唰唰"的风声，只有人的急躁，从一个个车窗冲出在空气中升腾，那棵树依然不动。

距离那棵树不远处有一座人行天桥，乌鲁木齐的人行天桥是统一的绿色，可能是为了与城市的植被呼应吧。我估摸这座天桥是比较晚拥有绿色顶棚的桥，总之被遗忘了一段时间，它被遗忘的那段时间，也是那一块比较荒凉的几年，我家最初买房就选在了附近，十余年前，我们在一片荒凉中落脚。冬天,桥身被积雪覆盖,偶有阳光照上去,雪融化了大部分,桥上湿漉漉的。寒气推动融化了的雪变成冰,那座天桥变得非常的滑,于是过天桥就像经历一场历练,全神贯注把所有的力量都集中在脚上,恨不得蹲下去爬行。挣扎中不小心瞥见那棵树,它不那么丰满的身子顶着厚厚的积雪,一动不动地站立。

后来那座天桥从城市建造者的遗忘中走出来,先有了顶棚,又过了一段时间有了整体的包层,天桥一下子变得丰满高大。天桥成了避风港,于是有人搬来摊位做起小生意。偶然经过买一件小东西的工夫,就可以理直气壮地望那棵树,它就是一棵普通的树,不算高大,因此完全不影响两侧车辆的通行。树干笔直,不算粗但看着很有力量。眼睛往周围扫一下,发现从前的荒凉早都不存在了,起伏中的高楼,是城市往前走的印证。那棵树呢,它知道周围的变化吗?

刚搬到乌鲁木齐的几年,我家那块总没来由地刮几场大风,当然,那场风是整个乌鲁木齐的风。风把尘土扬在天上,头顶的太阳依然热烈,那样的天气,不管是公路还是土路都锃亮锃亮的,所有东西被吹得干干净净的。辅道沿边才种下的年轻小白杨经不住狂风,纷纷变了形,看上去有点像头发整体往一个方向梳过去,身子也歪过去的少女,它们撇开头发齐刷刷地露出好奇的脸颊望向那棵树,大风没有影响那棵树,它还是那么笔直地、坚挺地立在原来的位置上,回应路边小白杨的仰慕。这个时候,那棵树也变得干净了。

我猜那是榆树,曾拍照百度搜索过资料,在新疆最多的就是白杨和榆树。上下班跨区,加上单位仅有的车位,我不得不提前半小时出门。发动车开过一个坡道,从小区的车库出门见到一日的光的那刻起,我近一小时的上班路程开始了。从木材厂的红绿灯掉头,上立交桥,经过漫长的转弯下桥,不到五百米的位置,我就能遇到那棵树。我通常走快速道，这样能与那棵树擦肩而过。虽然相遇的时间短暂，但感觉它在等待我，它是我一位沉默的朋友。第一次注意那棵树就是因为它所在的独特位置，最不可能有树的地方有一棵树。那天我经历了一件难过的事情，企图换岗位失败，于是沉沦在往后都将一成不变的难过里，目不转睛地盯着眼前的路沉默地开车，突然，那棵树出现在视野里。惊喜取代了难过，我被转移注意力。城市化进程中道路修整多次，可这座城市的魔法师们没有忍心破坏那棵榆树。它得到宠爱，在绵延的、平展的道路上直立，没有遮挡地迎着四季的风，亲吻太阳，沐浴雨水。

我家在那棵树西北方向，十余年前搬来这片，除了我们住的新建小区和相邻的旧小区，周围全是低矮的平房，或是几栋多层旧住宅楼。我每次回家都会经历大片空旷，常常伴随一种孤独。父母看到我安顿后回到了伊犁，他们还是离不开伊犁的生活，而我执意要留在大城市上海，最后乌鲁木齐成了我和父母妥协的地方。冬天一场场雪把大地掩盖，原本还能掩盖一部分荒凉的植物也被带进白色，大雪用白色霸占了城市，于是只剩下一片寂寥。我是早出晚归的跨区上班族，最初的几年搭乘公交经五站路到铁路局坐单位班车。公交车走辅道，我偶尔会看见那棵榆树，虽然不是完整的样子，但感觉它在那片空旷的路中央自顾自地迎着风，有些潇洒，而每天赶公交又赶班车的我没有办法潇洒。两年后我有了驾照，用攒的钱买了辆小轿车，自己驾车上下班，稍微潇洒了一点，才有机会零距离经过那棵榆树。

春天的暖阳把乌鲁木齐照得暖和了许多，也就几天工夫，人们从严寒的抽打中哆嗦着身子跌跌撞撞地走进春天，立马忘却脸颊和双耳发红的记忆。乌鲁木齐的冬天真的冷，不戴帽子走在街上，没几步路耳朵和鼻尖冻到发红、生疼，于是阳光变得极为珍贵，寒冷常让我想到那棵树，它孤零零的，没有任何遮挡，漫长的冬季，那棵树到底忍受了多少寒冷呢？

　　一株草，一棵树赤裸裸地迎接最热的光，最冷的冷，最狂的风，它们成于自然，构成自然，也迎面自然的一切。我偶尔也会感到庆幸，那棵树站在城市被平铺开的一段广阔中，可尽情沐浴冬天里珍贵的阳光，大胆猜它冬天也不会觉得冷。所以，春天一到，它会准时萌芽，它是城市最先脱去白色棉袄的一株植被。城市绿化带的植被有环卫工人细心照料，用喷灌浇水，树根刷白色的石灰水，杀菌除虫，注射营养液，促进其生根发芽……当留恋土地的最后一层雪终于融化，城市精灵们集体出动，大街小巷全是他们忙碌的身影。此时，隐藏在寒冷中，沉默一个冬天的植被苏醒，激动地等待人间的关爱。那棵被遗忘的，孤傲的榆树过着自给自足的日子。我不知道会不会有环卫工人专门对它进行春天到来时的一系列养护，毕竟我只在上班路上才能短暂地遇到它，但至少给道路降温的洒水车会眷顾到它吧。就算被遗忘又如何，它还是深深地扎根，在变幻中的城市一角向着天空呐喊，活出一片天地。人沉沦琐碎，美其名曰忙碌，忙碌似乎时髦，因此必要。当脱离工作和家庭的桎梏，只身一人曝光于时光的洪流，洪流变成了庞大的孤独，吞没了人。人是单独的个体，孤独与一个人同在。那棵孤独的榆树在城市的熙熙攘攘中沉默。人害怕孤独，当孤独的影子盖过身躯，只好宣泄、呐喊。

二

　　刚入职的几年我常感受孤独，这孤独不同于求学路上感受的孤独，虽然离开了出生的家和父母的体贴，但我依然是父母日日牵挂的，远在远方的孩子。我只需要在父母的孩子和某某年纪的学生两个身份间切换，并且自认为切换的还算不错。虽然第一年远行的适应期过渡得非常吃力，但时间让人适应一切，亦改变一切。我适应了远行，结束漫长的求学回到离故土仍有六百公里的乌鲁木齐，离开集体生活，开始独自生活。半个身子脱离父母，生活阅历逐渐丰富的我，却感受到了另一种孤独。结束一天的工作，经过一片荒凉地，面对空荡荡的房子，似乎大叫一声强烈的回声能把我撞倒，然后冲出房子飞向外面的荒凉。

周围高层建筑少，夜晚能听见剧烈的风声，那是一场孤独的风，城市人的孤独集合起来成了一场庞大的风，那场风顺着孤独的路线找到每个孤单的人，经过单元门站在他的家门口咆哮。我躺在两米宽的大床上，集体生活的床铺太小，我一直梦想有一张大床，于是用第一份薪水购置了一张大床，算是回应自己多年的执念。我躺在大床上静静听风不着调甚至有点诡异的呐喊，越听越容易陷入一种奇怪的感觉，好像有一双无形的手把我拉向一个迷幻的旋涡，越往里陷的过程中那棵树会突然地蹦出来，站在我眼前，每片叶子都那么清晰，每个枝干还是那么挺拔。于是我停止乱想，回到现实，开始为那棵树担忧，这样一场大风会不会折断它？

我带着隐隐的担忧沉沉地睡去。第二天，大地一片寂然，没有一点儿刮风的痕迹，昨天和今天一样，今天和昨天一样。驾车经过那棵树，它完好无损，骄傲地望着天，也望着我，似乎在嘲笑："你真够胆小嘞。"我有点羞愧，默默地加入西外环的庞大车流，继续默默地融进新的日子。孤独没有办法走出夜晚，即使白天也在刮孤独的大风，但它没有了人赋予的想象翅膀就没有令人恐惧的威力。人的注意力转移至生产、生活和生计。我常想那棵树是怎么偏偏出现在那里的，或许它在荒凉的大地上行走多年，最后选择在那个位置休息一下，偏偏那个位置修建了路，坚硬的水泥路，于是它没有办法继续行走，既来之则安之地留在了那里，和那些与自己平行的路灯一样做城市的守望者。一棵树如何选择扎根的地方呢，人因谋生扎根一个地方，久而久之产生感情，像一棵从一个地方移植到另一个地方的树，生存能力强的，把自己的生活与陌生地的生活嫁接，长出与众不同的枝丫，也有一辈子扎根出生地的人，活成一棵老树，迎着故乡的风，走过四季。

十多年前我们一家刚搬来乌鲁木齐，那片暂时荒凉更早以前是无法想象的荒凉，发展的大箩筐还没来得及框住这片土地，与这片土地接壤的外环路是乌鲁木齐的第一条城市环路，2004年通车运营，历时十年终于连成一条线。与路相连的地方的发展总是快的。那棵树就在东西外环线上的某个点见证了那片土地十多年的巨变。

一个周末，我驾车在木材厂立交桥掉头开往天山区的宴会厅参加朋友的婚礼，在非工作日的一天经过那棵树，那棵树似乎也放了假，看着有些慵懒。婚礼结束驾车上了外环后竟走错方向，等到发现自己迷路还是在看到东外环指示牌的刹那。我赶忙给先生拨去电话，我俩当时正处于谈婚论嫁的阶段，他是土生土长的乌鲁木齐人，驾龄也长，开车一般遇到陌生路段，我会向他请教。电话这头的我心急如焚，一眼望不到尽头的外环路似乎连接天际，不知道我究竟会开到哪里。电话那头的先生平静如水，他安慰我鼓起勇气一直开，最终会转回来。我半信半疑，但也只能硬着头皮往前开。夜晚的迷路不同于白天的迷路，有种被世界遗忘的感觉。行驶在宽敞又明亮的外环路上，城市的人间烟火全在下方，已接近零点，夜晚的热闹，绚丽的灯光努力维持城市的浪漫。终于如先生所说，我驾车转回到熟悉的西外环。熟悉的感觉带回丢失的自信，我提高车速想快些回家，烧一碗热奶茶喝。不远处，我又看见了那棵树，它披着柔软的黄色外衣，那是它的伙伴，城市的路灯送给它的。那棵树与白天的模样大有不同，有些迷离，梦幻。它温柔地对我说："你终于还是找到了回家的路。"

或许，应该感谢城市建造者的慷慨，那其中包含对自然的敬畏，一定是这样，人的生命与一棵树、一株草、一朵花相连，进而与自然相连。母亲常说，花草的欣欣向荣反映人的生活，我学母亲，在那间似乎能听见自己回声的房子里养了很多盆栽，浇水、换土、修剪，植物精灵在我的呵护下成了呆板的四面墙壁里生机勃勃的风景。它们常常令我心动，尤其是春天刚刚萌芽的时候，我即将面对的新一年的生活，就从那棵萌芽的绿处开始了，然后在它们开出花朵的夏天里最灿烂。我和那群植物精灵共同经历一个个四季，好像房子没有了回声，我也听不见夜晚的风声了。

喜爱一棵树、一朵花受了父母的影响，童年住的院子里大片的果林是年幼的我认识自然的第一步，跟着父亲浇水，陪母亲摘杏子。对自然的敬畏就那样潜移默化地、不那么刻意地启蒙了。果林在父亲和母亲的呵护下郁郁葱葱，秋天硕果累累。父亲不允许我和妹妹随意折断树枝，他给的答案简单，但足够年幼的我们明白并遵从他的意思。父亲说，折断一棵树，它会疼，会哭。后来我们搬家住进城市的一处，父母毅然选择了带花园的一楼，为的就是能种一棵树。城市楼栋带的花园能有多少空间呢，一部分留给菜地，一部分留给玫瑰花，父亲执着地给一棵树留了空间，那是一棵西梅树，以前的果林也种了四棵西梅树，是野生西梅，果子又大又甜，我和妹妹能不停地吃到牙齿发酸才罢休。现在超市卖的西梅真贵，东西一旦被赋予时尚或者健身的意义就被抬高价格。父亲对四棵珍贵的西梅树有大的情怀，腾出一处空地种一棵西梅树，是小区里唯一种树的一户。花园是敞开的，树总得见光，于是每年西梅树结果子，就有人走过路过摘两颗，甚至进行夜晚行动，拿着篮子摘一篮，还不惜摘取依然发绿的西梅，这点有些过分了。父亲从不动气，他说这是一棵树给众人的福利。

三

  无论周遭怎样地变迁，那棵榆树毅然决然屹立在城市的繁华地段。设想一下，如果乌鲁木齐十余年的变迁是一部电影，与日俱增的高大建筑，越来越多的车辆和行人，逐渐丰富的绿化带……变化的画面中，唯有那棵树没有变，它用不变应万变，坚定地走过四季，经历时间的风和沙。它在守护一场永恒，这座城市的永恒，和生活在这片土地上一代代人的永恒。

  那棵榆树周围一直在增加热闹，东南方向新建的商场率先引发一场热闹，住在那片的人周末和节假日的购物、吃饭、电影等等消遣，人和车不停地流动增加了空气的温度。辐射到一定范围内的人也拖家带口地参与热闹，温度持续升高。接着高铁站建立，附近的商业圈兴起，更多的热闹经一定时间的酝酿选择一个时机产生。住在那片的人驾车去火车站、机场远行，或者远行结束回家也会经过那棵树。那棵树在如此重要的地方观望城市的发展，参与一个人一生的重要时刻。肯定也有很多人注意到它吧，像在意一位朋友一样在意它。我是在意它的人中的一个，清晨上班路上看一眼，默默在心里打个招呼已成为习惯。人如同一棵树，想要生存，就需要根基，越是向往高处的阳光，根就要越往土地更深更暗的地方延伸。

  对于西外环中央地带的那棵树而言，每年的春天是新的开始。当它脱去白色衣裳，一身轻松地朝阳光轻轻摇动嫩枝，乌鲁木齐的春天来了。我也脱去了厚重的棉袄，变得轻松愉悦，对新一年的期待悄然萌芽，暗暗期待新年相较于往年有大不同。夏天，街巷的植被用绿色、红色、黄色、白色、蓝色尽情渲染灿烂，人的心情也像开了花一样，用鲜艳的衣服装扮自己成为行走的花朵。那棵树迎风摇曳，它虽然没有与城市其他地方，连片的绿融为一体，但它独立在灰白的路面上发出耀眼的绿色光，凭借大太阳在很远的地方就能看见这抹突兀的绿，它像是自然的一处魔法，在城市最凸显其特色的地方，在人遗忘的尽头，提醒人们自然的绿。城市更换金黄色的秋装，那棵树也跟着变更颜色。即使远离同伴，在行人无法走近欣赏、触摸的地方，它也骄傲地站立，没有忘记自己的四季使命。

冬天路滑，人和车的活动引发的热量被寒冷逼到半空露出形状，雾蒙蒙地看不清高处的楼宇。城市在半空中变得虚幻和不真实，但地面的活动真实地进行中。驾车在镜子般的路上，心跳的声音可以蹦至喉咙，一丁点儿滑动都能让驾车的人体验人和魂的短暂分离，此时的开车真的就和车成为一体。外环路上的车连成一条长长的没有断裂的线，慢慢地，再慢地在镜面上移动。任何一个司机稍微的任性可能带来几辆车的连环旋转，那样的刺激画面谁都不愿意见到，亦不想参与。冬天从小区的车库出门，见到一日的光那一刻我一生的紧张开始了，由高架桥的下坡路段十万分小心地挪到那棵树跟前，突然会感到一阵心安，它披着白色的衣裳稳稳地站立，寒冷没有吓坏它，却吓坏了我。

那棵树的白色外衣下有股力量在燃烧，它好像在替所有胆战心惊的人守护平安，那样的时候也是我最长时间经过它身旁并停留。每当此时那棵树会给我一种高大的感觉，我因害怕变得渺小。驾驶一辆城市越野车小心地经过它身旁，在它承受积雪重量的枝干下面做一次我今生能给予的最长停留，然后在一次尽可能长的停留中获得一份安宁，增加一点勇气，继续在光滑的镜面上，与连绵的车辆一起在城市"随波逐流"，走出冬天，走向春天、夏天和秋天。

那棵榆树是我的朋友，也是我。

第三辑

乌鲁木齐短章

冬之韵

一

小寒时节，雪飘寒重。一年中最寒冷的日子已经到来，大自然的鬼斧神工将天山脚下的优美牧场乌鲁木齐装扮成银装素裹、美不胜收的童话世界。远处绵延的天山小心地在湛蓝的天际勾勒出自己的轮廓，南山的松树骄傲地披着一身绿衣裳，挺直腰杆，泰然自若，它们是森林骑士，大部队向更高更远的目标前进。当朝阳起身挪动身子，天际出现温柔的黄色，浪漫的粉色，明媚的蓝色，交织重叠在高高的楼宇、延绵的群山背后，宛如油画。

中午，阳光明晃晃的，拨开层层雾霾的遮掩急切地想要温暖大地。乌鲁木齐的大街小巷，行人三三两两挽着胳膊信步，沐浴阳光。水墨河的大部分虽已结了厚厚的冰，但深层依然在流动，生生不息地演奏一首关于勇敢和坚毅的乐曲，冬天听到流水声总觉得心情舒畅，水声叮叮咚咚的似在心田跳动，更多的是全身的舒畅，感觉如同清晨用冷水洗了把脸。阳光穿透密密的树枝缝隙在地面形成一束束粗细不同的光柱，把飘荡着轻纱般薄雾的树荫照得更加透亮，明媚。只属于冬天的风景让路人为之兴奋，用手机、相机抑或双眸记录精彩的瞬间，偷偷藏进一生的回忆。

冬天扫去了秋末的荒凉，还给城市雪白的生机和活力，卖烤红薯、炒板栗、爆米花的摊位在一亩三分地架起人间烟火，谁言乌鲁木齐的冬日只有寒冷，冬天是四季最炽烈的季节，生命在冬日沉淀、酝酿，待来年春暖花开时节，重新出发。市区的冬天栩栩如生，城郊的冬天也不认输，它们沉入更深的冬，动植物顽强抵抗直入骨髓的寒冷。哈熊沟的群山脚下，两三匹骆驼沐浴着冬日暖阳，也有为数不多未转场的牛和羊散养在柏杨河的沿边，努力寻找被雪覆盖的枯草充饥，动物和人一样不会任凭自己的生命掩埋于积雪的威严。万事万物在冷冽的冬日互相加持，继续炽热的生命，也有可能生命也在过冬，慢慢地积蓄够用一年的能量。屹立在路两边的白杨和榆树被阳光晒得金黄金黄的，突兀地露出秋天的景象，与其身后白雪覆盖的群山形成强烈视觉对比，冬天里装了秋天，可谓神奇，自然的魔法总是不可演说的妙。

二

刚入职的头几年，还未恋爱，更谈不上成家，忙着解锁自己在求学路上遗落下的对乌鲁木齐未知的领域，有段时间深深迷恋户外运动，尤其是冬日里的徒步，常约友人去哈熊沟徒步，大概率儿时爬了太多次山，算是奠定了不少的经验，爬山从不觉得累，反而会愈发兴奋。冬天爬山有它的奇妙，爬坡路上，每踩一步，耳畔传来窸窸窣窣的踩雪声，心里忍不住为这灵巧的声音悸动，等终于爬上山的顶端，放眼望去，湛蓝的天空一碧如洗，没有一片云彩，冬日的天空只演绎蔚蓝和空旷，好像广阔的白色被更广阔的蓝色覆盖，而人作为渺小的一个点可以忽略不计，但就是这么一个点对自然广袤的体会又如此深刻。莫非人的诞生是为了体味自然，答案是肯定的。把自己关在屋子里，通过网络浏览世界，日子也在过，不过走出屋子去触摸自然，闻一闻它的味道，听一听它的声音，看一看它在四季里呈现的颜色，如此的日子似乎更为真实。

冬天徒步乌鲁木齐附近的任何一座山，一片白茫茫中能见到绿色的松树，这是新疆广袤大地独有的特色，四季常青的松树。偶有几棵松树在半山腰探出头，骄傲地俯视山下冰天雪地的人间世界，一连几场大雪让雪花飘飘落落地在松树身上堆积，远看像棉花糖，也或乳白色的羽毛，阳光洒下来显得更透亮，更洁白，但积雪待不了太久，终被松树吸吮了去，松树是沉默的水，不会随四季的改变而改变形态和颜色，从一而终地坚守绿的初心。仔细察看蔚蓝天空覆盖下的白茫茫的雪，漫山遍野的枯草像是要给白茫茫的雪做出一点不一样，于是坚挺地"破雪而出"，它们的根部被雪完全覆盖，秆上隐约可见厚霜，阳光下隐约散发魔幻的、空灵的美，寒风拂过，枯草微微呻吟，又像是呐喊："我仍有根，我仍在生长，奈我何？"万物在冬日积蓄力量，待春天发出第一波到来的信号，定会抓住时机绽放生命的色彩魅力。正因如此，我深爱冬天，钟情乌鲁木齐的冬天，城市的一切在过滤，一切都在升华，人的心灵也会跟着净化，疲惫不存在了，静静等待冬天里即将到来的节日。

下班路上，黄昏的光将光秃的枝丫映照在路面上，好似一幅粗略随意的手绘图，只那么浅浅一笔却也竭力留下一抹痕迹。日与日有何不同？但不能因相同而沉沦在日子的单调、大把岁月的流逝中无动于衷。时不时用眼睛记录，耳朵倾听，城市的冬能在你心上绘制浓墨重彩的一笔，想必没有人不爱乌鲁木齐的冬天。冬日的乌鲁木齐洁白无瑕，一尘不染，它正经历一场更新和升华。人在夏天躲避骄阳，冬天贴近太阳，沉淀自己，大自然悄无声息中吟唱冬之韵，最贴近纯洁心灵的旋律，它在告诉我们，生命不息，奋斗不止，等到春天到来，请继续保持对生活的全部热情，冲破时间的尘埃，然后向阳而生。

　　小寒忙买办，大寒要过年。小寒节气一到人们写春联，剪窗花，买年画、彩灯、鞭炮……忙碌着为春节做准备，浓浓的年味正扑面而来，冬天里等待的节日就要到来，温暖的团圆气息驱散所有的寒意。

滑雪记

一

记忆中，从事教育事业的父亲酷爱冰雪运动，滑雪时的父亲与他平日上讲台或者伏案写教案的样子大有不同，滑雪中的父亲眼神锐利，身体里似乎有源源不断的力量急着往外迸发，自始至终处于极度兴奋的状态，滑雪结束吃一碗拌面再加一个面，父亲说一碗拌面加面补足了他滑雪中耗费的力气。拌面有这样的魔力。

父亲喜欢讲故事，最多的是少年时期与伙伴们一起滑野雪的故事，和伙伴们的比赛中屡屡得第一，少年的父亲一度成了那片的"滑雪之王"，他总是相当自豪那些往事，即使岁月已经把它们推去很远。父亲的家乡是以杏花闻名的吐尔根乡，几场大雪后，离路边最近的大山坡成了孩子们天然的冰雪乐园。父亲和他的同伴携带自制的木雪橇、滑雪板和雪杖去山上滑野雪，他们爬到山顶排成一排长队，箭一般冲下山坡，欢快的笑声响彻山谷。我上初一那年冬天，新源县修建了第一座真正意义上的滑雪场，父亲听闻这则消息兴奋了几天，终于等到不那么忙碌的周末决定带全家人去滑雪，那天恰逢正月十五，雪后的滑雪场张灯结彩，格外热闹。雪场的雪厚实而平滑，长长的雪坡在阳光下像一面斜放的巨大镜子，雪地的反光和直射的阳光交织，整个滑雪场亮闪闪的，加上当天没有什么人，偌大的滑雪场像是为我们这家人，更准确地说是为父亲开门营业。

父亲换上滑雪装备急不可待地率先行动，虽然他年少时有滑野雪的经验，但毕竟不是在专业的雪道上，正当我们为他的鲁莽担忧时，他却轻松地走到坡顶，双手撑着雪杖屈膝下蹲，而后又借助雪杖的支撑力，"唰"的一下子滑下雪道。滑行中，他将雪杖稳稳地贴于身体两侧，自始至终保持屈膝的动作，像燕子般轻盈自在。"你的父亲以前学过滑雪吧？"站在我一旁的教练忍不住问。"他的教练就是他自己！"我骄傲地回答。

二

在教练的指导下我穿上滑雪鞋，将双脚分别固定在滑雪板上，缓慢且费劲地在缓坡走，其间摔了不少次，见我的滑稽样，母亲和妹妹索性改主意玩雪圈。我碍于面子不愿放弃，但看到长长的滑道又心生恐惧，就在我进退两难之际，父亲走到我身边，牵着我的手慢慢走到坡顶。父亲总是有相当的耐心，他一边讲动作要领，一边示范，我在一旁有模有样跟着学。父亲觉得教得差不多了，便叫我试着滑下山坡，滑道坡度并不大，可我还是胆怯，不敢迈出第一步。父亲用他一贯的沉稳鼓励："孩子，多做几次尝试，就不会害怕了！"我咬紧牙关用力支撑雪杖，闭着眼睛滑了下去。起初，我滑行得还算平稳，但半途中因惯性作祟，不自觉地站起身，待缓过神，已人仰马翻地摔出雪道外，那样子真是狼狈，有几次滑板脱离双脚飞出去几米远，捡回来的路不只狼狈更多的是滑稽。父亲干脆让我在缓坡上练习，积累经验后，我再次鼓起勇气返回雪道，势必要挽回面子，我心里默念父亲教我的动作，双手撑着雪杖屈膝下蹲，脚尖用力，双脚合拢让滑板呈八字形，双眼注视前方，一刻也不带犹豫地从坡顶滑下，滑板溅起的雪粒一直拍打我涨红的脸颊。那感觉有点像飞，我突然很骄傲，偌大的滑雪场除了家人，没有太多的可以展示我骄傲的观众，但广阔的自然，白茫茫的雪接纳了我广阔的骄傲。

初次滑雪，虽赶不上《林海雪原》里少剑波与杨子荣带领战士们穿林海，跨雪原时的潇洒自如，更赶不上专业滑雪运动员高山滑雪、单板滑雪时的精彩绝伦，但在雪道上滑雪真的有种腾云驾雾的感觉——脚是轻的，身子是轻的，飞溅的雪花托起年少的我，就像浪花托起小船。我终于顺利抵达山下，回头向父亲招手并大喊："父亲，我做到了！"

直到上高中我离开新源之前，父亲经常带我和妹妹去滑雪，我用心体会冰雪运动的快乐，愈发感到滑雪是属于勇敢者的运动，它与大自然紧密联系，以浩瀚森林为伴，雄浑辽阔的自然是观众，这是任何一项体育运动也难以相比的。北京冬奥会期间，家乡人民对冰雪运动的热情一度空前高涨。那年春节刚过，我和父亲相约着又一次去滑雪，那是乌鲁木齐新开的一座滑雪场，年近花甲的父亲在雪道上的身姿依然矫健灵动，宛如在踏雪飞行。我紧跟父亲身后努力维持平衡，努力地滑行，心里不禁想，朝梦想前行的路上，每个人都是运动员，那一路流过的汗，做过的事，终不会辜负认真生活的自己。

打陀螺

一

年初因工作需要,与同事前往一座家庭农场调研。集特色餐饮和住宿于一体的家庭农场的负责人是一位九〇后创业青年,员工清一色也都是刚毕业的大学生,满脑子流淌着新点子,经了两小时的愉快交谈,我对农场的基本情况有了大致了解。离别之际,大厅展示区的陀螺吸引了我的注意,忍不住走向它们,拿起最上面的一个陀螺仔细地看,"莫非,这是……"我的话还没说完,一旁的工作人员抢先说出我没说完的那部分:"是陀螺呢!"

我惊喜地望着眼前的可爱精灵,它们的外观呈圆锥形,做工是花了心思的,一笔一横都很整齐,配套的陀螺杆也是木制的,每个都用黑色编绳绑着,看着相当整齐划一。恍惚间,耳旁响起"啪!啪!"的抽打声,我飞速看了一眼院落内的人造冰面,并没有人在打陀螺。少时无数次抽打陀螺的声响竟在看到陀螺的那一刻从时空隧道穿越而来,我一时产生错觉,陡然发觉自己已有些年没有打陀螺,甚至是触摸陀螺。少时,打陀螺是我顶喜欢也接触较多的冰雪运动。我孩童时期的寒假在吐尔根乡度过，爷爷奶奶家在吐尔根乡九队一座大山旁边，一场场大雪把那一片山脚改造成天然冰雪乐园，滑雪橇，打陀螺，堆雪人，滑野雪……数不尽的乐趣在天然冰雪乐园每天每天不间断上演。我是亲戚眼中理应娇气的城市孩子，但在滑野雪、玩雪橇、打陀螺这些游戏中不输乡里的男孩子，这一点让他们很意外。我出生在新源县下大雪的一天，大概我体内也有雪，关于雪的游戏分外有才能。

吃过早饭，拉着木制雪橇和同伴们结伴向山顶出发，爬山一点儿也不轻松，更何况还要拖着雪橇，但滑雪橇的快乐会抵消不轻松。到了山顶，坐上雪橇，排成一列整齐的横队，高喊着冲向山脚。两侧飞溅的雪片宛如雪橇的白色翅膀，雪橇在飞，我们也在飞。玩腻了雪橇，三两成组比赛打陀螺，输的一方用雪橇拉着赢的一方回家，我常常是坐在雪橇上被同伴拉回家的陀螺王者，也可能因我是孩子当中最小的，所以其他人让着我。把时间忘却在大山背后，借助自然赋予的力量，这力量无边无际，我和同伴可以从清晨耍到傍晚。那些年的疯玩导致我冻坏了鼻子，患了鼻炎，姑且称之为童年任性的代价，谁的童年没有任性几回。不过后来，南方求学的几年，湿润的空气竟神奇地治愈了鼻炎，呼吸从此顺畅，姑且当作是时空流转中意外获得的礼物或是补偿吧。

终于带着粘在帽子、衣脚、裤脚上的雪坨，拖着大概率是废了的鞋子打打闹闹地回家。前脚刚进门槛，迎面而来的是叔叔和婶婶千篇一律的责备："还知道回来啊！"但我听不见责备，责备从左耳朵进，右耳朵逃出去了。眼里唯一能看见的只有餐桌上的包尔萨克和奶茶，忙不迭地咬一口金黄油亮的包尔萨克，喝一口热奶茶，这才发觉委屈的肚子竟饿了很久。我为雪地里的游戏，何止冻坏鼻子，还牺牲掉无数次午餐。

二

打陀螺需要有耐心才能真正感受到它带来的乐趣。陀螺尖头着地，以绳绕螺身将其旋转，放开鞭绳，陀螺就在冰面上欢快地舞蹈。亦可先用手旋转陀螺把它扔向冰面，陀螺一着地，用绳子快速抽打，动作不仅要快还得十分准，否则陀螺在冰面上没转几下就泄气，引来的必然是围观者的嘲笑。飞速旋转中的陀螺轻盈得像一朵花，一片叶子，一只蝴蝶，看久了眼睛迷离起来，陀螺似乎越变越小，最后变成一个捉摸不定的点，但意志力还会逼迫你继续朝那个点抽打，于是那个点左右上下移动着，一刻不停地旋转，仿佛可以一直转，转出童年，转进人的一生。

抽打陀螺不外乎两种方式，水平抽打抑或垂直抽打，不管擅长或习惯用哪种抽打方式，只要能让陀螺在冰面上长时间平稳旋转，便是成功。那也是一个人在打陀螺时最成功也最快乐的一刻。打陀螺是传统民俗体育游戏，流传甚广。陀螺有木制的、竹制的，也有石制的，不同地方对陀螺也有各自中意的叫法，比如"地黄牛""老牛"，也有叫"牛牛儿"的，各种叫法既可爱又接地气，颇具地方特色，人们对陀螺的喜欢由此可见一斑。大人和小孩齐上阵在闪着亮光的透明冰面上挥起鞭子抽打陀螺，小孩开心地充实童年，大人开心地做回孩子，寻找童年。一声又一声再一年又一年的"啪啪"声响在时间的洪流中层层叠叠，打陀螺的小孩长大了，教自己的小孩打陀螺，长大的孩子们拾起鞭子抽打陀螺。

挥舞的线条，熟悉的声响，牵出珍贵的回忆，也给乌鲁木齐的冬天增添一抹其乐融融的温暖景象。

米东的宵夜

一

"嘀嘀""嘀嘀",邮箱收到消息提示,我赶忙点开查看,是一个信息员发来的元宵节主题的照片。有中国结、龙船以及周围镶着圆形、心形边框的福字,还有萌萌的老虎……是照片的主角朱女士自己动手制作的元宵节主题手工艺作品,我定睛欣赏这些照片,两日前和友人漫步米东区街头时偶遇的夜景不断在脑海中闪现,临近节日的米东夜景只能用热闹来形容。

漫步冬日的米东区街头,城市主干道随处可见"传统与艺术,艺术和生活"为主题的花灯,它们与璀璨夺目的路灯交相辉映,在朦胧夜色的烘托下合力营造浓厚的节日氛围。由米东大道拐进稻香南路算是进入米东区的中心城区,十字路口的拐角处就是一个小景,冬天是色彩丰富的花灯,其他季节是园艺景观或是花卉景观,造型别致,经过总忍不住留意几眼,最近改为麦田和玉米搭配的造型,折射了这个季节作为米之乡的米东区的麦田丰收景象,总之城市建造者是花了心思的。生活在乌鲁木齐十余年,也算是熟悉了其他区,米东区的街头拐角、十字路口的花灯和园艺景观"小惊喜"算是它与其他区的与众不同之处，也或许因为工作在米东区，我的时间在这里更多，因此带着偏爱。

  为迎接春节后第一个传统节日——元宵节，米东区的街头、公园、巷道被浓浓的元宵节元素填满。首先就是老米泉人常去的米东区人民公园内神态各异的冰雕尽收眼底，为市民夜游增添了一道别致的美景，大可以让孩子认为自己走进了睡前故事中的冰雪童话世界。十年前我入职的第一家单位离米东区人民公园很近，下了班，我常和同一批入职的同事相约着去公园散步赏花，大家都是刚走出校门的大学生，处于转换身份的过渡期，很容易处成室友，甚至是朋友。我和君就是如此开始缘分的朋友，即使后来我们去了不同单位，也在不同的区，朝九晚五上班的人的日子一旦撒在乌鲁木齐，时间怎么溜走的都不知道，于是我和君最长半年见不到彼此，因此我们的相见是跋山涉水的相见，这其中的山和水均来自时间，时间的山和时间的水，但那几年在米东区经历的元宵之夜，产生的友情经得起时间的考量，一见面我们依然有说不完的话题。

  晚上，公园里有演奏乐器的人，组团下棋的人，也有一起跳麦西热甫的人，很热闹，人人脸上洋溢着舒适和惬意。附近的夜市也热闹，即使在冬天，一亩三分地架起的小吃摊上冒着足以温暖周围一群人的烟火气，人们吃得香，老板叫卖得也欢乐。冬天，冰雕展成了米东区人民公园的固定展示项目，栩栩如生，精美绝伦的冰雕让公园呈现全新的面貌，这时的人民公园与春夏秋三个季节的样貌大有不同，感觉翻了新。

二

  前年冬天和一行人前往米古里西域水游城拍摄素材，早听闻米东区以灯光秀、美食、文艺演出、冰雕雪雕的四合一方式打造了米古里"不夜城"，亲临现场，果然名不虚传。随着元宵节的到来，米古里的"夜游米古里老米泉夜市"也成为乌鲁木齐打造的文旅活动之一。因为是元宵节前的一个周末，老米泉夜市热闹非凡，住在附近的人，甚至更多的人驾车跨区慕名而来，亲临现场的人被琳琅满目的美食、引人入胜的美景所吸引，口口相传中，更多的人纷至沓来。热闹跨区流动，夜市、夜景是城市尽全力给予人的浪漫，于是乌鲁木齐的冬天因为夜景的加持不那么冷，人们大可以携所爱的人走出温室，走向街头。

　　室外是变幻莫测、美轮美奂的主题灯光秀，室内是精彩纷呈、引人入胜的文艺演出，有一种人为的默契和呼应，城市的夜景在浓浓的元宵节氛围下更加美丽迷人。距离我现在工作的单位不远的贡米巷也是一个网红打卡地，每年冬天，贡米巷以饶有趣味的主题开展冬季特色活动，比如，冰雕、灯光秀和美食，如果配合节日就有更为丰富的内容，猜灯谜、相思祈福墙、花灯游园，去年我带女儿参加了猜灯谜的活动，虽然表现不佳，但参与的过程总还是兴奋的，猜灯谜时，大人、小孩不相上下，吵吵闹闹的场面非常有趣。尤其是当新年的脚步临近，公园、游园、主题街区想着法子吸引游客带上家人光顾，也连带商品和美食的消费，一些人为喜爱的饰品、玩具和小吃慷慨解囊，另一些人因为这些人的慷慨解囊富了口袋，钱以看得见或者看不见的方式在更多的人当中流动，热闹和欢乐也在更多的人当中流动。

　　距离贡米巷大约一公里的位置是米东区"迎新春文化广场"，广场门口的和氏璧造型花灯，靠马路的一侧成群的鲤鱼花灯源源不断地吸引路人驻足拍照。我下了夜班，没有着急回家，徒步走到了贡米巷，经过广场门口再往里走几步，迎面的是一堵由数十个红灯笼和大红福字花灯组成的许愿墙，简约又大气。站在许愿墙的面前竟羞涩得想不到应该许些什么样的愿望，大概率是年龄到了或者没有什么欲望了，于是想到城市的夜景年年都是如此绚丽，人人脸上年年都挂着笑脸，大概就是极好。正中央的大型京剧花旦脸谱花灯，据说是新疆最大的脸谱花灯，两旁分别对称摆放着两组相似的脸谱花灯，大小要比中间的花灯整体小一圈，花灯与脸谱碰撞出满满的国韵风，给人强烈的视觉震撼，尤其在夜里，脸谱花灯的形象非常逼真，好像有三个古人从远古时代穿越，半个身子隐藏于沉默的大地，静静等待行人观赏，似乎人们的怀旧，对传统的痴恋，把远古时代的人呼唤了过来，也或者元宵的传统在古时或是现代都是同样的热闹，于是古时的热闹和现代的热闹串联起来。

　　传统和现代结合的神奇体验可以让人记忆一辈子，去年春节期间脸谱花灯背后的文化活动中心不间断开展了文艺演出，场面非常热闹。米古里地下美食街也有舞台，几乎每晚都有京剧、说唱、二人转，并且不收取费用，舞台前摆了桌子和凳子，有点像旧时的茶馆，经过时能看见坐着喝茶的人，小吃窗口点凉皮、烤肉、椒麻鸡、奶茶、烤馕、手抓饼，选一张桌子坐下来一边等待演出，一边等待小吃，那感觉很惬意，漫长的日子能时时有惬意，还要图别的什么呢？！

城市精灵

一

年末入冬我成了女儿眼中晚上上班，晚上下班的妈妈，我的冬季上下班日常用披星戴月形容一点儿也不过分。今年乌鲁木齐的冬天来得早，也比较冷，一连几场猛烈降雪，大地还未经历一个舒缓的变冷过程，就被迫切入冰冷，深灰色的路面在路灯的照耀下更像深灰色的冰面，冰面的尽头是人的恐惧。即使开了近七年的车，我依然不敢保证自己能坦然地、内心毫无波澜地驾驶在相当考验车技的冰面上，于是出门时间提前了许多，一来为行驶安全，二来节省因堵车耗费的时间。一天中多余的时间一定是提早开始一天余下的。

清晨，当我用车灯在半黑的晨色中划开一道路，朝着遥远的蔚蓝色巨幕和天际闪耀的色彩移动，苦于寻求晨光时，地面早已上演生机勃勃。半黑的天色渐渐隐退，城市的轮廓渐渐清晰，外环边缘重叠的荧光色线条有规律地移动。环卫工人早早开工了，他们披着黄色的盔甲冒着冷冽的寒风铲取积雪快速往货车里装，与渐渐明亮的晨光赛跑。不用怀疑，他们肯定夜里就已开始作业，否则这个点儿不会只剩路两边的积雪。我怕冷，冬天几乎不愿出门，每次经过寒风中站立的交警、忙碌作业的环卫工人身旁，心好像被什么揪住，感觉心疼又感到惭愧，觉得自己不该驾车，不该给城市拥堵的车流量增加多余的一个量。

想起早年在乡镇上班时，遇到的在河滩拐进米东区的辅道边作业的环卫工人，我每天驾车几乎在固定的时间经过，看不清他们的样貌，只记住他们劳动的身影，穿着统一的橙黄色工服，有时是五个人，更多的时候是三个人。每人一手握夹子，一手拖垃圾袋，弯腰捡拾行人丢弃的塑料瓶子和塑料袋子。辅道内侧种了密密麻麻的海棠树，碰到雾霾天气完全看不清那片的路况，即使有路灯，拐角处也因那片树林的黑影衬托得无比暗淡。好像一大片未知隐藏在黑压压的一团黑影背后，就是在这样一个光亮珍贵的地方几位环卫工人低头忙碌，他们有工作服的保护在暗黑的夜色里发出夺目的荧光，夺目的荧光经过的地面一片干净。我驾车尽可能低速地、小心地从他们旁边经过，每次经过都忍不住想，身处活动范围受限的角落，面对远处飞驰而来只有见到弯道才勉强减速的车流，他们是否感到害怕。可一个人在谋生路上不是害怕什么就能舍弃什么。冬日起早贪黑，胆战心惊地在光滑的冰面上跨区上班的我，在光滑路面下更深的恐惧下移动不也是为了讨生活？那几年，我终究未能摆脱遥远的上班距离，他们也终究未能摆脱那段暗黑的路和那段路上捡不完的垃圾。

下班回家，漫天飞舞的雪花飘飘荡荡再缓缓降落，路灯的光柔和地照亮了路面，高架桥上耸立的灯光也柔和得像是插在桥上的白色丝带，乌鲁木齐的夜晚变得温柔，这样的时候，即使是加班回家也会原谅被剥夺的时间，夜色多么温柔，心里的那点小委屈在这片温柔下当然微不足道。无数条长长的白色丝带绵延着伸向远方，密集的车流用红色尾灯连成两条长长的红色丝带也绵延着伸向远方，白色丝带和红色丝带在夜空交会，乌鲁木齐的夜晚渐渐热闹。此时，一群橙色精灵排着队扛着铁锹和扫帚出发，他们连成橙色线条，橙色线条沿着高架桥的边缘走走停停，离开时带走了积雪，熟悉的路面在雪白中露出"我又见光了的"自信笑脸。白色、红色和橙色线条包蕴了乌鲁木齐人的幸福，橙色线条虽然短，但也珍贵。

二

两年前因主题拍摄工作需要，我有机会与从前只走路擦肩而过，或者开车从旁经过的环卫工人近距离接触。一早我和小孙带上相机于约定时间到了小游园。说来惭愧，那片是我开车经常经过的路段，意外的是，成片灌木丛的背后居然隐藏了一座供居民散步健身，观赏花朵拍照留念的室外游园，更让我诧异的是，眼前这干净整洁的游园，在不到十名环卫工人每日起早贪黑的辛勤维护下生意盎然。游园虽小，但该有的都有。已是9月末，秋姑娘完全入住乌鲁木齐，但似乎遗忘了小游园，山坡上小草依然鲜绿，环绕石雕种的串串红依然红艳夺目，阳光下像是燃烧中的红色火焰，看久了让人心动。

我和小孙身心完全沉浸于游园的美景，差点儿忘记来的缘由。一位留着齐耳短发，外形干练的女士笑脸盈盈地走了过来。她的脚步声与她的说话声同时传来："这个点儿带着相机出现在园里的，一定就是与我约定的两位老师啦！"女士名叫小尚，是游园的负责人，她详细介绍游园概况，接着询问我们的拍摄需求，小尚非常热情，和她沟通相当愉快，所以我到现在都记得她的样貌和说话的音调。我和小孙开始拍摄，环卫工人已在各自点位投入作业。中间的小山坡上，三位身材娇小的环卫工人头裹蓝色的、绿色的头巾，身穿黄色马甲，埋头忙于清理杂草。

从遥远的天空狂奔而来的金黄色光线直抵这片草地，三个人的影子被拉长，视野里的三个人突然变得高大。一旁，另一位环卫工人专注于捡拾串串红丛中的垃圾，其间不忘摘掉发黄的花瓣。小孙捕捉了她弯腰的特写镜头，她羞涩地捂着脸，不停摆手说：“哎呀，我这副模样会影响你们拍的照片嘞！”我回应她的羞涩，大声说：“阿姨，您比这群串串红还要美丽！”她听到后开心得像个孩子。美丽从来都不是外表，它源自内在，所以不会枯竭，也不需要花钱矫正和修饰。女环卫工笑得如此纯粹，她的笑容甚至有种魔力直接触动了我心里的什么东西，好像是我丢失了很久的东西。

　　我十年前刚入职时在乡镇工作，单位院子很大，树也多，办公主楼后面有大片林带，在院子里还养了两只大鹅，这样一来，乡政府院子长年散发着浓烈的田园气息。后勤部将院子划分成许多卫生区分给各室，动员职工参与劳动，于是有段时间，清扫落叶和积雪成了我们每天早晨一到单位首先要完成的工作。对刚毕业的我而言，拿着高度跟自己一般大的竹扫帚扫落叶不那么容易，一棵树的叶子看着没那么多，到了秋天它掉叶子时，总感觉有掉不完的叶子，我甚至一度怀疑它没准还在生出新的黄叶子。

　　扫地稍不用心，大概率会把扫出去的落叶再原封不动地带回原地。那段时间我在院子吃力地扫落叶，环卫工人在附近的大街上似乎很轻松地扫落叶，他们动作麻利，"沙沙"的声音频率明显更多些，而我这头的声音断断续续，院里院外"沙沙"的扫落叶声音在半空重叠，意味着我和环卫工人一日劳动的小部分在时空偶遇。我只在那一小部分中弯了一会儿腰就感觉费力，环卫工人面对比院落更广阔的世界一遍遍弯腰，肯定也经历吃力，在默默消化吃力的过程吧。他们迎面行人躲避的高温，抵抗行人畏惧的严寒，用脚步丈量大街小巷，换来干净整洁的乌鲁木齐，而行色匆匆的人在干净的城市生活、生产。一部分人的劳动换来另一部分人的幸福，而那些贡献劳动的人脱去工服，开了门，走进自己的家，也是一个平凡的人，他们的劳动同样照亮了自己。

春消息

一

四季的交替中,春天又一次如约而至,万物顿时充满生机,用积攒一个冬季的能量,朝着春日的暖阳生长。冬日的残雪早在悄无声息中渗进泥土,泥土地饱胀的,湿漉漉的,像是急着要完成一件大事,迫不及待地开始一场热烈的表演。阳光铺展在地面上,道路尽显光亮,真是一丝雪留存过的痕迹也没有了,大自然的神奇魔法不得不令人佩服,敬畏自然,才能感知和享受自然带来的魔法之力。车辆熙熙攘攘,行人脱去厚衣裳,三三两两漫步街头。盼望着,盼望着,春天来了。因为寒冷缩着的筋骨终于得以伸展,人们朝着暖春的朝阳伸一个懒腰,开启新的日子。

正如白居易《钱塘湖春行》中所言:"乱花渐欲迷人眼,浅草才能没马蹄。"春天的脚步是轻盈的,欢快的,它走到哪里,花跟着开到哪里,小草也大胆地从泥土中探出头,呈现鲜绿模样。花的芳香,草木的清香,以及春泥的气味在空气中酝酿,沉淀,随着一阵春风,直扑鼻尖,抵达心底。这样一个心情舒畅的日子不去踏青,实为可惜。

定居乌鲁木齐市十余年，乌鲁木齐也算第二个故乡了，红山公园和植物园是我和家人踏青首选的两座公园。参加工作的第一年，我对乌鲁木齐还不大熟悉。那时妹妹在医科大学医学专业就读，一个典型的、严谨细致的医学生形象倒是很适合她打小养成的性格。周末她作为导游带我一睹红山公园的魅力，专业上的严谨带来生活上的严谨，出游之前妹妹列了一日计划给我看，红山公园的一处细节都没有遗漏。我俩身着姐妹装，手持冰激凌和照相机，从白天游玩至晚上依然意犹未尽。现在想来，那一天的记忆真是深刻。红山公园有山有水，锦花绣草，可谓清心悦目，站在红山塔下的石台阶上一眼望去，周边高楼耸立，车水马龙，近处的城市繁华容貌尽收眼底，目光再远一些，博格达峰在云海之上巍然屹立，有种世界就在眼前的感觉。

二

因西端断崖呈赭红色而得名的红山，地理位置处于城市中心区域，不管是自驾前往还是乘坐公共交通都很方便。红山公园最有名的红山宝塔和远眺楼是乌鲁木齐人心中不可替代的地标建筑。我结婚的前一年，也就是关系稳定，把对方默认为婚姻里的另一半的那年，先生和我常常相约着去红山公园看夕阳，算是我们小心翼翼地适应即将到来的婚姻，我俩在远眺楼俯瞰乌鲁木齐全景，徒步往上经林则徐纪念像，在红山塔下合影，我喜欢拍照，先生喜欢拍风景。等时间差不多了，两人肩并肩坐在石凳上看夕阳，憧憬两人在乌鲁木齐的生活，那是一个时期的浪漫。

最近一次去红山公园是应孩子的渴求，带她去乘摩天轮。摩天轮的旋转速度慢，一圈转下来花去十余分钟，平常还没做什么事就一晃而过的十分钟，在摩天轮上可谓漫长，惊心动魄的漫长。我们坐的玻璃房离地面越来越高，五岁的女儿兴奋极了，不停地跳着喊着："飞上天咯！"此时，年龄和胆量倒不成正比了，坐在一旁的我和母亲，死死攥着凳子扶手，迟迟不敢向下观望，我们互相望了一眼，从彼此同样紧张的眼神里寻求一丝安慰。然而更为刺激的是，稍微有点风玻璃房发生轻微晃动，每当此时我会有种失重的感觉，不自觉地望向坐在我对面的母亲，她的体验应该和我相同。摩天轮在微微晃动中终于抵达顶端，似乎高过城市的最高建筑，乌鲁木齐的夜景一览无余。摩天轮在顶端相当平稳，有那么一刻，我甚至觉得摩天轮已定格在那个位置，方才上升过程中的紧张和恐惧荡然无存，心里暗暗觉得这一趟上来非常值当，我又望向母亲，她也早都释然，拿出手机拍摄视频，她的朋友圈即将产生新的内容。人心还真是一汪水，一丁点儿的挑拨马上泛起波澜，过去了又平静，甚至忘却方才的波澜，也是，否则这漫长的人生，如何度过呢？

三

若有人问乌鲁木齐较有历史的公园是哪些，不得不提的是植物园。刚参加工作的头几年与友人的一次春日踏青，是我第一次走进平常坐公交常常经过的植物园，我坐54路公交车，有一站叫"植物园站"。那次和友人的春日踏青是我终于通过每日由公交车的车窗望见的植物园大门，走进了植物园，揭开它的面纱。园区内植物种类繁多，绿草如茵，树木成林，整个公园散发着浓浓的自然气息，可能因为植物多的关系，感觉比市区更为凉爽。我们穿着漂亮的衣裳，红的、绿的、黄的裙子穿在我们身上，我和友人像是一朵朵盛开的花朵，我们围坐餐布周围享用美食、拍照合影，分享近期看过的电影，阅读的书籍，遇到的趣事，那样快乐的日子，时间也过得飞快。一晃，距离那天已过去了五年多。近几年植物园新增了许多儿童游乐设施,是大多数家庭周末休闲的好去处。去年春节,植物园也是一个网红打卡地,以昆虫和植物花卉为主题的"虫鸣"迎春主题花灯,让夜晚的植物园更像是一个动物王国。

三四月可以去公园踏青,寻找乌鲁木齐春的足迹。走进一座园子,碰到一处景色,脑海中,昔日的温馨画面连锁反应般一一浮现。十五岁第一次来乌鲁木齐与父母在红山公园合影,二十五岁与友人相约踏青,同恋人看日出与日落。三十岁,孩子在我走过的林荫小道上再加了一双可爱的脚印……过往日子中的美好记忆让公园内,一座拱桥,一个雕塑,一棵老树木都显得弥足珍贵。

心中的庭院

一

儿时我家住伊犁新源县城，平房院落宽敞，父母在庭院植树栽花，过着质朴的田园生活。庭院里，苹果树、杏树尤其多，果子成熟的时候，母亲做足够一家人吃两个季节的苹果酱、杏子酱。初中毕业后，我们搬进了楼房。最初我和妹妹很兴奋，早早计划着如何布置卧室，然而到了真正搬家的日子却有种莫名的失落。离开前，全家人反复检查大小行囊，虽然东西一件不少，可总觉得遗落了什么。懵懂的我还不大明白，其实庭院早在潜移默化中成了我的生活甚至生命的一部分。很长一段时间里，我总是独自骑着单车，像看望老朋友般，来到大寨渠河的桥上，站在距离庭院两百米的地方，望着它的方向久久伫立，它已换了新的主人，不再属于我们。

我们后来搬过几次家，但不管搬到哪里，母亲在阳台种花的习惯从未改变。绿萝、白掌、菊花以及各色玫瑰，还有一些我叫不出名字的花，四季的阳光洒下来，它们尽显婀娜多姿，淡淡的芳香浸满屋子，给疲惫的生活些许安逸。茶余饭后，一家人坐在阳台上闲聊，话题兜兜转转最后总会回到旧庭院上。每每此时，我能清晰地看见父母对庭院的思念满满地写在脸上。有段时间，全家人默契沉默，陷入回忆中。恍惚间，透过窗外灯火通明的上空，犹如电影画面般，庭院的模样完完整整地出现，我跟着父亲给杏树、苹果树浇水，跟在母亲长长的裙摆后面帮着摘杏子，做酸甜的杏子果酱……每一幕如此生动，一瞬间仿佛回到了少年，一瞬间一切都已远去。

父母对庭院的感情想必与他们从小的生活息息相关。父亲从小生活在农村，家里祖辈以种植和畜牧为生，母亲家住县城也有自家庭院，因此他们习惯了依靠阳光和土地生活的日子，他们的少年比我和妹妹更接近大自然。只要有时间父母便带着我和妹妹去父亲的老家——吐尔根乡体验农村生活，感受阳光和土地。我们跟着二叔种菜，和姑姑一起采摘玉米，甚至跟着三叔上山放牧，跟着婶婶学做蜂窝煤，两手黑黑的，衣服满是污渍，白鞋子上沾满杂草也不会有长辈责备。童年的踊跃与热情让我们不自觉地参与了许多看似简单却意义非凡的劳动。

那时我单纯地以为只是玩耍，因此玩得不亦乐乎。殊不知，父亲和母亲是在有意地引导我和妹妹体验劳动中学习如何生活，在平凡的日子里以分和秒经历慢慢成长。我将那些日子里的真情实感带出了六百公里，带进一牛。

二

母亲退休后常常念叨县城的老房子，过惯城市生活的我和妹妹对此充耳不闻，可父亲记在了心里，他亲自选址，最后带着母亲义无反顾地搬到郊区一座有庭院的多层楼房的一楼。新房子距离父亲就职的单位较远，可他却毫无怨言。入住后父亲犁地翻地，开沟播种，另外又修建篱笆墙，母亲在一旁打下手，做辅助，两人齐心协力，打理出一座小小的庭院。第二年开春，我将女儿带去伊犁，父母正筹划着种新一年的蔬菜，于是带着他们的外孙女参与其中。女儿正是对万物萌生好奇的年纪，她跟着外公播种辣椒、番茄，用自己的小铁锹翻土，小桶浇水……玩得不亦乐乎。一个月后接女儿回家，明显感觉她心里的不舍。"西红柿长出来了，一定要跟我说哦！"临走前，她奶声奶气地反复叮嘱。

那年秋季，母亲信守承诺，不辞辛苦地带着一袋子西红柿和辣椒，坐火车走过六百公里来乌鲁木齐。自打我在乌鲁木齐定居后，母亲成了在伊犁和乌鲁木齐两地六百公里间拉着行李走动的人。我在六百公里间完成少年的成长，母亲在六百公里之间安抚她的牵挂。

当满满一盆西红柿出现在女儿面前，她由惊讶渐渐转为兴奋的表情以及眼睛里迸发的光芒，让我由衷地欣慰也令我难以忘怀，我仿佛看到了儿时跟着父母学种蔬菜，累得满头大汗却依然乐在其中的自己。父母让我们体验劳动的快乐，而后又将这份来源于生活的真谛传递给下一代。这些年来，无论我们经历过多少次搬迁，生活环境如何改变，父母依然在心里给庭院留了一席之地。

心中的庭院洒满了阳光，那里草木坚韧挺拔，花儿鲜艳，向阳而生。

五彩绳

一

几日前，友人雪松接连晒出两条关于五彩绳的朋友圈动态。临近端午节，她准备了自己制作的五彩绳、香囊等手工艺品，在自家小区的夜市上销售。我点开图片一一浏览，小小的摊位上有各种形状和颜色的香囊，也有五彩绳，五彩绳有五种颜色，青、白、红、黑、黄，每条编织得甚是可爱。五彩绳也叫五色绳、五色丝，由固定颜色的绳子编织而成，五个颜色分别象征东、西、南、北、中。雪松的五彩绳小巧而精致，图片下配有一段文字："中华传统文化，需要青年一代传承……"我猛地被这条朋友圈触动。端午节的前一天，女儿就读的幼儿园举办了由老师带领小朋友一起制作五彩绳和包粽子的趣味活动，同时开放了某音视频直播，孩子们穿着小围裙，学老师的动作包小小的粽子，也跟着老师编织五彩绳，场面非常生动有趣，成了我那一天获得的一份惊喜。放学回家女儿喜滋滋地展示她包的四个小粽子和系在手里的五彩绳，还不忘普及端午节的知识，一副很骄傲的模样。

印象中雪松是一个积极乐观的女孩，也是一个有趣的人，生活中遇见的人和事的诸多细节都是她萌生快乐的缘起,我喜欢她这样及时发现快乐并及时享受快乐的人,这样的人自己带着快乐也能将快乐感染给他人。我和她初识于两年前的一次讲故事比赛,作为参赛选手的雪松表现出色,最终喜获第一名的佳绩,我作为活动的策划和组织一方,有幸与她相识。这两年,她发的每条朋友圈我都认真欣赏,其中不乏美妙的文字和有趣的图片,我的目的就是为了感染快乐。

不久前雪松初为人母,发朋友圈的次数明显减少,但在家照顾孩子的间隙,她依然保持童真和童趣。每个人的童年都是一部不可复制的多姿多彩的故事集,雪松的童年也不例外。我果断联系雪松想知道她萌生如此可爱行动的缘起,雪松说五彩绳对她来说意义非凡,她的孩童时期,端午节的清晨,她一醒来就惊喜地发现自己的手腕以及脚脖上被母亲系上了漂亮的五彩绳,五彩绳闪耀着灵动的光,触动小女孩心里的涟漪,她一跃而起奔向房子的各个角落寻找其他的足迹,端午节到了。她问过母亲系五彩绳的缘由,母亲告知这是长辈对晚辈的关爱和祝福,"绑上五彩绳,你就会平安吉祥!"母亲的此番话语,她一直铭记于心。

二

雪松是土生土长的东北人,八年前因工作缘由来到乌鲁木齐,恋爱,结婚,有了小孩,一个东北的远行女孩在新疆乌鲁木齐定居。她回忆说,端午节当天一早,天刚蒙蒙亮,父亲就带工具上山割新鲜的艾草,路上再选一枝柳条带回来插在屋前,还在房檐上挂五彩葫芦,父亲在端午节这天的用心点缀也把端午节的快乐点缀在了小小的雪松心里。家里节日的气氛格外浓郁,全家人一起吃竹叶包的粽子,母亲准备的鸡蛋、咸鸭蛋。"五彩绳等到下一次下雨就可以剪断了!"雪松高兴地重复这一句话，没想到这句话从少年一直重复到了青年和壮年。

　　雪松的童年记忆里，端午节是颜色丰富的日子，今年是雪松在乌鲁木齐度过的第八个端午节，也是她孩子的第一个端午节。五根线编成一根绳染出童年端午的色彩，记忆的丝线总在不经意间牵出一种情愫，时代在改变，生活的节奏加快，节日是我们与过去的岁月和过去的人连接的线，就如编织五彩绳的彩色线条，节日带给我们的记忆总是彩色的，生活因为这些彩色的记忆而丰富。雪松在端午节当天也给孩子系上五彩绳，一家人坐在一起包粽子、吃粽子，还能闻到艾草的清香，抬头望去，五彩葫芦挂在房门上向他们招手，儿时的欢乐场景悉数回归，那是何等的乐趣！

　　吃粽子，赛龙舟，挂艾叶，戴香囊，戴花绳……浓浓的端午滋味从舌尖直达心田，再深深地留在记忆，亦如雪松把童年在家乡过端午节的记忆带到遥远的新疆，然后在新的住所，新的土地上产生新的端午记忆。

夏日云朵

一

七月已尽，八月到来。天气已明显露出"早穿棉袄午穿纱，围着火炉吃西瓜"的特点。清晨，我伴随着清脆的鸟鸣声醒来，站在阳台上舒展身体，一股凉风唤醒还在沉睡中的身体。昨夜的雨让闷热的天气终于降下温度，雨后的凉风清扫城市，把更多的凉意送去城市的角落。窗外，云朵一片连着一片，叠加在一起把天空染成灰蓝色。

如往常一样，我驾车行驶在上班路上，由辅道汇入高架桥时，随着坡道高度的缓缓升高，眼前出现的景观令人激动，甚至可以说惊叹，天气微微的阴，没有刺眼的阳光，我可以无所顾忌地睁大眼睛用目光迎接遥远的天空。灰蓝色的天空像一面巨大的背景墙，抑或是一块巨大的幕布，把一切掩得密不透风，而正在上演的节目是大千世界的普罗万象。直直地看着远方的天空一路向前开，周围行驶中的车辆，经过的高架路以及黑压压的楼宇变得愈发渺小，甚至可以在视线里忽略不计。我坐在车里一点点靠近着远处漫天的淡墨色世界，一瞬间觉得自己就要成为其中的一部分。人原本也只是自然世界的一部分，但那一刻有种缓缓融入自然的神奇体验。突然，太阳的光芒穿破云层，一缕缕金光直击大地，周围的云朵瞬间被染回白色，重新找回各自的形态，一动不动地挂在高空。如此短的时间，挂在天际的巨幕马上变换颜色，所有移动的，静止的物体都变得亮闪闪的，光加剧了地面活动的声音，有种沉默的大地苏醒的感觉。

二

云朵是静止的，也是移动的。上周末和友人相约去乌鲁木齐县南山的西白杨沟徒步，到了景点方才得知深山里有瀑布，我们往山林深处继续行走，足足走了七公里多，终于遇见被路上偶遇的牧民形容为"值得一看"的天然瀑布。瀑布从山顶最高处一泻而下，万点水花，如烟如雾，别有情致，只片刻拍照时间的停留就让我们的衣服完全湿透。我和友人下山，找了一处空地搭好帐篷，躺下来舒展身子，肩并肩仰望天空。湛蓝的天空像碧海，清晰可见的白色云朵紧挨着山际，思绪也跟着被放空。"你看那些云移动得真快啊！"友人激动地高举着手。"是的，它们在飞！"我赶忙附和。那群云朵后面的追赶前面的，很快从一个山头移动到另一个山头。在决定来这片空地搭帐篷之前的路上，偶遇一对新人举行户外婚礼，助兴的青年男女舞姿健美，歌声悠扬，莫非这些云朵也赶着去看人间的热闹？我被自己这样的想法逗笑了。

云朵也有故事，它是天空的语言。云朵变换形态，切换颜色，地面上观望的人在脑海中编织关于云朵的故事，也通过它获取有价值的讯息。比如，当晴朗的天空陡然飘来一朵乌云，草原上的放牧人骑着马快速将成群的牛羊往圈里赶，妇女们则移动毡毯，遮盖毡房的顶圈，也就是天窗，结束了去收集晾晒在太阳下的酸奶疙瘩，坐在毡房喝儿媳妇倒的奶茶的奶奶又开始嚷嚷膝盖骨疼,尚在圈里的牛娃和羊羔"哞哞""咩咩"地叫着寻找母亲……乌云越积越多,它们往城市的天空迈步,人们开始关窗户,收衣物,孩童拍手欢呼着又可以出去踩水坑……

傍晚时分,我坐在办公室望窗外风景,四四方方的玻璃框将窗外的景色圈了出来,更像是挂在墙上的一幅油画。夕阳的余晖给天空镶了一道红边,万事万物迈入黑夜的前奏,最红的当然是夕阳,离它最近的云朵是粉色的,再远一点的依然是淡蓝色,甚至是白色,它们慢慢交织融合,最终浑然一体,是说不清道不明的颜色。黑夜的黑从世界的尽头一点点地向中心靠拢,每朵云收集了人间的秘密跟着隐藏进更深的夜,待到落雨时刻,再一滴一滴地说给你我听。

花草生活

一

夏季炽热的太阳挂在高空，偶尔出现的夏风扫过城市角落，也都氤氲着热气。步伐匆匆躲避烈日的行人不忘在林荫下驻足，欣赏五彩缤纷的花朵。花草树木是城市的点缀，我们被大自然的美丽精灵们吸引，紧接着在居室打造专属植物精灵的角落，大自然延伸进高大的楼宇内不同人的家里。看着窗台上可爱的盆栽，默默感慨世界上居然有如此安静的生命，那小小一片泥土地下分明在演绎生命的炽烈。

受母亲的影响我喜爱养盆栽植物。几个月前休假去了趟故乡伊犁，那些日子一连下了好几天的雨。母亲每日清晨打开窗户，让她的盆栽植物们尽情呼吸新鲜空气，吸吮雨水，或者跟我们一样倾听雨声，感受自然，她像照顾孩子一样照顾窗台的盆栽。

大约四年前，父母亲搬迁至带有后院的新住宅，主要是慰藉两人向往田园生活的心，他们的心里一直装着从前县城的那座庭院。父母亲成长的家就是有院子的家，父亲更是在有大片菜地、牛羊圈舍，以及牛羊圈舍的院子长大。于是乎，有了后院的母亲把盆栽数量增加至两倍，甚至可能更多。一阵微风穿过雨滴的缝隙闯进屋子，经过那群静谧中的盆栽时，空气中或浓或淡的花香，抑或泥土的清香扑鼻而来，接踵而来的是直达心底的舒畅，那是生活的味道，生命的滋味。

二

母亲一直保持养花的习惯。从平房院落的大片空地到城市住宅楼的小阳台，粗略估计我们前后共搬了五次家，母亲当然也种了一路的盆栽。我们的搬家路亦是母亲盆栽的搬迁路。这一回父母在新房的后院里搭建了同二十年前平房院落相仿的花园。养花，种菜，翻地，浇水，两人忙得不亦乐乎，他们劳动的汗水洒在土地上变成了花草和蔬菜的一部分，所以人们常说劳动的果实。多年来，不管那些盆栽花卉的栖息地或大或小，在室外或是处于温室，它们其实都是母亲心中庭院的雏形，母亲把从前的庭院装在心里，跟了她从少年走到青年、壮年以及退休后，带孙女的日子。

所有的盆栽植物里最让人惊叹的非绿萝莫属。父母乔迁新居时顺便将老房子的绿萝一并带来，虽说是为净化空气，实际是一份浓浓的情意，毕竟这盆绿萝陪伴母亲多年，已经繁殖出好几盆，有些送给了街坊邻居，在别人家继续繁衍。又经一年，绿萝悄无声息地顺着楼梯扶手一直延伸到地下室，并且在木地板上铺展开来，好像一条河流顺流而下在木地板上形成了一汪水。绿萝叶子的鲜嫩与楼梯的棕红巧妙搭配，不失为一种天然的装饰。那一盆绿萝的藤蔓不仅向前生长，它的每一片绿叶又紧紧地环绕在楼梯的每一根柱子上，这种动与静、生与止的和谐，不禁让人对自然的奇妙感慨万千。

虽然伊犁和乌鲁木齐相隔六百公里，但与母亲的日常通话中，她总是像关切老朋友般不忘询问我那几盆盆栽的近况。一个母亲的牵挂不惧怕距离，哪怕那距离是硬生生地需要用时间兑换的漫长的地理距离。母亲常说，花草的生长也在反映你的生活，千万不要让它们凋零、衰落。母亲的此番话语大有智慧，我一直铭记于心，用心生活的人对万事万物也一定是充满热爱的。平日哪怕再忙碌或疲惫，我也会沉下心来认真打理房间、养花种草、细心照料它们，经百般呵护，我也换来花草美妙的反馈。

一花一世界，一草一天堂。窗台前的花草世界是一群深沉而不屈的生命精灵的演绎，它们用婀娜曼妙的身姿诠释生命的力量。漫长的、寂寥的岁月，它们在泥土下的黑暗中呐喊，渴望阳光的眷顾，准备就绪便一根接着一根破土而出。花开四季皆应景，俱是天生地造成。行走人生四季，我们和花草一同朝气蓬勃，向阳而生，这显然是宇宙中一种相得益彰的陪伴和成长。

七月的草原

一

7月,太阳热情奔放,世间万物也格外蓬勃。刚刚结束百万牲畜从春秋牧场转向夏牧场迁徙的牧民们纷纷开始了热闹而繁忙的高山夏牧场生活。夏牧场位于凉爽湿润的山地,那里水源充沛,草木繁盛,随处可见"风吹草低见牛羊"的壮观景象。牧民们逐草放牧,制作毡子,酿马奶酒,加工各类奶制品,也举办室外婚礼,赛马叼羊等等娱乐活动。大自然赠予草原人民独特的情趣生活悄然拉开帷幕。

夏牧场,毡房外随处可见妇女结伴擀毡的场面。新疆的制毡工艺历史悠久,制毡的工序中擀毡步骤尤其重要。原材料的选择上来说,擀毡的羊毛必须是夏天的绵羊毛,擀出来的毛毡柔软、暖和,适宜牧人在天寒地冻的冬牧场使用。擀毡首先要做的是弹料,绵羊毛选定后将它们均等摊开在干牛皮上,再选用粗细适中的树枝条开始弹料,弹料需要非常用力,否则绵羊毛还是原来的模样,根本见不着它们薄且透明的样子。妇人们嘴上虽然说笑着,但双手的力道丝毫不减弱,一下又一下狠狠打在羊毛上,动作持续到绵羊毛变得松弛且富有弹性,便是完成。就近的毡房主人家的儿媳端出一壶奶茶给劳作的妇人们一人倒一碗解渴，大大的太阳下，热奶茶下肚，汗吧嗒吧嗒地从脸颊滑落，溜进老妇人嘴角的沟壑中，与岁月一起沉淀。

二

除了制作各类毛毡、花毡外，7、8月也是牧民制作各类解暑饮品的好时节。若受邀做客哈萨克牧民家，热情的女主人会在榻榻米上摆一个大的花色餐桌布，牧民称之为"达斯塔尔汗"，接着，酥油、包尔萨克、酸奶疙瘩、马奶酒、奶茶一一端上来，将达斯塔尔汗填满。热情好客的牧民之间有个约定俗成的讲究，那就是招待客人的达斯塔尔汗不能太寒酸，否则客人心里会留有遗憾。马奶酒是夏牧场最受欢迎的解暑饮品，喝完一杯马奶酒首先醉的是膝盖，一杯又一杯马奶酒下肚，醉意缓慢上升，最后呈现在品尝者红通通的脸颊上，像是涂了腮红。每户牧民家酿出的马奶酒味道不尽相同，但马奶酒的做法千篇一律，将鲜马奶倒入皮囊抑或木桶中用特制的木棒反复搅拌，马奶在剧烈动荡与撞击作用下温度升高，直到发酵并产生分离，渣滓下沉，纯净的乳清浮于表层成为清香诱人的马奶酒。放牧归来的牧民进屋后首先要做的是倒一碗马奶酒饮而尽，再狂歌痛饮，整日的疲惫便也烟消云散。

从前，山上的牧民获取蔬菜的渠道少，于是做奶制品来平衡饮食，最常做的是酸奶疙瘩，牧民称之为"库勒提"，其奶味浓郁，味道酸甜。库勒提富含多种营养成分，具有健胃消食的功效，它的传统做法延续多年，牛奶发酵成酸奶倒入锅里用中火熬，熬好后将固态的酸奶装入布袋中挂起来让其水分全部滴尽，最后的成品取出来用手捏成小块儿，通常是圆形，逐个摆放在席子上，太阳下晒干。刚做成的库勒提是软的，入口即化，放久会变硬，即便是硬了的酸奶疙瘩也不可随意丢弃，把它浸泡在热奶茶里充当奶茶伴侣也是不错的选择，浸泡在奶茶里的库勒提变软，一口咬下去酥酥软软，很是美味。只要酸奶疙瘩储存得好可以吃四季，所以库勒提也是漫长的转场路上必备的干粮。

三

盛夏，草原上的牧民忙得不亦乐乎，城里的哈萨克人也有自己的解暑方式，那便是制作各类果酱。苹果、杏子、草莓以及唐古拉都可作为果酱的原材料。哈萨克人制作的果酱有一个浪漫的名称，叫作"瓦丽娜"。不管是家里的日常早餐，还是大大小小的节日宴请，达斯塔尔汗上少不了各种味道的手工果酱。我的母亲擅长做果酱，最常做的是草莓果酱，打开家里的冰箱，一排排草莓果酱映入眼帘，浓浓的草莓味儿直扑鼻子，赶忙拿出一罐打开瓶盖一匙挖下去，大的小的草莓在鲜红的果酱汁中若隐若现，咬一口，甜滋滋的，直接定义了少年记忆里夏天的味道。乌鲁木齐的夏天也是果酱的夏天，甜滋滋的果酱和甜滋滋的冰激凌相遇，丰富了人在夏天极为活跃的味蕾，也丰富了乌鲁木齐的夏天。

"仲夏苦夜短，开轩纳微凉。"唐代诗人杜甫的诗《夏夜叹》里这样写道。夏季白天长，夜晚短，人们的劳动时间因此也更加充裕，琳琅满目的美食相继浮出水面，丰富多彩的娱乐活动应有尽有。于是，夏日的色彩变得芬芳灿烂，明亮珍贵，常听朋友说："我喜爱夏天！"说这话的人眉毛向上弯，语调非常轻快。明媚的阳光下，生命在田野上、草原上滚动，拂动嫩绿的苗，掀起麦浪，划过树林，在天地间升腾，映照洁白的云朵，叠映在一个个忙碌的身影里。仿佛在说，日子，真的甜蜜。

第四辑

味道人生

味道人生

一

我打小就有坐车反胃的毛病，儿时常跟着母亲从县城坐大巴车去乡下奶奶家，两小时的颠簸路上我捂着翻腾的胃看着窗外飞扬的尘土，它们一粒粒出现再一粒粒消散，时间也附着在一粒粒尘土上，慢慢地走。十五岁远行第一次坐火车，胃在比大巴车平稳的火车上竟然翻腾得更剧烈，我吃不下任何东西，甚至一口无色无味的矿泉水也咽不下。趴在小桌板上想象母亲烧的奶茶，做的包尔萨克……八十余小时在想象中缓慢走过。过了三十岁，坐车反胃的毛病有增无减，闭上眼睛想象自己喝了奶茶，吃了包尔萨克，胃呢，过去这么多年，它依然甘于在想象中被欺骗，渐渐安分。

我太爱吃包尔萨克，一天三顿包尔萨克配奶茶也愿意。营养结构学说当然不提倡这样的吃法，但意志和身体对包尔萨克和奶茶毫无抵抗力。包尔萨克是哈萨克族家常油炸面食，色泽金黄，泛着油光。丰满的菱形里边虽然空心，但酥脆有嚼劲儿，咀嚼过程中隐隐约约的奶香和甜味同时与味蕾暧昧。包尔萨克可蘸蜂蜜、酥油、果酱、奶皮子，亦可抹辣酱，夹咸菜吃。在餐厅里点过一道菜，名为外婆菜，腌制的酸豆角细细碎碎装在玻璃罐里，另外配了一盘包尔萨克，包尔萨克大而饱满，咬一口，把腌菜装进包尔萨克的肚子，挤一挤再吃，整体是咸味。没忍住好奇询问店员外婆菜的来历，他说是湖南一带的家常菜，有缘千里相会，两个地方的"家常"碰面，不失为一次奇特的味蕾体验。抹辣酱的吃法我还未做过多尝试，理由是自己不太能吃辣，倒是看过一位美食博主在阿勒泰的早餐店，同时尝试包尔萨克蘸酥油、果酱、辣酱和奶皮子的吃法，甜的、咸的、辣的、酥的……各种味道想必让她大饱了"胃福"，羡慕她有不翻腾的胃。

　　遗传基因绝对带着对食物的偏爱，五岁的女儿也爱吃包尔萨克，喝奶茶的习惯几乎是复制我的习惯。望着小小的，尚在成长中的生命发幸福的呆，感觉她是另一个我，我在见证自己的成长。这样想，对小生命负责的声音在耳畔回荡，多深的缘分让我们以相似的样貌和相似的习惯借母与女的身份奇遇。在此之前我已走过近三十年的时光路，童年远去，虽然是我的童年，但我好像不曾参与，只记得碎片。常听父母讲，我打小爱吃包尔萨克，把它当饭吃……听着有趣，但总感觉是别人的故事。女儿也喜欢听我讲她更小时候的趣事，我会讲她第一次抓着包尔萨克用刚长出的两颗萌牙如何努力啃，大眼睛如何诠释尝到母乳之外食物的奇特体验。往后，她的童年记忆碎片是否也会跟包尔萨克关联呢。记忆碎片中最古老的一个关于包尔萨克的影像居然发生在两岁，我盘腿坐在榻榻米上抱着一个女婴，用从外婆那听来的乳名逗她，父母告知那年我两岁，女婴是妹妹。母亲抱着出生四天的妹妹出院回家，我扔掉手里啃了一半的包尔萨克哇哇大哭，以为她有了另一个孩子，从此不要我，母亲安抚我，让我抱妹妹，我抓起扔了一半的包尔萨克，它更甜了。

　　记录女儿的童年，也像是亲历自己的童年。小孩模仿大人的行为，或许女儿在模仿中积累了喝奶茶、吃包尔萨克习惯吧。不过我宁愿相信，奶茶和包尔萨克与小小的味蕾碰撞产生美妙火花。少时，逢年过节，母亲提前一天做成堆的包尔萨克装进大面粉袋，在阴凉处储存。来客人了，十个或二十个装盘摆在达斯塔尔汗——餐桌布上。那时客人多，包尔萨克更多。和面、饧面形成生坯到热油煎炸皆是母亲一人完成。她站在炉灶前，小心地把生坯逐个沿大锅边缘滑进热油，一次煎十个。母亲叮嘱我和妹妹站得远些，担心热油溅到脸上留印子，但她不担心自己，女人当了母亲就有了盔甲。第一盘包尔萨克稍微放凉，母亲给我和妹妹一人一个，我俩捧着热乎乎的包尔萨克边咬边吹气，外脆里酥的包尔萨克嚼起来带清脆的"嘎吱"响声，没一会儿融化，留下甜甜的味道。

那些年只顾吃母亲做的包尔萨克，最近才试着独立做，相较十五岁就站在热油锅灶前做节日包尔萨克的母亲，有些太晚。做得还挺成功，女儿就着热奶茶一连吃好几个。包尔萨克的做法简单，但心要细。面粉、牛奶、蜂蜜、鸡蛋还有酵母通通搅拌和成面团，室温饧发至两倍。我饧面用了母亲的老办法，她做包尔萨克和馕饼习惯用达斯塔尔汗包裹面团饧面，再用被子包裹达斯塔尔汗，静置榻榻米阳光照得最好的位置。"过半小时就饧发好啦！"母亲总是自信满满，她如何不自信呢，60年代出生的女性，生活的历练赋予她们的除了成熟，更多的是自信。

面团像做月子的女人捂得严严实实的。到时间，发胖的面团把铁盆填满，母亲的自信处处得到印证。我效仿母亲拿着包裹在达斯塔尔汗的面团朝卧室走，突然觉得自己似乎拿着更多的东西，无法形容的富有感使得脚步更轻快。女儿暂停画了一半的涂鸦，跟在我身后，问："妈妈，你在做什么？"我说："面团要睡会儿觉。"低下身子，给她看了一眼面团。如此回答是突然萌生的想法，目的是让女儿坚持午休的好习惯。女儿的眼睛睁得更大，黑色的眼眸飞快闪烁。我索性继续因一个小面团生出的大道理："人需要好好睡觉才能长个子，面团也是啊，睡一觉，它就变大了呢！"我答应女儿半小时后一起叫醒面团，见证它的长大。

饧发好的面团把铁盆装满，一身气孔，我对女儿的承诺兑了现。记忆又捡回一个关于包尔萨克的碎片，母亲做包尔萨克的影像，原来我不仅会吃，也记住了做法。把面团倒在面板上反复揉搓，换擀面杖擀平，继续用擀面杖当尺子把擀平的面饼切成大小均等的长条，再换菜刀分成大小均等的菱形生坯。边角料成不了菱形，就大致往菱形靠拢也形成生坯，总之不能浪费，这也是母亲的习惯。热油下锅时一度担心生坯干瘪，很快，听话的生坯一个个鼓起来，我用筷子不停翻面，母亲说过煎炸包尔萨克中火八九分钟差不多，果然，不到十分钟，几个"金胖子"就把大锅填满。我把整两盘包尔萨克端上桌，又搭配一碟酥油，一碟果酱，一碗奶皮子和一小盘塔尔米——炒黄米围在包尔萨克周围，再配一壶热奶茶，仪式感满满的早餐开启新的一天。

二

包尔萨克和奶茶是黄金搭档，类比豆浆配油条。一回带母亲和女儿去一家顶有名的奶茶店，店的位置远，但为了心仪的包尔萨克长途跋涉也是要去的。那天食客很多，三三两两聚在乳白色的餐桌上悠闲地品茶，舒展眉毛闲谈。女儿挑了凳子上印着漂亮花纹的位置，我们刚坐下，服务员小哥拿着菜单走过来，问我们吃什么。女儿率先点餐，大声地喊出："包尔萨克！"小伙子赶忙推荐店里最畅销的包尔萨克套餐。怕女儿吃不饱，我又加了一份肉菜。很快，小伙子将包尔萨克套餐端上桌，一壶奶茶，一盘包尔萨克，另外四个小碟子里分别是酥油、果酱、奶皮子、塔尔米。套餐如此丰富，我突然担心方才点的肉菜多余。

奶白、金黄和红润点亮餐桌，女儿拍着小手"哇"的一声凑近桌子，双腿雀跃地相互碰撞，用全身的力量表达欢喜。大而饱满，金黄酥脆的包尔萨克引发唾液洪水，我赶忙倒了三碗奶茶。女儿抓起包尔萨克蘸酥油、奶皮子咬了一大口，小脸蛋尽是满足。孩子认真吃饭的样子令人幸福，这是天下母亲的共情。"妈妈，包尔萨克太好吃了呢！"说话工夫，她又咬了一口，小嘴油光得可爱。中途，服务员把肉菜端上桌，这道热菜从此坐上冷桌子，最后只好打包。离开时，我注意到店内其他人面前的桌子都摆着一套包尔萨克套餐，他们吃包尔萨克，喝奶茶，用不同的语言分享不同的故事。一个包尔萨克吃进肚子，一段故事融进回忆。

三

我偏爱茶色浓些的奶茶，母亲说这习惯受了外婆的影响。少时，周末常和妹妹去两条街另一端外婆的大宅院，她烧一壶茶色浓黑的热奶茶，她烧茶用的是茯砖茶，茯砖茶过分的硬，真的就是茶叶堆砌的砖头，但外婆有力气把它们掰开剁碎，装在玻璃罐里，一点点取用。周末去外婆家还能尝到她煎的甜油饼，油饼的做法类似包尔萨克，不过油饼成圆形，中间有一个小孔。大部分人家做油饼不放糖，是咸油饼。外婆是因为我们爱吃甜的，所以专门做甜油饼。甜油饼外面也裹了一层白砂糖，吃的时候"哗啦啦"地掉在盘子上，赶忙用油饼咬过的一面把掉落的白砂糖蘸回来，油饼对折一下继续吃，总之不能浪费一丝甜。

倒奶茶不难，一点盐，一汤匙牛奶，兑入烧好的茯砖茶，一碗奶茶变成。一碗奶茶伴随哈萨克人的一生，只要有盐、牛奶和茶水，奶茶可在任何地方，任何时间产生。那点盐、牛奶和茶水呼啦啦混合的时间短暂，口渴的人可以等待，饥饿的人和赶时间的人亦可等待。千万个呼啦啦声串联起一个哈萨克人生命的最长音。一个哈萨克人一生喝过的奶茶次数估计能绕他生命最终定格的年轮好几圈。母亲的乳汁有奶茶味道,喝着奶茶长大,上学接着工作、成家,从此携着装了无数碗奶茶的身体行走世界……奶茶汇入一个人的生命长河,最后随他一同入土。一个喝奶茶的哈萨克人离开了,另一个喝奶茶的哈萨克人降临,生命轮回得如此简单。

　　成家后需要切换新的倒奶茶方式,用的还是盐、牛奶和茶水,会有什么难?自信满满地往一个空荡荡的蓝色茶壶里扔进去一把茯砖茶块,一旁的婆婆惊呼茶叶太多,她以多年倒奶茶经验中练就的速度飞快抓出几块茯砖茶放回罐子。融入陌生家庭的惧怕直接缩小到面前的蓝色茶壶上。我没有看见婆婆取出多少茯砖茶块儿,那样快的速度也没法看见。她舒展着笑容说:"倒着倒着嘛,就会了嘛!"倒着倒着我确实烧出好喝的、充满儿媳妇诚意的奶茶,无奈远在六百公里外的父母不是那些奶茶的常客。我欠了母亲最多奶茶,喝着她的奶茶出生长大,等终于能熟练倒一碗好喝的奶茶,做一盘金黄诱人的包尔萨克,吃的却是另一群人。最应该喝我烧的奶茶,吃我做的包尔萨克的父母,只能拿着手机望着我发过去的奶茶和包尔萨克的图片夸赞:"女儿烧的奶茶好喝,做的包尔萨克好吃嘞!"在一个地方索取,却要在另一个地方归还。欠母亲那么多碗奶茶,如何偿还?母女之间终究是一场无法重复的偿与还,数不尽的奶茶即是印证。

四

　　奶茶里可浸泡很多东西,比如包尔萨克、馕饼、酥油、奶皮子、塔尔米、塔里汗、杰尼特……喜欢甜味的人在奶茶中扔几块方块糖或者一块冰糖。大伯母喜欢放冰糖，冰糖在热奶茶里"噼里啪啦"溶化，奶茶的短暂奏乐能让耳朵不灵、一直游离在世界之外的大伯母得到无与伦比的快乐。平日眉头紧缩的她喝到放冰糖的奶茶时笑得像个孩子。公公喜欢在奶茶里浸泡酸奶疙瘩，是一种乳制品，未提取奶油的酸奶疙瘩色泽偏黄，味道偏奶味，另一种提取奶油的酸奶疙瘩呈白色，油性较小，偏硬也偏干。公公和婆婆一个早茶可以喝掉十余碗奶茶，两人不怎么吃晚饭，但能就着包尔萨克、馕饼、塔尔米、酸奶疙瘩喝好几碗奶茶。奶茶在他们的定义里等同于一顿饭。他们还偏爱烧茶时放些丁香，俗称阿帕——奶奶茶的奶茶。喝一碗丁香熬制的奶茶会出一把汗，深得阿帕们喜欢。我也蛮喜欢丁香味浓烈的奶茶，这个共同点一度成为我融入两人生活的突破口。

悠悠岁月，奶茶已超出一碗热饮的定义，它在哈萨克人饮食链中的地位无法撼动。母亲逛街中途累了一定要找附近的奶茶馆喝一杯奶茶解渴，实在找不到干脆忍到家自己烧一壶。一碗奶茶见底，母亲擦一把额头上的汗啧啧称赞："还是奶茶解渴啊！"即使喝过再多碗奶茶，面前那碗奶茶依然是另一碗，胃永远给另一碗奶茶留了位置。少时，免不了被橱窗里紧挨着的瓶瓶罐罐投射进眼睛的红的、黄的、绿的……色彩诱惑。喝一口无数气泡由嘴巴欢腾至胃，谁的童年没有对味道做大胆尝试呢？那样的味道某一天进入生命又在某一天游出生命。多年来解渴首选似乎还是一碗奶茶。出差回家，进门脱了鞋，第一件事烧一壶热奶茶，挖一匙酥油，望着还未打开的行李箱喝一碗酥油奶茶，满足简直不是身体的，而是心里的。

奶茶是哈萨克人早、中、晚三餐的常客。大小节日那更不用说，奶茶倒在精致的茶碗里也穿上新衣服，头顶白色的奶皮子帽子，随时等待跟古尔邦节、肉孜节的祝福一同流入每个人的肚子。茶碗端起来的瞬间,升腾的热气把快乐点燃,弥漫屋子的快乐把幸福刻在年轻的、年幼的、年老的脸颊上。奶茶给我画了很多笑脸,那些时候,父亲、母亲、妹妹也是同样幸福的笑脸。求学那几年想念母亲的奶茶,超市里的袋装奶茶成为冲淡思念的首选,买得最多的是咸味草原奶茶,打开包装袋,开水一冲就是一碗奶茶。它们起了一定的作用,久而久之,再多袋装奶茶粉的味道也挡不住体内滚烫的、对母亲烧的奶茶的思念。这不能怪袋装奶茶,毕竟长久浓缩于小袋子,还要求满足不同人的味蕾,不是那么容易的事,怪就怪味蕾忠诚于母亲的奶茶。

袋装奶茶、瓶装奶茶、杯装奶茶各种奶茶粉墨登场,各显神通,一个赛一个的漂亮精致,以红、绿、黄、咖啡色等亮色渲染日子,渲染一个人单调的生活。它们也曾渲染过我的大学生活,和室友一人一杯珍珠奶茶坐在秋千上畅想不着边际的未来,荡不荡秋千不重要,日子很惬意,是可以拿着一杯不那么贵的时尚奶茶游走于时间的青春惬意。我从不吃里面的珍珠,室友说我浪费。母亲烧的奶茶里面的成分我都熟悉,但面前那杯珍珠奶茶里的黑色珍珠我不熟悉,这是不吃它的理由,舍友勉强接受我的辩解。袋装奶茶、瓶装奶茶、杯装奶茶一面渲染生活,一面索要代价,十五元、二十五元、五十元……母亲的奶茶免费,它不要代价,不求偿还。怀念和父亲、母亲还有妹妹一起喝奶茶的日子,我们围着达斯塔尔汗,日子围着我们。某天,我远行,几年后,妹妹远行,四个人的早茶变成两个人的早茶。朝家狂奔的路被遥远的距离拉长,回家的路越来越远,与父母一起喝奶茶的日子越来越少。结婚,另一座城市建新的家,炉灶上放着母亲送的白色茶壶,我每天用它烧奶茶,日子一天天在新的城市累积,太阳在累积的日子升起再滑落。一桌奶茶周围聚集了陌生人,另一天,他们从陌生人变成熟悉的人。奶茶有这样的魔力。

五

　　一碗奶茶背后蕴藏伟大智慧。牧民不停转场冬夏牧场，飘浮草原上的游牧生活肉类虽然丰富，但蔬菜稀缺。一多一少使得智慧引发一系列与奶相关食物的尝试，奶茶、酥油、奶皮子、酸奶疙瘩……它们在各种意想不到的环境中产生，有些甚至能长期保存，这些食物如同不会被打破的承诺般，经手戴银戒指的妇人双手创造的那天起伴随亘古的牧场生活。对大量食用肉食的哈萨克牧民而言，奶茶帮助去油腻、助消化，还能提神。漫长的游牧生活，奶茶亦是精神寄托，一碗奶茶象征团圆。圆碗中的奶茶与毡房的圆天窗对望，把一家人的一生紧紧圈在一起。

　　奶茶对少年的我意味着一顿非常顶饱的饭，放学回家，骑自行车从红色大门滑到玻璃房门口，扔掉自行车，急匆匆地跑进厨房，只为喝一碗母亲烧的奶茶。上午的第四节课肚子咕咕叫个不停，最后十分钟完全没有在听，满脑子想着往奶茶里放一匙酥油，一匙塔里汗，吃一顿饱，或一匙酥油外裹一层塔里汗塞进嘴里，幸福也跟着酥酥软软地浸漫全身。此时千万不能说话，更不能笑，否则塔里汗的粉末飞出嘴巴，溅到四处，相当滑稽。这样想着，老师上课的话语由一字字变成一句句，最后变成模糊的一片嗡嗡声。塔里汗是哈萨克语，炒熟的小麦或大麦磨成粉就是塔里汗，有浓浓的麦香。

　　我家离学校远，县城没有通公交车，自行车几乎是所有学生上学放学的工具。校园里除学生外最多的就是自行车，成堆成堆的自行车常让我恐慌，以至于梦见自己在自行车堆里找不到自己的那一辆。有趣的是终于还真的弄丢了。冬天没法骑自行车只好走路，借着月亮打在雪地上的光早早出门，寒风搜刮全身，想要找到撕破温暖的突破口，庆幸肚子里装了好几碗热奶茶，足够我一路热乎乎地到学校。那些年母亲的奶茶温暖半小时的上学路，也将温暖一生。放学回家，奶茶和包尔萨克已准备好。妹妹从城中的另一个学校赶来，父亲从城南的工作单位赶来，母亲是最先来的，她教书的学校离家近。母亲烧一壶奶茶，盛一碗包尔萨克等待。我们从四面八方赶回家喝奶茶，吃包尔萨克。那样的赶，是在往幸福赶。

我喝奶茶喜欢放奶皮子再加一匙酥油，少时家里不缺酥油，亲戚朋友送，母亲也会做，未曾想过有一天会像个无头苍蝇似的到处找酥油。传统酥油的制作工序相当复杂，说传统是指它们出自人工，一个会做酥油的高手用双手制作，经双手揉搓还经自然风的吹拂、太阳光的照射……传统酥油包含太多自然力量。加工酥油当然哪里都能买到，味道似乎欠了点，到底是一点纯？一点咸？一个明显的区别是加工酥油泡在热奶茶里融化的波纹根本不是金黄色嘛。驾车翻遍全城终于找到装在羊肚子做成的袋子里的传统酥油，那袋子也是手工制作，问价格，真的贵。老板举起酥油，竖起大拇指夸："这个嘛，好酥油嘛！"就算他不夸，太想吃了，也一定会买。想要找到童年记忆碎片的颜色和味道，如今需大费周折。

酥油从牛奶中提炼，色泽鲜黄，促进消化也有助于提高记忆力，总之是另一个对身体友好的食物。金黄的包尔萨克蘸取金黄的酥油浸泡同样金黄的奶茶，趁热赶紧咬一口，酥酥软软滑进嘴巴，回味无穷无尽。酥油亦可夹到热馕饼里吃，但一定得是热乎乎的馕饼，掰开露出馕心，舀一匙酥油填充进去，手轻轻按压，酥油均匀地渗透馕饼，这个时候已经很香，稍微忍忍，酥油把馕饼浸湿再大吃。酥油在长年的游牧生活中应运而生，它是太阳的金光凝结在餐桌上的金色宝石。达斯塔尔汗有了这块金色宝石，阴天、雪天都是金灿灿、暖洋洋的晴天。

六

  穿衣服注重搭配，食物也需要搭配，食物的搭配包蕴味蕾的偏爱，营养结构、数量要充足，比例要适当……是大学问。我吃包尔萨克秉持两种搭配路线，咸味路线和甜味路线。蘸酥油和塔尔米在热奶茶中浸一下，包尔萨克的酥脆，酥油的咸和塔尔米的米香混合，此乃咸味路线。抑或选择"甜"，包尔撒克的一角蘸取奶皮子，小匙挖出果酱抹在奶皮子上，乘汁儿没来得及滑落赶忙塞进嘴里，浓郁的奶香，果酱的酸甜立马充盈味蕾，香甜软糯，甜而不腻。塔尔米也是传统美食杰尼特的原材料之一，大小介于大米和小米之间，米色发黄，也称小黄米，做杰尼特还需要塔里汗，哈萨克人家里常见塔里汗，因携带方便，出远门的人拿它当干粮，极适宜游牧生活。塔里汗耐得住炎热天气和漫长时间，基本不会发霉。我喜欢将塔里汗浸泡于热牛奶，再加点酥油做成塔里汗牛奶粥吃，塔里汗的麦香在热牛奶中更浓郁，是冬天暖胃首选。

  味蕾对食物的定义一定是母亲赐予的，母亲做的食物就是它的定义。我和妹妹爱吃甜杰尼特，母亲把塔尔米、塔里汗、白砂糖混合，加入新鲜的马油搅拌放凉一晚。塔尔米的米香，塔里汗的麦香，白砂糖的甜一并浸入醇厚的马油。隔日新鲜的杰尼特端上达斯塔尔汗，挖一匙放嘴里，嘎吱嘎吱的清脆声响彻大脑，响彻屋子。上个月母亲来乌鲁木齐看我，意外带了一整袋杰尼特，我和妹妹都出去上学后她很久没有做了。担心吃不完，我每天早上盛一碗就热奶茶吃，袋子不到一个月空了。母亲忍到我吃完那天做了一个总结："我每天早上准点听到你吃杰尼特的'嘎吱'声。"我被母亲逗笑了。吃惯母亲做的杰尼特，尝到其他口味的杰尼特一度无法适应。有些人家用炒面粉，抑或把馕碎末捣成细粉代替塔里汗，也有的把马油换成羊尾油，甚至食用油。各家人做出各种味道,都是各自心中独一无二的杰尼特。儿时邀请好友小迪吃母亲做的杰尼特,她坚持说那不是杰尼特,味道和她母亲做的大有不同。我和她争得面红耳赤,友谊小船差点儿破裂。有趣的是,我和迪的友谊延续了二十多年,她早就爱上了我母亲做的杰尼特。

七

少时母亲手握粉笔很有力地在黑板上破解数学题,好像没有她不会解的题。她的双手亦可温柔地在面粉里转圈,魔法般变出点缀节日的各种大的、小的、方的、圆的点心。肉孜节和古尔邦节,我家非常热闹,亲戚朋友,我和妹妹的同学,父亲和母亲的同事,一拨接着另一拨客人把客房横着、竖着摆放的花毡坐满。母亲不停地烧奶茶,添包尔萨克,达斯塔尔汗上的包尔萨克像连绵起伏的山,很快被吃空。母亲的包尔萨克和奶茶被更多的人吃进肚子,去了不同的地方,编织了不同的故事。一回毕业后定居湖南的同学通过微信找到我,打的第一个招呼竟是:娜,想念你家的奶茶和包尔萨克啊!

距离产生美不仅适用人与人,人和食物之间亦可适用。十五岁外出求学,远行开始得过早,距离太长,离家四千多公里的陌生城市,对天山脚下故土的思念汹涌澎湃,思念的潮水浇灌全身,一小部分由双眼流出,头一年疯狂想念母亲的奶茶和包尔萨克,达斯塔尔汗上起伏的山,绵延的河,还未来得及经过味蕾流进全身,我却匆匆离开。味蕾遇见南方土壤孕育的荔枝、龙眼、油甘、山竹……新的味道渐渐被身体收纳,它们和奶茶、包尔萨克成为朋友,塑造了新的我。

我从一个爱吃拌面的人变成爱吃米饭的人。坐在办公楼窗前,双手敲着薄薄的键盘源源不断地输出文字,思维在两种语言中切换。此时,如果响起黑走马舞蹈的音乐，我可甩开辫子，挥动手臂尽情地跳一段。带着一个地方的味道走进另一个地方的另一个味道，两个味道结合产生奇妙的化学反应。天南地北的味道在一个人的流动中穿越时空和地域，在所经之处留下痕迹。于是人在不同的味道中体悟人生，接纳一点一滴悄无声息滑去的日子。

新　年

一

年根将至,新年的脚步声嗒嗒嗒地在耳畔清晰而响亮地响起,容不得人去忽略它,我们也不想忽略新年的脚步声。眼下2023年即将远去,成为一个人生命中另一个珍贵的年轮。短暂的生命,我们珍惜时间,看重生辰,用隆重的仪式和全部的热情庆祝它,让新年到来的这一天成为那一年响亮的开端。2024年就要到来,日子在悄然生息中向前迈了一大步,社会在发展,新一年,或许门前一直未修的路通车,驾车每天经过的河滩路的那一段架了新的高架桥,视野突然向上拉高了一层,买菜常走的路增加了新的公交,可以直接到市场门口,生活的区域新增了醒目的高楼,购物的、吃饭的、看电影的人流即将在那里堆积,城市即将增添新的热闹。人也在奔着铺展在一生里的目标徐徐前进,通过重要的考试,与一个人步入婚姻,家里添了新成员,搬进新的住宅,换一辆更大的车……短暂的一生我们常言不能物质,却也在生活里看得见的物质中得到满足。

新年之所以叫人期待且是带着心动的期待,首先因为它的"新",

关联新年的一切，即将在这一年发生的事，遇见的人都是崭新的，未知的。人们习惯对未知的事物赋予期待，因为它未知，还没有发生，所以人愿意相信未知的事会按照期待的样子发展，是可以操控的。过去的事物即使留有遗憾也只能无可奈何，在年末和新年的交汇之际归于平淡，人在心里对遗憾的人和事释然。

对新年的另一个期待是因为"年"，关于时间的量化概念里年是最大的一个，它包含十二个月，三百六十五个日子，当然，如果以时、分、秒来计算数字更大。新年，一个人会再度成为时间的富有者，大把的日子等待着我们计划，像是手捧空篮子洋洋洒洒地在大商场挑选喜爱的商品，光是想一想就令人兴奋。我们又将张开双臂拥抱一个完整的一年，新年漫长又值得期待。过去一年中的遗憾在记忆网中的漏洞，兴许能在新的一年里弥补，没准能得到比预期更多的惊喜。再者，过了新年还有春节，春节是家人团聚的日子，亦是喜庆的日子。春节的喜庆在于火红的灯笼，绚烂的烟花，多彩的衣服以及释然的笑脸，升腾的人间之爱，分散五湖四海的亲人，朋友在除夕夜相聚，一起吃热闹的年夜饭，共同迎接崭新的一年。即使春节总是与严寒碰撞，但人在春节的感受是热烈和温暖的，亲人朋友的相聚并不是在等待一个合适的时机或是借口，于是选择在春节这一天实现。忙碌的人，奔波的人，谋生的人，在一年中等待元旦之后的春节，临近春节便无所顾忌地放弃忙碌和奔波，跨越百里、千里、万里的距离，挤过拥挤的归家人潮，带着一年的收获和喜悦，坦然地奔向所爱的人、牵挂的人，奔向远行路上，留在身后的故乡，带着新的地方的新的记忆回到故乡的熟悉的地方融进熟悉的记忆，旧的记忆与新的记忆融合，成为了一个人一生的记忆。

二

  中国人对新年的期待自古就有，王安石在其诗句《元日》中说道："爆竹声中一岁除，春风送暖入屠苏；千门万户曈曈日，总把新桃换旧符。"意思是旧的一年在爆竹声中过去，暖和的春风带来了新年。初升的太阳照耀着千家万户，他们都忙着把旧的桃符取下，换上新的桃符。又见，春堤晓星的《忆江南·新年》里："新年到，老幼尽开颜。倒数声声天地响，腾星点点世人欢。守夜不思眠。"足以可见，春节的热闹氛围能够跨越时空做到古今一致，是芸芸众生人事代谢的共同欢愉。春节一过，大地渐渐暖和，冰雪消融，带着冬天世间所有关联烟火气的记忆化成水渗入广阔的土地。于是来年春天，当朝阳拨出第一道光，树木、小草便在那束光的指引下带着烟火气的记忆露出萌芽，接着在夏天欣欣向荣，秋天金黄灿烂……生命生生不息，四季在辽阔的大地流转。

  人们忙碌了一年，经历四季，穿越一年中刺骨的寒冷，从各处走来紧紧拥抱，互相取暖，然后欢欢喜喜迎接新年，于是春天在欢声笑语中悄悄靠近，新的一年在快乐的氛围中隆重登场。我们因此期待新年，亦尊重新年，穿漂亮的衣服，吃热爱的美食，用一系列仪式给它定义内涵，丰富它的内容，也进而丰富短暂而劳碌的一生。一年中为数不多的节日里，新年是重要的，珍贵的。

  新年的钟声即将敲响，乌鲁木齐的新年氛围愈发浓厚，它堆积在城市街头的灯光上，助力它发出更亮的光芒，照亮角角落落为生计奔忙的人，勇敢的人，或羞涩的人。它也成为高楼大厦的披风，彩色的大字，变幻中的图案在披风上来回闪烁，高楼似乎有了神奇魔法。行走在隐隐新年氛围下的乌鲁木齐，叫人怎么不心动？曾和友人相约在乌鲁木齐热闹的餐厅倒数跨年，刚刚毕业的年轻人在乌鲁木齐刚刚落脚，正努力转换身份，适应乌鲁木齐的节奏，感受它的热闹和繁华，高喊"十、九、八、七……"倒数新年的脚步，迎接新年的日子仍然记忆犹新。那时我们真的年轻，对乌鲁木齐的奋斗生活充满热情和期待，后来，我们带着那样的热情和期待在乌鲁木齐生活了十年，有了家庭，有了小孩，有了新的一起期待新年的家人，也成了乌鲁木齐夜晚千万个高耸的楼宇内比千万更多的，明亮的窗户里的人，我们在夜晚点亮城市，城市点亮我们的生活。

三

常想起儿时迎接新年的记忆，元旦那天，班里所有的同学带着自己最爱吃的零食，也有同学打包一份他母亲做的小吃，平日在成绩排名上争上下的前后桌，这会儿愉快地分享食物。我们把课桌拼起来围成一个圈儿，在教室中间空出很大一块表演节目，有些节目是几个同学一起编排的，也有些是个人表演，我常表演钢琴独奏，那算是我顶自豪的一次亮相。上大学后，元旦的庆祝方式变得个人化，不再是同学大范围庆祝，三两好友约着逛街、吃火锅或者看一场跨年演唱会是大学生庆祝元旦的方式，于是亮相的机会不再有了，大脑不知不觉地过滤掉很多钢琴曲目，到现在，留在记忆里的所剩无几，不过坐到一架钢琴面前，用双手轻轻地触碰黑白键，肌肉记忆起了作用，多少还能弹奏出记忆里的曲子片段。

少时，元旦之后的春节一家人围在一起看春晚，嗑炒瓜子，第二天穿漂亮的新衣服去同学家拜年，那时我们不仅是时间的富有者，味蕾的富有者，也是节日的富有者，用全身的力量经历节日里的时、分、秒。或许是因年少，日子的重量有父母替我们背，我们有的只是自己的重量。不管是在儿时或是在成年,时间从来都是等量的,只是成年后的我们过分注意时间,那么也因像年少时那样,分外的注意新年,注意每一个意义非凡的节日。

天涯海角

一

不久前我被拉进小学同学微信群，细数起来我小学毕业二十年了，二十年足够一个少年成长为青年。初中毕业后我外出求学，那时还没有微信，不是人人都有手机，拥有手机号，很多同学到后来就成了QQ里沉默的、暗黑的头像，偶尔头像变成彩色会心生惊喜，马上发过去问候，聊天的内容大多数是近况，因为彼此都有了那个年龄背后拖带的沉重的事，时间不如小学时期那般多，于是聊天的时间愈发短暂。时光流逝，脑海中大部分同学的面容已模糊。待我报出姓名，安静的微信群顿时变得热闹：《娜，我是你的同桌！》《娜，我参加过你的生日派对嘞！》《老同学，还记得我吗？咱们也是初中同学。》……

一顿猛烈的问候，让我感动之余是惭愧，我还在通过早已改变样貌的微信头像，仔细地与对方从前的样貌对应，努力地回忆，可他们在看到我姓名的那一刻就已经知道我是谁。为何我丢失了时间，也抛弃了那个时间里的回忆？

正当我对照同学的姓名和微信头像逐个回忆他们的模样，微信提示新的好友申请，我点击通过，原来是小学同学红："娜，记得我吗？我以前常去你家喝奶茶，吃包尔萨克呢！""当然记得，我还吃了你送的端午节粽子呢！"我很快回复了她。红是我不会忘记的小学同学，我品尝的人生中第一个粽子是红带给我的。有一年端午节恰逢周末，我在院子里帮母亲晾晒衣服，突然，门外传来清脆的敲门声，我跑过去开门，是红。我和红的家住得很近，一条街的两头，上小学时，我俩是无话不说的好朋友，一起相约上学、放学，周末结伴踢毽子、跳大绳。

红手里捧着布包裹，我隐约闻到一股特殊的清香。"娜，我母亲托我捎些粽子给你们吃。"她看着我说，眼神非常诚恳。"过端午节一定要吃粽子呢！"见我诧异，她又补充了一句。红说话喘着粗气，脸色微红，应该是怕粽子放凉，一路小跑过来的。大大咧咧的我被实实在在地感动了，赶忙接过包裹，一股热气由我的手掌心蔓延，甚至要逼得我掉出眼泪，但我非常怕真的掉出眼泪，那样一来，在几乎什么都是我做主的，我和红的友谊面前，似乎有些占上风的我，该有多丢人。庆幸因为还要给亲戚家送粽子，红便急匆匆地走了。她向前小跑了一段路，回头朝我大喊道："娜，粽子要趁热吃啊！要蘸白砂糖才好吃咧！"我挥手答应着，感觉手里的粽子越来越热。

二

我将包裹拿回屋，告知父母粽子是红的母亲特意包给我们吃的。母亲欣然地打开包裹，一股浓浓的糯米清香扑鼻而来。母亲把粽子装进家里盛马肉纳仁的盘子里，一家人围坐在盘子周围小心地打开粽叶，再蘸取白砂糖趁热吃了起来。软糯的江米，红红的大枣，甜甜的白砂糖，我们吃得津津有味，那味道至今难以忘怀，但凡我在超市货架上看到包装得精美的粽子，总能想起红的母亲包的粽子，那一天吃的粽子的味道也神奇地经过味蕾涌上舌尖。包粽子很有意思，一次参加社区的迎端午活动，跟着小区居民王大姐学包粽子，取两三片粽叶，将粽叶的硬角剪掉，卷成一个圆锥状，往里面盛入糯米和红枣，小心地压紧实，再将叶子相互折叠，形成一个漂亮的三角形，找一根红色细绳将粽子紧紧捆扎，就成了。王大姐另外又示范了穿针的方法包粽子，把粽叶当成线，真是了不起的智慧。

微信中我与红一直说着儿时的故事，记得每年肉孜节、古尔邦节，母亲准备丰盛的食物招待来我家的同学。餐布上的馓子、果酱、饼干、干果及包尔萨克应有尽有，还有水煮羊肉，母亲的拿手凉菜以及她烧的奶茶。家里最大的客厅几乎可容纳我一整班的同学，我穿着新衣裳等着同学来我家拜年，接受他们对我新衣裳的赞赏，和他们吃一顿饱，这一顿饱是肚子胀到需要扶墙走的饱，是足以弥补一生的饱。我和同学成群结队地去往下一个同学家，从早到晚吃到肚子撑，鞋子磨脚，仍乐此不疲。少年的我们有着巨大的胃和巨大的快乐。日子在我们心里种下了一颗甜蜜的种子，那样的日子漫长到我们误以为自己可以一直是孩子。庆幸的是，过往日子中的珍贵的回忆足以弥补一个人的一生的缺憾。所以，我们总是轻易地原谅一些人和一些事，总是用童真的笑脸面对陌生人，温暖一个陌生人，就是温暖了你自己。

又一年端午节，那些年一起吃粽子，吃馓子的，我可爱的同学们，你们还好吗？天涯海角，祈愿你们如意安康。

凉皮影像

一

在米东区，凉皮是人们四季喜爱的美食。炎热的夏季躲进一家凉皮店吃一碗清凉爽口的凉皮，痛快解暑。寒冷的冬季钻进一家凉皮店，吃着热汤凉皮以及热气腾腾的烤肉，餐后饮一杯茯砖茶，身子便暖和。店主们将凉皮干拌一下成了不带汤的干拌凉皮，小火炒一下，凉皮变身炒凉皮，或者用火龙果、菠菜等榨成汁，制作精美的彩色凉皮，还可以大米做材料，制作又白又细的大米凉皮……人们生活节奏变化了，凉皮也跟着变出各种花样，但烧烤自始至终是凉皮最完美的搭配，一口凉皮，一口烤肉，成了多数人的饮食习惯。一日不吃凉皮不会有什么想念，时间久了，味蕾对凉皮的记忆不断从舌尖往外涌，让你情不自禁地约上三两好友又一次出发前往凉皮店，点一份凉皮套餐。

行走在米东区的大街小巷随处可见各式各样的三凉店，它们或以店主的名字命名，或干脆取名羊毛工凉皮。各家做法味道不一，但都凭借油泼辣子浇灌凉皮和擀面皮绕上食客的舌尖，再进一步抓住食客的心。但凡稍有名气的凉皮店，一问老板营业时间，都至少有十年。

我和先生刚认识的那段时间，他带我吃遍了米东区的特色美食，其中有一家是他从小吃到大的凉皮店。恰逢午饭时间，店内座无虚席，店外摆的四五张桌子也都坐满了人，一旁的烧烤架上师傅忙得不亦乐乎，脸涨得通红，时不时用毛巾擦拭额头的汗珠，而那些烤肉在阳光下尽显诱人的姿态，极高温度下签子上的肉发出"滋儿滋儿"的声音，逼的人直冒口水。

排队等待的时间，我索性观察凉皮的制作过程，一个硕大透亮的橱窗里站了三位女士，其中一位体形微胖的是老板娘。她们的面前分别摆着红的、黑的、白的、黄的作料。据先生介绍，这家凉皮店的特色就是秘制的汤料，我目不转睛地盯着老板娘，她动作娴熟，一手端着平底锅，一手分别抓取凉皮、黄面、牛筋面、红薯粉装入平底锅，再将葱花、黄瓜丝、花生粒、辣椒酱、汤料等按顺序加入其中搅拌，热油一浇，"刺啦"一声，升腾起的香味又一次成功吸引像我这样排队等候者的目光，"何时轮到我吃呢？"我又吞了一遍大面积涌出的口水。后来这家店搬迁至马路对面，我跟同事相约着去过几次，进门点餐、排位等候再到凉皮的制作，整个过程流水线十分顺畅，用餐体验相较从前有了大幅提升，总之有点快餐的意味。

二

想必每个人的记忆里都有一份专属的凉皮影像档案。儿时，牺牲掉原本就不多的零花钱坐在街边的小摊上，快速享用一份全掺凉皮，全掺意为凉皮、黄面、擀面皮、高旦面等全部加起来拌，吃完全掺凉皮嘴角的油还未抹净就狂奔向学校。成年后，空闲的晚上，一身随意的装扮逛进夜市悠闲地享用凉皮和烧烤，再来一大杯卡瓦斯，打一个响嗝儿，各种味道走出嘴巴又循环进鼻子，突然就满足了。

不知不觉中凉皮伴随我走过了许多岁月，吃凉皮不需要门槛，出了自家的门便可入凉皮店的门。当然，吃凉皮也不需要仪式感，我们可以自在地跷二郎腿开怀大笑，可以辣到嘴边抹眼泪，同时分享生活趣事。或许一碗凉皮给予我们的不只是独特的香辣和筋道的口感，它早已汤汤水水地渗入人们漫长的成长过程和他经历的日子，也同时融进一座城市的发展进程，成为一种符号。譬如，一来米东区，人们就说："走，吃一碗正宗的羊毛工凉皮！"

熟悉的馕香

一

我是一个吃着馕长大的，土生土长的新疆姑娘。儿时，我家对面有家馕店，店主是一对亲兄弟，大哥叫玉素甫，弟弟叫玉山江。兄弟俩每日起早贪黑，勤勤恳恳经营，逐渐成为左邻右舍甚至几条街外的住户们买馕的定点店。中午放学回家，我的首要任务就是拿着馕票排队买馕。馕票是母亲用面粉换来的，每当馕票箱快要见底，母亲就将一袋十公斤的面粉放在自行车后座上拉到玉素甫的馕店，玉素甫用老式杆秤称重，经换算，很快向母亲报出可兑换的馕的数量，经过一番讨价还价，母亲愉快地领着馕票回家。一年四季，刮风或者下雨，我总是在中午放学后的固定时间，手握三张馕票准时出现在玉素甫家的馕店里，我是自信的买馕人。

玉素甫家的馕主要以洋葱馕为主，薄且圆又大。经烘烤的洋葱萎缩变小变红附着在焦脆的馕表面，吃到嘴里有点像嚼泡泡糖，有弹性但很快随馕一起在舌尖融化，留下的是皮芽子香混合的馕的脆香，相较芝麻馕我更喜欢皮芽子馕。弟弟玉山江从里屋进进出出递生馕坯，哥哥玉素甫负责打馕，他身着黑色皮质围裙，脖子上常年挂一个灰毛巾，随时擦汗。玉山江也忙得不亦乐乎，他两手端两个大托盘，里面足足摆下四个生馕坯，玉山江把生馕坯放到满脸通红，满头大汗的玉素甫身旁。玉素甫迅速将生馕坯翻过来放在圆形馕托上，左手从一旁的瓷碗里蘸盐水洒在生馕坯背面，再蘸取一点盐水撩撒在馕坑内壁上。接着他右手戴好馕托迅速将生馕坯贴到烧热的馕坑内壁，能听见"啪"的一声响，脸蛋更红的玉素甫从馕坑口中抽身，表情竟是完成一件大事后的轻松，但轻松是短暂的，因为他看到了玉山江拿出的新的生馕坯。如此循环直到馕坑内壁贴满生馕坯，用木制盖子将馕坑口盖住闷一阵，不一会儿，空气里弥漫起馕香，这味道让人踏实，它是沉淀生活的味道，是生活的基础味道，人在基础味道里长大，也带着基础味道生活。

多年的打馕经验让玉素甫总能准确把握每个馕刚好熟的时间，将它们用火钳捞出置于馕坑外放凉，最后由玉山江向排队的人发馕。玉山江的记性很好，围了一圈的人数量再多他都能记住每个人起初报的，需要的馕的数量，他非常熟悉我，知道我的名字，因为我是唯一一个站在大人堆里排队买馕的孩子。担忧自己会被人堆淹没，面对坐在馕坑上的玉素甫周围热乎乎的，发着亮光的馕，我总是忧心忡忡，比期末考试还要紧张，深怕自己被忽略，得不到热乎的馕。不过玉山江总能发现我，他知道我来的时间和等候的位置，把淹没在大人堆里的我喊出来，此时排队的众人才会发现我注意我，让出一条路，我径直走到馕坑跟前，玉山江把三个热馕饼装进食品袋里给我，那样的时刻我对他万分感激，也觉得非常骄傲。

几年间我见证玉山江从一个毛头小子逐渐成熟，甚至成了家，童颜的他若不是高高的个子，总觉得跟我同龄，他的媳妇也是童颜，模样娇小可爱，婚后没多久也成了馕店的助手。初三毕业我远赴深圳念高中，与这兄弟俩的馕店再没有了交集。故乡带给一个人生活和饮食上的习惯会成为他生命的一部分。上高中的第一年我非常想念馕坑里打的热馕，精致包装盒里的加工馕生冷味道不合意。每当对家乡的思念涌上心头，我竟不自觉地怀念起玉素甫兄弟俩打的热馕，也怀念起拿着他家馕票排队打馕的，曾令我忧心忡忡，也令我骄傲的时光。泛着浓浓的皮芽子香的皮芽子馕，咬一口脆脆的，嘎吱嘎吱响。把贴近馕边缘的位置掰一块，从中间打开加入酥油再配上奶茶，馕香、奶香以及酥油的香混合，吃进肚子只觉得幸福。抑或热馕蘸上母亲做的树莓果酱，果酱的甜和馕的酥软同时滋润味蕾，是记忆里抹不掉的甜。

二

高一暑假父亲在伊宁客运站接我，那是我第一次离家那么久，足足一年的时间，南方湿润的空气治好了我的鼻炎，皮肤黝黑的我竟也变白，但偏甜的食物使身体发胖，我有了很大的变化，白白胖胖，父亲见到我没有惊讶，我想他的思念覆盖了原本微不足道的惊讶，还是彩屏按键手机的年代，不能够随时打开视频聊天，实现想见就见。父亲抑住翻涌的激动，用他一贯的沉着冷静问我："饿了吧，想吃啥？"父亲的时隔一年的第一句面对面的问候生生地提醒坐了八十余小时的火车，因为晕车症一路未怎么进食的我真的饿了，于是我毫不犹豫地回应："馕！"父亲心领神会般露出了微笑。

每经过乌鲁木齐街边的馕店，我总驻足片刻，浓郁的麦香在干燥的空气中氤氲开来，吸引路过的人。我舍得为这样的味道花时间，这样的味道也值得我花时间，漫长的时间酝酿了这些味道，它们越酿越醇，浸润在身体里随我一同长大。

前些日子去故乡伊犁，惊奇地发现亲戚家的大院里有一个非常小的馕坑，小巧看着相当坚固。他家刚过门不久的小儿媳妇玛利亚正在打馕，玛利亚也娇小可爱，她的动作优雅干练，小馕坑似乎是照她的身高比例量身打造的，我在一旁望着望着出了神，只觉得眼前的这一幕是值得我花时间的美好，加上熟悉的馕香，叫人怎么不驻足停留呢？突然玛利亚拿出一个刚出馕坑的热馕饼递给我，说："姐姐尝一口热馕吧！"我赶忙接过掰一块放入口中，酥脆香甜，应该是和面过程加了牛奶，依然是熟悉的味道。玛利亚告诉我小馕坑一次能打五个大馕饼，间隙还能放六个托哈西，托哈西是小巧且厚实的馕，泡奶茶非常香。馕坑底部烧的是柴火，因此凑过去也没有刺鼻的煤烟味儿。

我对这样的画面很是心动，此时此刻更多的馕在其他地方的，不同大小的馕坑里，滚烫的馕坑壁上滚烫地产生，进入一个人滚烫的一生。

月饼的圆

一

立秋后乌鲁木齐的早晚温差更明显。俗话说立秋防秋老虎，偶有凉风拂过脸颊与秋老虎较劲。远处与天山相连处几乎不见脚印的地方开始直到脚印重叠的，人们生活的地方，秋天的身影由密密麻麻变为影影绰绰，体感的秋天还未到来，脚印重叠的各处树木、花草坦然接收阳光，继续诠释葳蕤翁郁和鲜艳夺目，兴许是个例吧。季节总是一年不同于另一年，但月亮如去年这个时节一样，一天比一天明亮，它戴着金色光圈出现在天与地的交汇处，穿过暗淡的云层，不与淡漠色天空为伍。天一黑蹑足而上，越过城市最高的楼宇步入深蓝色天幕。月亮舍不得浪费一丁点儿时间，忙不迭地练习，预备在中秋之夜用又大又圆的美丽身躯照亮世界，填满小茶壶和人的心，或者化身为圆圆的月饼，一碗凉茶，一口月饼，中秋佳节就这么来了。

月饼勾起一个人漫漫的童年记忆，尤其是带着红绿丝的五仁月饼，从古老岁月中走来去往更远的岁月，淹没了多少人的一生。蛋黄、豆沙、桂花、黑芝麻馅儿，甚至是海鲜派月饼、螺蛳粉馅儿月饼……即便市面上卖的月饼种类万千，每个人心中的月饼唯一。若有一盒夹杂着青红丝、细碎冰糖掺在馅里的五仁月饼摆在面前，我亦如少时那样激动着，兴奋着，品出味蕾记忆里独有的甜味。少时，县城中心有家很大的农贸市场，椭圆形厂房里持续不断上演"人间有味是清欢"，进口处卖糕点，中间过道先是水煎包摊、凉皮摊，还有抓饭、烤肉摊，接着是蔬菜水果摊，末尾的摊位卖的是肉类，两侧的门面卖家居用品、食品调味料，还卖布匹、马鞍、皮靴，可谓应有尽有。卖家守着各自的一亩三分地，尽情演绎如何做最接地气的生意，叫卖声此起彼伏，暗中较劲也暗中增进感情。空气中满是叫嚷的声音和各种味道混合的气味，庞大的声音和更庞大的气味一点儿不违和，空气的成分在这间厂房里十分充盈，生命在此处栩栩如生。

经过占据商场门口最佳位置的糕点门面，我总是流连忘返，月饼静静地躺在柜台的玻璃窗里，用圆圆的花边波纹一圈圈地牵动心里的涟漪。临近中秋，店内的月饼从门口一泻而出，成箱成箱地堆在外面，吸引食客驻足，称斤论两卖五仁月饼。我的眼里只有圆圆的五仁月饼，也只知道五仁月饼。扎实又厚重的五仁月饼不慌不忙地在空气中氤氲一丝丝的甜，节日的味道也跟着来了。五仁月饼的实诚能饱腹，一个实诚的人也能充盈另一个人的心。我爱吃月饼，经典的五仁味，不油不腻，有丰富的口感，第一口咬下去有些硬，慢慢咀嚼，烘烤过的果仁和芝麻混合着红绿丝，各种馅料的味道融在一起，绵密松软，唇齿留香，引人回味，大概这是很多人爱吃五仁月饼的原因。母亲端出五仁月饼，月饼在盘子里被切成近乎均等的四块，父亲、妹妹和我每人分得一块，父亲打趣说："再拼起来正好是一个圆圆的月饼嘞。""一家人永远不分开！"一向伶牙俐齿的妹妹高兴地拍手。屋内翻腾着五仁月饼独有的气息，这是童年住的县城平房院落里一年一度上演的画面，亦是记忆里挥之不去的片段。

二

月饼制作成圆形，寓意团圆、团聚。远行的人像一阵风飘出家乡，把时间堆积在其他地方，他乡过成故乡，故乡留在身后的远方，成为一段记忆。每逢佳节倍思亲，对漂泊的人来说，与家人团聚是相当珍贵的，信息便利的时代，家人在手机里，无论走到哪里，只要网络覆盖的地方，打开视频随时相见，但能感知和能触摸的相见弥足珍贵，才叫作真的相见，再者，隔着一层屏幕，视线里能捕捉的容貌、情感等讯息多少带着网络添加的翅膀。于是人在中秋、端午、春节、古尔邦节这样的节日，为了真实的相见飞奔向彼此，感知彼此。

中秋节吃月饼的习俗始于唐朝，一家人围坐在一起吃月饼，赏月亮已成为南北各地约定成俗的传统。不知是日子转得太快，人的脚步匆匆，对圆月的敬仰，自然的敬畏，美景和美食的赞赏，一度被跳腾的人情大战搅乱节奏，但总还是有带着深深怀念的人，我们执着的不是一个月饼，而是味道、记忆和更宽广的情怀。

又是一年中秋节，圆圆的月亮把乌鲁木齐这座天山脚下的牧场浸泡在牛奶般的夜色，人间烟火气给牛奶加了温，快乐的泡沫不断冒出。挡不住时光的流逝，但人可以在各自的四季人生里留下笑声、温度，即便是一个人，打开窗户，月亮温柔似水的体贴卷去一生的疲惫。

马肉纳仁

一

时令虽已到了初春,但在新疆山区依然有寒意。马肉、马肠是御寒防冷的首选食物。通常,吃马肉搭配的主食是纳仁,纳仁是面食,说白了就是面条,有粗也有细,一般手擀出来的面做的纳仁更入味,不知如此概括是否带着偏见,机器打出的面总是略显生硬。阿勒泰人做的纳仁非常宽且不那么长,因此他们叫纳仁为饼。

我是伊犁人,先生是阿勒泰人,一回跟着婆婆做马肉纳仁招待阿勒泰来的客人,婆婆熟练地捞出马肉和马肠装在圆盘子里,叫我去拿饼,我大为惊讶,怎么在肉汤里煮饼?婆婆说的饼在伊犁人眼里就是一个油炸的圆煎饼。婆婆也惊讶,她以为我常年离家上学忘却了很多基本的东西。她做事讲究效率,于是没有给我多余的反应时间,自己走向和面的案板拿着我定义里的纳仁面一根根地扔进锅里。看着锅里沸腾的纳仁面我默默地增加了一个知识点,原来这个也叫纳仁饼,于是继倒奶茶方式的不同后,新的不同产生了。

将纳仁放进沸腾的马肉汤里,煮一刻钟左右捞出,不用过滤掉太多的汤，立即装盘，煮熟的纳仁自带马肉汤的味道。纳仁表面撒一层洋葱，连同煮熟的马肉一起享用，一块马肉或者马肠搭配纳仁一并入口，味道无比鲜美。煮马肉需要相当的耐心，将马肉、马肠用清水洗净，必要时可根据锅的大小进行适当切分，否则冒出水面的部分没有办法煮，比较尴尬，放入大锅后加水至没过锅内所有的肉为宜。大火煮沸，汤表面会滤出许多黑色或者棕色的大块泡沫，用漏勺逐一清理干净，再转小火盖上锅盖继续炖制。一般情况下，马肉、马肠用粗盐调制过，因此煮的过程中不必加入细盐调味。这里之所以特别强调细盐，是因为马肉、马肠在熏制之前，通常用粗盐里里外外刷几层晾干，沾在马肉和马肠上的粗盐溶化，最终渗透其中，也有些人家会用柴火熏干，熬煮过程中不必加任何调料，味道就已很香。从前我家住县城有平房院落，父亲就用柴火熏马肉的方法，他甚至会整夜地守看着熏马肉，直到木架上的马肉和马肠呈现令人满意的颜色和形态。父亲的认真体现在生活的诸多细节，因此，童年的记忆里，熏马肉和马肠是冬天防寒又有丰富口感的美味。

蒸煮过程中可根据个人口味偏好，决定是否再添加食用盐。一锅马肉和马肠的炖制过程至少耗费一小时，用小火炖的过程中需要经常观察，滤去堆积的泡沫。如果错过了，黑色的汤沫黏连在马肉上、锅壁上，虽然不打紧，毕竟马肉还是能吃，但也是非常大的事，一句"哎哟，怎么没过滤汤沫啊！"就能让你生出大的愧疚。约莫四十分钟，可在锅中加入其他食材，譬如土豆、恰玛古、胡萝卜，也可加入玉米、红薯，这些食材熟得快，需提前捞出，否则煮的烂熟依附于马肉，肉汤也浑浑浊浊。我结婚后从婆婆那里得知，马肉汤里可加入鹰嘴豆，着实让我意外又惊喜，意外是第一次听说这样特殊的做法，惊喜是最后出锅时鹰嘴豆入口即化，随马肉和纳仁一起享用很美味，连带肉汤也很可口。

二

纳仁有各式各样的点缀。譬如，葱花、香菜、洋葱等切丁装入小碗加马肉汤，形成肉汤料。碗中调制的肉汤料均匀地撒在纳仁表面，汤料与纳仁混合，扑鼻而来的香直让人淌口水，也可将这些食材放入锅中热油炒一下，加入番茄一并翻炒至出汁儿，撒在纳仁中间点缀。白净的纳仁盘中间一抹诱人的红，不仅美观，搅拌后享用味道也很香。说起搭配马肉的各式纳仁，不得不提到其中较为特殊的一种。

六年前的冬天，也是我刚过门在婆家的第一个冬天，我随公婆一起前往阜康市大黄山探亲。那一天我不仅第一次知道了大黄山这个地方，也第一次见到先生的人姑非常特殊的纳仁做法。她将和好的面擀成一个不规则的饼状，厚度与馕坯差不多，将大饼状的面团整个儿盖到沸腾的锅中，用手调整位置，让面饼完全覆盖在肉表面，此时肉处于小火焖的状态，不必加太多的柴火，焖制的过程中面饼随同肉一起煮熟。我顿时目瞪口呆，坐在一旁的婆婆见状给我科普了这种做法的缘由。过去牧民家中大多只有粗玉米面，不仅和面费力，更别说在昏暗的油灯下擀成细饼状再均等切分，毕竟一大家子人等着吃饭，饼状的纳仁因此应运而生。久而久之，这样的做法随一代又一代人的传承，便保留了下来。马肉熟了，表面的纳仁饼也跟着熟了，手撕一块品尝，口感不仅酥软，马肉的味道也渗透其中，可谓神奇。

如今，马肉纳仁也从它传统美食的定义中逐步进阶，进入高档餐厅成为快餐，满足更多人的味蕾需求。煮熟冰冻冷藏的马肉和马肠切片装在小小的盘子里就是一道能快速享用的凉菜。马肉纳仁在大多数新疆人心中早已超过一般美食的概念，演变为一种文化符号。

想念一碗抓饭

一

抓饭在新疆太普遍，原材料无非就是胡萝卜、大米、牛肉或羊肉，其中胡萝卜是抓饭的灵魂，新疆各大超市的蔬菜区，大小菜店的货架上随处可见洗好的或是带着泥土的胡萝卜。抓饭做法简单，关键要注意火候，还有水和米的比例。火候把握不好抓饭底部容易烤焦，不浪费的话勉强能当锅巴吃一吃。严重一点，底部煳了，上面还是未熟的骄傲态。这种尴尬想添水补救都没有办法，总之是失败的抓饭。水和米的比例也很关键，水太少，做出的抓饭米太硬，吃多了胃肯定不好消化。水太多，抓饭就是一碗带着胡萝卜丁儿的粥。以上失误我都经历过，现在能做一锅味道好，颜色正的抓饭，也是从无数次失败经历中总结经验，反复尝试的结果。功夫不负有心人，是我从不断练习做抓饭，最后做得一碗香喷喷的抓饭过程中体会更深刻的道理。

走进任何一条美食街总能遇见盛在大黑锅里的抓饭，锅底下是一个简易炉灶，目的是保持抓饭的温度。一位浓眉大眼，看着很有力量的师傅手持锅铲不停翻炒，还不忘大声叫卖："来来来，好吃的羊肉抓饭吃一哈嘛！"路过时，哪怕不吃也会忍不住看一眼，红色、黄色的萝卜丝在金黄的米粒中若隐若现，间或有细碎的肉末点缀各处，一股浓香直扑鼻子，乘人不注意赶忙咽两下口水，强装淡定地看师傅翻炒。此时，里屋出来一个同样浓眉的服务员递了一个新盘子给忙活中的大师傅，他熟练地接过盘子，更熟练地三下两下用锅铲腾出一盘金黄色的抓饭移动到光亮的盘子上，这盘抓饭马上就要进入一个幸福的食客的肚子。再回头看那个大锅，抓饭丝毫没有减少的意思，似乎源源不断地有新的抓饭魔法般加入。这说明抓饭是个非常快的饭，对赶时间的食客来说是不二选择，只要开口点，一盘抓饭就从锅里移到你眼前，配套的还可以点羊腿、羊排、鸡腿或者老虎菜、拍黄瓜等凉菜，完整的抓饭套餐根本不给胃机会制造多余的饥饿空间。抓饭也可以加米，就像拌面可以加面。这点挺好，不会造成浪费。

二

我和先生带女儿出门放风有家常去的饭馆，特色就是抓饭和烤肉，他家的抓饭甜而不腻，说甜其实也没有加葡萄干，但吃起来就是香甜，米粒儿熟的程度也刚好，不软也不过分的硬。胡萝卜切得略宽，也没有熟透到放嘴里就化，隐约有嚼劲，再来几串他家的红柳烤肉和肉包肝，真是味蕾的大满足。吃抓饭一定要喝茯砖茶，抓饭和烤肉偏腻，茯砖茶有助于化解腻味，让胃获得一种平衡。我们常去的那家饭馆有天搬了地方，我和先生遗憾没有留联系方式，尝试通过某团搜索也没有找到信息，只好找寻下一家，通过几次碰壁终于找到另一家合我们味蕾的抓饭馆，奇怪味道竟和之前那家一样。光顾几次后，我急切地想要解开谜团，于是在结账时跟老板聊天，没想到老板和我们常去的那家饭馆的老板是亲兄弟。如此巧合让我颇为震惊。原来之前那家店的老板去沿海城市开店了，生意挺不错，还说不管在哪里开店一定会保持自家抓饭独有的味道，才能留住像我们这样的常客。

在外求学的那些年，常想念一碗正宗的新疆抓饭，吃起来有嚼劲，闻起来够香。儿时，母亲常做抓饭，兼顾工作和家庭，对于忙碌的母亲，抓饭是出得相当快的一顿饭。她做的抓饭清淡不油腻，火候恰到好处。起锅烧油把羊肉放进去炒，半熟有了香味，放胡萝卜和皮牙子，等胡萝卜和皮牙子泛黄再加水，母亲通常加两碗水，就是我们平常喝奶茶的碗，接着加一碗米盖上盖子，等米吸足水，有明显的抓饭该有的香，开盖子整体翻炒一下，将底部的米翻上来，继续小火焖二十分钟左右即可。母亲的抓饭另外会配她做的凉拌菜，凉拌菜里有粉丝儿、胡萝卜、红辣椒、青辣椒、蒜末儿，调的汁是醋、香油、酱油、盐巴的调和。我酷爱母亲的凉拌菜，配抓饭吃非常解腻。一边吃抓饭，一边吃凉拌菜，嘴里嘎吱嘎吱响，嘴角油亮油亮的发光，是童年的幸福记忆。

三

婚后，婆婆做了另一种味道的抓饭，她做抓饭习惯用牛肉，把牛肉切大块炒到七八成熟，加水后的汤汁儿完美渗透米粒，咬一口熟透的牛肉间或夹杂米的醇香，味道也很特别，难怪先生钟爱抓饭。我也爱吃抓饭，这个共同的饮食爱好也是我们能走到一起的原因之一，抓饭在其他地方肯定也促成了美好姻缘。

一回去克拉玛依找大学关系挺好的学姐，恰逢节日，学姐邀我去她家做客，刚坐上软绵绵的沙发，穿在茶壶上的茶壶套吸引了我，茶壶套是茶壶的形状，壶身部分是大面积的刺绣，金黄色的线条在灯下闪闪发光。我对着茶壶套发呆，鼻子先闻到抓饭香，学姐从厨房端出一大盘抓饭放到我面前，我只能用漂亮来形容它。首先盛抓饭的陶瓷盘子就很漂亮，边缘有蓝色的花纹，底部有明显的凹陷，恰当地盛住了那一摞抓饭。新疆人待客的碗碟就是这般讲究，姑且可以叫作仪式感。接着是红绿黄相间的抓饭，中间放了一个熟透的蒜头，油亮油亮的。见我吃惊样，学姐说："你们那儿的抓饭不是这样的吧，这是甜抓饭，快尝尝。"我赶忙挖一匙抓饭送入口中果然是甜的，米粒夹杂着杏干、红枣、核桃、葡萄干，隐约还能看到几粒巴旦木。如此内容丰富的抓饭还真是头一回吃，味蕾一下子慌乱了。抓饭在新疆广袤的土地上竟也呈现出不同的味道和形态，美食多的地方故事也多，家乡有太多值得探索的故事。

剥开一瓣蒜送进嘴里，酥酥软软的蒜香融进方才的各种甜味，亦是一次神奇的味蕾体验，再喝一口克拉玛依特色的红茶，真是满足。概念里抓饭的味道和样子丰盈了一层，不过，我还是偏爱咸味的抓饭，可能也有点先入为主的缘由。

维吾尔语或者哈萨克语称抓饭为"polo"，抓饭深得新疆人的喜爱，它可以出现在寻常人家里的小饭桌，亦可以登上宴会厅旋转的大餐桌。没有人能拒绝一盘抓饭，抓饭也不挑剔食客的身份，也不挑战食客的味蕾。过去，人们洗净手吃抓饭，因此称之为抓饭，因为动作就是用手抓取送入口中。一段时间不吃抓饭总觉得身体缺了什么，味蕾急切需要一种味道，于是走进一家饭馆，点一碗肉抓饭狼吞虎咽一番，泛着油光的嘴角绽放一丝笑意，继续想念下一碗抓饭。

拌面的浪漫

一

说起新疆拌面，脑海中首先想到家常拌面。为何要叫作家常拌面，是因为拌面配的菜很家常，这里所言家常意为家常拌面搭配的菜是新疆人家里，一年四季炒菜常用的菜，譬如，土豆、萝卜、辣子、皮芽子、西红柿等。我打小熟悉的菜无外乎上面几种，母亲做拌面、米饭炒菜、包子馅儿、饺子馅儿所用的蔬菜几乎都走不出以上几种，当然可能包饺子和包子会另外买韭菜做馅儿。当我走进蔬菜店，面对红的、绿的，或者紫的、黄的蔬菜，我会陷入窘境，尴尬地问老板："这个菜多少钱一公斤？"菜店老板早已见惯像我这般窘境之人，他的回答通常是先不慌不忙地报蔬菜的名字，再说价格。几乎大半个自然长出的生物，走出泥土地来到一间小小的门面，等待进入一家人的厨房，再进入那家人的胃，却还有一部分没能走进我的胃，因为我熟悉的还是土豆、胡萝卜、西红柿、皮牙子。

新疆人的饭桌上总是面食、肉食偏多，很少有更多种类的蔬菜。蔬菜种植技术引入后，新疆人的面食主流拌面终于有了更多的名字，诸如木耳炒肉拌面、西辣蛋拌面、辣皮子拌面、酸菜肉拌面、青菜肉拌面……面对令人眼花缭乱的菜谱，食客兴许会陷入另一种窘境，如此多诱人的拌面应该点哪一种，无疑，哪一种拌面都是好吃的。

二

语言是打开人心灵的一把钥匙，我们往往注意名字特别的人，特别的地名，特别的饭馆名字，可能注意会引发行动。

家常二字给人亲切感，所以新疆饭馆里的家常拌面卖得火热，甚至家常拌面的菜还是固定的，一次和先生带女儿吃拌面，是新市区才开不久的一家拌面馆，前脚刚刚踏进饭馆就看到食客三三两两地围在圆木桌子跟前疯狂吸面。考虑到女儿那几天咳嗽，给她点了一份家常拌面，特意叮嘱家常拌面的菜不要放辣子，谁料，服务员提示家常拌面的菜是固定搭配好的，辣子去不掉，我和先生大为震惊，家常拌面的菜竟根深蒂固地组合在了一起，如此才能炒出怎样都是家常的菜，于是改为西红柿炒鸡蛋拌面和过油肉拌面。没一会儿，两碗面被穿着绿色制服的小伙端上来，白白的圆盘子里装了两份白白的、细细的面，拌面的面不像牛肉面里的面那样的细和软，拌面的面非常筋道，细长且有嚼劲，不放拌菜也可以吃完，不放菜光吃面是我女儿的吃法，拌面的面吃完味蕾留下糯糯的小麦味，回味无穷。我家姑娘把其中一盘子面拉过去，小手示意我在面上倒菜汤汁，我端起过油肉的菜盘子，把汤汁儿浇灌在白白的面上，浓浓的菜汤汁很快渗进面的细缝里，白白的面瞬间又红又亮。女儿拿起筷子麻利地卷了几根面，也学着大人的样子吸面，她吃面的速度竟然变快了，一盘子面很快见底。拌面出得快，吃面的人吃得也快。

新疆拌面也叫拉条子，叫拉条子是因面是大师傅用手弹拉出来的，和好的面分成大小均等的面团，再用手搓成长面条，盘子里抹好食用油，把长面条的一端连着另一个长面条的一端逐一盘进盘子里，盖上保鲜膜继续饧面，饧面的工夫可以去炒个拌面的菜。饧好的面扯开，捏住一头，把面绕在案板上反复敲打，直到拉成你喜欢的粗细程度，锅烧水煮面，熟了捞出来放进凉水盆里过水，面条过凉水可增加面条的筋道和口感，吃起来更顺滑，且富有弹力。过凉水也可以去掉面条上的汤汁，使面条看起来光滑、白亮。当然这样富有弹力的面也挑战人的牙齿和胃，因此有人不喜欢过凉水，这叫"然面"，意思是然在一起的面，新疆人眼里"然"与"黏"同意。不过水的拌面，也就是"然面"吃起来软软的，糯糯的，因此，"然面"端上桌需快速倒入配菜，否则面会粘连在一起，如果你的动作慢了，旁人就会说："面要坨了，快吃。"

三

新疆拌面的哈萨克语和维吾尔语叫法听起来有点像"浪漫"。和先生刚认识时我们常互相开玩笑说："午饭一起去吃个'浪漫'，浪漫一下？"那几年我和他常去吃的是一家拨鱼子拌面馆，这家馆子只卖拨鱼子拌面，店面距离我在乌鲁木齐入职的第一家单位很近，拨鱼子拌面馆附近清一色全是汽车维修部和汽车养护中心，所以这家拨鱼子拌面馆也是维修师傅们的午餐定点饭馆，饭馆也配合食客主体的特点，出面快，还配了辣椒酱、蒜末儿、醋等配料。一到中午，穿着灰色、蓝色工服的维修师傅们坐满饭馆各处的方桌子，人人面前一碗配了各种菜的拨鱼子拌面，他们干活快，吃面更快，因此即使去得晚了，也不需等位太久。我和先生常吃豆角肉拨鱼子拌面，一碗豆角肉拨鱼子拌面里豆角的大小和拨鱼子面的大小相等，把菜倒在面上一搅拌，拨鱼子面混在豆角中，若隐若现，分不清面和菜，又有点像新疆的另一道面食，丁丁炒面。有所不同的是，拨鱼子的面两头略尖，它是用筷子一点点拨进滚烫的水里煮出来的，而丁丁炒面的面是筷子切出来的，并且最后煮出来的面条粒需要跟菜一起炒出香。

我父亲爱吃拌面，一回带他去吃天山区一家顶好吃的辣皮子拌面，微信打开扫一扫功能对着餐桌一角的二维码扫码点餐不到十分钟的工夫，一盘子面和一小碟辣皮子菜一齐被服务员端上桌，速度是真的快。面依然均等细，红色的辣皮子油亮油亮的，附着在被辣皮子染红的炒肉上，两者的味道叠加在一起，还没开始吃呢，就已经忍不住吞了一把口水。父亲吃面也快，于是我又要了一份加面，新疆人去饭馆吃拌面习惯要一份加面，加面是免费的，通常是一小碟面，不够了还可以追加"加面"，慷慨的新疆饭店老板可以满足一个食客"慷慨"的胃。因此饭馆里端出来的第一碗面通常量不多，食客可以根据胃口的大小，饱腹的程度加面，这也折射出节约粮食的理念。我去饭馆吃拌面通常第一盘面就足够吃饱了，有时会碰到服务员顺手再放一小碟加面的情况，我会礼貌地表示自己吃不下多余的面，服务员也回应一个礼貌的微笑。吃拌面可以点烤肉，所以大部分新疆饭馆卖拌面的同时也卖烤肉，一口拌面，一口蒜，一口肉，吃得只能用"过瘾"两个字来形容。

在新疆吃拌面真的可以算一件浪漫的事，首先新疆拌面馆的内部装修越来越讲究，甚至可以用富丽堂皇来形容，有些餐厅即使不主打拌面，也会在菜单里加一道拌面，多数可能是家常拌面，也有一些餐厅推出袖珍拌面，价格也便宜，袖珍拌面盛在小碗里，点了其他的肉菜、凉菜，再要一份袖珍拌面也算满足想吃拌面人的味蕾。袖珍拌面在夜市卖得火热，譬如大巴扎的夜市上师傅吆喝最多的是烤肉和拌面，拌面就是一小碗袖珍拌面，食客甚至不用凳子和桌子，站在那里端着碗，筷子三下两下拌面就见了底。一个人吃拌面也不会孤单，两个人一起吃拌面就是陪伴，更多的人吃拌面就是团员，在新疆吃拌面满足味蕾，也感受浪漫。新疆拌面早已开始它的远行，带着浪漫，走进更多人的味蕾。